Daniela Kappel wurde 1988 in Wien geboren und lebt derzeit mit ihrem Mann und den beiden Söhnen in Niederösterreich. Neben ihrem Beruf als Krankenschwester nutzt sie das kreative Schreiben als Ausgleich und Ruhequell im oftmals stressigen Alltag: „Die Liebe zu Geschichten brachte mich dazu selbst zu schreiben."

DANIELA KAPPEL

LOVE ON ICE

Fang mich auf

Erstausgabe Mai 2022

Copyright © 2022 dp Verlag, ein Imprint der
dp DIGITAL PUBLISHERS GmbH
Made in Stuttgart with ♥
Alle Rechte vorbehalten

Love on Ice

ISBN 978-3-98637-667-3
E-Book-ISBN 978-3-96817-317-7

Covergestaltung: Jasmin Kreilmann
Umschlaggestaltung: ARTC.ore Design
Unter Verwendung von Abbildungen von
depositphotos.com: © feedough, © SergeyNivens
shutterstock.com: © ONYXprj, © Artur Didyk
Lektorat: typo18
Satz: dp DIGITAL PUBLISHERS GmbH
Druck und Bindung: Books on Demand GmbH, Norderstedt

New Goals

Jack

Heute war der Tag. In knapp einer Stunde würde sich mein Leben und das der anderen von Grund auf ändern. Daran musste ich einfach glauben. Ich musste daran festhalten und alles in meiner Macht Stehende tun, damit es sich auch bewahrheitete. Und der nächste Punkt auf dem Weg dorthin war, Finch rechtzeitig aus dem Bett zu kriegen. Vielleicht überraschte er mich ja ausnahmsweise einmal und würde, wie verabredet, vor dem Eingang des Studentenwohnheims auf mich warten. Das wäre ein willkommenes Wunder.

Natürlich tat er das nicht. Vor dem Eingang der Wohnhausanlage standen lediglich Kev und Ty. Und Tys unterschwellig aggressivem Gesichtsausdruck nach zu urteilen, war Finch wieder einmal nicht erreichbar. Dieser Vollidiot machte mich verrückt! Die ganze letzte Woche hatte ich ihm eingebläut, wie wichtig dieses Spiel sein würde.

Zwar hatte ich keinem der Jungs verraten, warum, trotzdem war ich der Meinung, dass es Finch ausreichend motivieren würde, gegen Shiny und seine Truppe anzutreten. Finch hasste diesen Kotzbrocken wie die Pest, weil er ihm bei unserem letzten Spiel seinen Schläger in die Kniekehlen gerammt hatte. Vollkommen unbeabsichtigt, versteht sich. Ich zählte darauf, dass Shiny oder ein anderer Kerl aus seinem

Team auch heute auf unfaire Mittel zurückgreifen würden. Sie waren stark und schnell, unbestreitbar gute Spieler, dennoch hatten sie solche Tricks nötig, um zu gewinnen.

Wir nicht. Wir waren besser und hatten in den letzten Wochen wie blöde trainiert, damit wir noch besser wurden. An diesem Tag würden wir ihnen zeigen, dass sie keine Chance gegen uns hatten, und nebenbei Jeff Paxton beweisen, dass wir ein Ticket in die Profiliga verdienten. Doch das würde nur passieren, wenn unser Right Wing langsam in die Gänge kam.

„Hey.“ Ty hob eine Hand.

Ich schlug ein. Kev hielt ich wie immer die Faust hin, er boxte mit seiner dagegen.

„Ich geh mal Finch holen.“ Damit stemmte ich mich gegen die Eingangstür des Studentenwohnheims, die ächzend aufschwang und mir Eintritt in das muffige Foyer gewährte.

Die Peacock Halls, wie sie scherzhaft von den Studenten genannt wurden, bestanden aus mehreren lächerlich bunt gestalteten Gebäudekomplexen, die mindestens so alt waren wie die berühmtesten Eliteunis Amerikas. Mit dem wesentlichen Unterschied, dass sie nicht elitär waren oder den vielversprechendsten Studenten unseres Landes ein Zuhause gaben. Hier war alles einfach nur abgenutzt und billig. Und die wahrscheinlich günstigsten Zimmer im ganzen Bundesstaat konnte man in Gebäude E beziehen, das nach dem Wasserrohrbruch vor einigen Jahren trotz Renovierung noch immer nach Kanal roch. Ungeachtet dessen marschierte ich zielsicher über den ausgeblichenen Linoleumboden, nickte auf meinem Weg zum Treppenhaus ein paar Studentinnen zu, die sich neben einer durchgesessenen Sitzgruppe geschart hatten und mir im Vorbeigehen zulächelten.

Finchs Zimmer lag im fünften Stock, und da die Zeit knapp wurde, hieß es, keine Müdigkeit vorschützen. Die Treppe mündete in einem engen, mit fleckig grauem Teppich ausgelegten Korridor, von dem aus unzählige Türen in die Studentenzimmer abgingen. Forschen Schrittes näherte ich mich der Tür mit der Nummer 527, hinter der Finch gleich sein blaues Wunder erleben würde.

Ohne mich mit einem Klopfen aufzuhalten, das ohnedies ungehört geblieben wäre, drückte ich die ausgeleierte Türschnalle über den Anschlag nach unten und betrat den Raum. Ein Potpourri aus verschiedenen Gerüchen begrüßte mich. Schales Bier, Zigarettenrauch, getragene Kleidung und eine feine Note Weed, die ohne Zweifel von Finchs Mitbewohner stammte. Der war ein Stoner erster Klasse und hatte es ungeachtet dessen irgendwie aus seinem Bett und in eine Vorlesung geschafft. Ganz im Gegensatz zu meinem Right Winger.

Er lag mit dem Rücken zu mir auf seinem Bett. Das Kopfkissen zu seinen Füßen ließ vermuten, dass er sich in der Nacht zuvor verkehrt herum niedergelassen hatte, was wiederum Grund zur Annahme gab, dass er zu viel getrunken hatte. Von der Bettdecke fehlte jede Spur, und da Finch ausschließlich nackt schlief, blieb mir der unbedeckte Anblick seines Hinterteils nicht erspart.

Auch die unzähligen Narben, die sich von dem leicht verfilzten und mit blauen Strähnen durchzogenen Haar über seinen Rücken und die Oberarme zogen, konnte ich sehen. Ich wusste, woher sie rührten. Und bei der Erinnerung daran, wie Finch mir davon erzählt hatte, war ich kurz davor, ihn einfach weiterschlafen zu lassen. Was er hatte durchmachen müssen, wünschte ich niemandem. Trotzdem oder gerade deswegen war es so wichtig, dass er seinen Arsch aus dem Bett schob und aufs Eis trat. Also schluckte ich alles herunter, was mich davon abhielt zu tun, was getan werden musste.

„Scheiße noch mal, Finch!", rief ich lauter, als eine Begrüßung oder ein gewöhnlicher Fluch hätten ausfallen müssen.

Er grunzte, und seine Pobacken zogen sich zusammen, ansonsten reagierte Finch mit vollkommener Reglosigkeit.

Na schön. Es war nicht das erste Mal, dass ich mich damit abmühen durfte, meinen Freund und Teamkollegen nach einer durchzechten Nacht aus dem Bett zu holen. Ich hatte schon alles mit ihm durch. Anschreien, rütteln, kräftige Schläge, laute Musik und so weiter und so fort. Mit diesen Methoden würde es ewig dauern, ihn wach zu bekommen. Da die Zeit drängte, verzichtete ich gänzlich auf derlei sanfte Weckversuche und ging stattdessen zu den effektiveren Mitteln über. Selbst schuld, mein Bester.

Ich schnappte mir den alten Putzeimer, der unter Finchs Schreibtisch stand und vor Müll überquoll, kippte den Inhalt in die Duschtasse im Bad und füllte ihn mit eiskaltem Wasser. Harte Situationen erforderten harte Maßnahmen. Mit dem vollen Eimer trat ich an Finchs Bett und gab ihm eine letzte Chance, dem morgendlichen Bad zu entgehen. Ich stieß ihm ein Knie in den Rücken und rief seinen Namen, wobei etwas von dem Wasser auf seine Beine schwappte. Er zuckte zusammen, grummelte etwas Unverständliches und ließ dann ein Schnarchen hören, das jedem Sägewerk Konkurrenz gemacht hätte.

„Es tut mir ja wirklich leid, Mann, aber das muss jetzt sein", sagte ich mehr zu mir selbst, trat einen Schritt zurück und kippte ihm das eisige Wasser über den Kopf.

Mit einem Satz katapultiert sich Finch von der Matratze und landete unsanft auf dem fusseligen Bettvorleger. Gehetzt sah er sich um, bis er mich entdeckte. Sein schockierter Gesichtsausdruck wurde von einem schiefen Grinsen abgelöst.

Er wischte sich die triefenden Haare von der Stirn. „Hey, Jack. Sag bloß, ich hab schon wieder verpennt."

Zehn Minuten später verließen Finch und ich das Studentenwohnheim. Seine Haare waren noch feucht, immerhin war er wach, und übel nahm er mir meine Aktion auch nicht. Finch war ein lebensfroher Typ, der das Beste aus jeder Situation machte und selten nachtragend war. Was man von Ty nicht behaupten konnte.

Sobald sich Finch zu ihm gesellt hatte, versetzte Ty ihm einen Schlag gegen die Schulter. „Verdammt, Finch, wegen dir haben wir kaum noch Zeit, uns aufzuwärmen, bevor das Spiel losgeht."

„Dir auch einen guten Morgen, mein Freund", erwiderte Finch mit einem breiten Grinsen und rieb sich die Schulter.

Tys Augen blitzten zornig auf.

Ich ging dazwischen, ehe wir noch mehr Zeit mit unnötigen Streitereien verplemperten. „Leute, Leute, hebt euch das für die Siegesfeier auf. Jetzt wollen wir Shiny und seiner Bande erst mal richtig den Arsch versohlen!"

Klay wartete neben den Müllcontainern, die den Personaleingang der Eishalle säumten. Die Hände hatte er in der Bauchtasche seines Hoodies vergraben, sein von der Kapuze bedeckter Kopf war gesenkt.

„Hey, Kleiner, was geht?", rief Finch ihm aus vollem Hals zu, was Klay aufblicken ließ.

Er war definitiv nicht klein, sondern überragte alle aus dem Team, mit Ausnahme von Kev. Doch mit seinen vierundzwanzig Jahren war er der Jüngste in unserer Truppe, und wenn man nicht wusste, wie alt er tatsächlich war, hätte man ihn jünger geschätzt.

„Wo wart ihr denn? Ich stehe mir seit einer halben Stunde die Beine in den Bauch."

„Finch", knurrte Ty. Er verzichtete auf weitere Ausführungen, weil allen auch so klar war, dass Finch verschlafen hatte.

Während Finch den allgemeinen Ärger, den er ausgelöst hatte, gekonnt ignorierte und Klay zur Begrüßung an sich zog, schloss Kev die Tür zur Eishalle auf. Er arbeitete seit ungefähr drei Jahren hier, was uns einen ultimativen Trainingsvorteil verschaffte. Da der Besitzer der Halle ziemlich knauserig war, was die Bezahlung anging, hatte Kev mit ihm ausgehandelt, dass wir die Halle außerhalb der Öffnungszeiten nutzen konnten. Das war das Mindeste, denn er hatte alle Hände voll zu tun. Er zog das Eis ab, hielt die Tribünen, Umkleiden und Sanitäranlagen sauber und kümmerte sich um die Instandhaltung des Gebäudes, das aus in die Jahre gekommenen Metallstreben und Blechplatten bestand.

Finch ließ von Klay ab, während sich Ty schon hinter Kev durch die Tür schob. Ich blieb neben den Müllcontainern stehen und nahm gereizt das Ende der Gasse ins Visier. Eigentlich hatte ich gedacht, es würde mein einziges Problem sein, Finch rechtzeitig hierherzuschaffen. Offensichtlich hatte ich mich getäuscht. Denn zu meinem Leidwesen waren wir noch immer nicht komplett. Ich kramte in der Hosentasche nach meinem Handy. Keine Nachricht. Wo, zum Teufel, blieb …?

Ich hatte den Gedanken nicht beendet, da erschienen zwei Gestalten am Ende der Straße. Auch ohne sie im Detail erkennen zu können, wusste ich, wer sie waren. Die beiden hielten sich an der Hand und liefen uns entgegen. Camilles helles Lachen schallte durch die Gasse. Andrews Kopf war ihr zugeneigt. Ich verdrehte die Augen. Fehlten bloß Schmetterlinge, die um sie herumtanzten, und eine satte Blumenwiese unter ihren Füßen. Ein Stück weit vor uns verlangsamten sie ihre Schritte, und Andrew zog Camille in einer schwungvollen Bewegung an sich. Ihr Lachen wurde sogleich von seinen Lippen verschluckt.

„Junge Liebe." Finch seufzte angetan. Er war hinter mich getreten und hatte mir eine Hand auf die Schulter gelegt. „Würde dir im Übrigen auch nicht schlecht bekommen", ergänzte er trocken.

Die ewige Leier. Aufs Neue verdrehte ich die Augen und schüttelte Finchs Hand ab. Ich hatte andere Sorgen als mein Liebesleben. Na ja, Sexleben, um genau zu sein. Von Liebe war da nie die Rede, was mich nicht im Mindesten störte. Finch aus unerfindlichen Gründen dagegen schon.

„Andrew Jason Rutherford!", bellte ich.

Er klebte an seiner Freundin, ohne den Anschein zu erwecken, sich irgendwann von ihr losreißen zu wollen. Dabei wusste ich, dass sein Herz genauso sehr für Eishockey schlug wie für Camille. Ein letztes Mal sah ich ihre Zungen in dem innigen Kuss zwischen ihren Lippen aufblitzen, dann endlich hörten sie mit dem Blödsinn auf.

„Ich warte auf der Tribüne", sagte Camille atemlos und wandte sich grinsend zum Gehen.

Drew sah ihr einige Herzschläge lang nach, wie sie sich zum Vordereingang von uns entfernte. Als er sich eine gefühlte Ewigkeit später umwandte, klatschte er in die Hände.

„Eiszeit!", rief er.

Na, zumindest schien er ordentlich motiviert für das Spiel zu sein.

„Los jetzt", sagte ich.

Hinter Drew und Finch betrat ich den engen Abstellraum, von dem aus man zu den Umkleiden gelangte. Ty, Kev und Klay hatten sich bereits in Schale geworfen, und glücklicherweise musste ich Finch und unseren Romeo nicht extra zur Eile anhalten. Beide schnappten sich sofort ihre Monturen.

Keine fünf Minuten später standen wir auf dem Eis. Die Tribünen zu beiden Seiten der Eisfläche waren rege bevölkert. Hauptsächlich bekannte Gesichter. Die meisten davon würden nicht uns, sondern Shiny und seinen Jungs zujubeln. Ich ließ den Blick über die Reihen schweifen. Schließlich blieb er an einem dunkel gekleideten Mann mittleren Alters hängen, den ich noch nie gesehen hatte. Die meisten Zuschauer saßen paarweise oder in Grüppchen zusammen und unterhielten sich. Er war allein und sah unverwandt aufs Eis. Das musste er sein.

Die Aufregung, die ich in den letzten Tagen und Stunden einigermaßen gut unter Kontrolle gehalten hatte, traf mich mit voller Wucht und fraß sich einem Lauffeuer gleich durch meine Adern. Seit ich Anfang letzten Monats mit Mr. Paxton telefoniert hatte, fieberte ich diesem Augenblick entgegen, und nun war er eigenartigerweise schneller gekommen, als mir lieb war. Nur mit großer Anstrengung gelang es mir, mich den anderen anzuschließen, die Runden auf dem Eis drehten, um vor dem Spiel wenigstens noch ein bisschen warm zu werden. Viel Zeit blieb uns nicht.

Da meine Konzentration mehr auf meiner Umgebung als auf den Aufwärmübungen lag, registrierte ich sofort, dass sich Charly Backer der Spielfläche in gemächlichem Tempo näherte. Er war ein alter Freund meiner Mom, hatte früher, das hieß, bevor sein Bauchumfang proportional zu seiner Körpergröße gewachsen war, selbst in einem Amateurteam gespielt und trainierte uns seit Jahren. Ihm hatten wir es zu verdanken, dass Trainer Paxton auf uns aufmerksam geworden und heute anwesend war. Während Charly zielsicher auf jenen Mann zusteuerte, in dem ich den besagten Trainer vermutete, verharrte ich unvermittelt auf dem Eis.

„Kommt her", stieß ich energisch hervor.

Soweit ich mich erinnern konnte, hatte ich den Jungs gegenüber auf dem Eis noch nie einen derartigen Ton angeschlagen und war selbst überrascht davon. Es war nicht meine Art, laut zu werden. Im Gegenteil löste ich Probleme oder Konflikte meist mit einer stoischen

Ruhe, egal wie es in mir tatsächlich aussah. Schon als Kind hatte ich diesen Wesenszug an den Tag gelegt und war bislang immer gut damit gefahren.

Offenbar war ich nicht der Einzige, der irritiert war von meinem Verhalten, auch meine Teamkollegen, die sich einer nach dem anderen zu mir wandten, bemerkten meine ungewohnte Anspannung. Ty zog verwundert eine Braue hoch, Finch geriet ins Schlittern, Klay zuckte kaum merklich zusammen, Andrews Lippen wurden schmal, und Kev blickte mich derart durchdringend an, dass ich es sofort bereute, mich nicht ausreichend im Griff zu haben. Komm runter, Jack, sagte ich mir. Wenn es mir nicht gelang, meine Anspannung im Zaum zu halten, würde dieses Spiel garantiert keinen guten Ausgang nehmen. Ich schloss kurz die Augen und atmete tief durch. Zu meinem Glück verschaffte mir das die nötige Ruhe.

„Es geht gleich los." Jetzt klang ich um einiges entspannter.

Ich linste in Charlys Richtung. Gerade sagte er etwas zu Paxton und marschierte im Anschluss die Tribüne treppabwärts zum Eis. Nur Kev folgte meiner Geste mit den Augen, die sich danach sofort wieder auf mich hefteten. Natürlich wusste er nicht, warum, aber ihm war klar, dass etwas im Gange war, das sah ich ihm deutlich an. Sein Gespür war unbestreitbar sensibel. Der Rest der Truppe hatte die Härte in meiner Stimme schon wieder vergessen.

„Wollt ihr diesem Puck und seinen Anhängern zeigen, wer den Schläger führt?", fragte ich bemüht gelassen in die Runde und rang mir bei den Worten, die ich unzählige Male zuvor aus Charlys Mund gehört hatte, ein Lächeln ab.

„Ja", kam es unisono zurück. Und Finch hängte ein beherztes „Scheiße noch mal" an.

Ich nickte. Würde ich etwas ergänzen, wäre meine mühsam erkämpfte Ruhe erneut dahin. Meine Jungs würden auch ohne Geschwafel ihr Bestes geben.

Kein einziger Mann auf dem Eis enttäuschte mich. Shiny und die anderen aus seinem Team spielten genauso verbissen, wie ich es erwartet hatte, und scheuten sich nicht, mehr oder weniger versteckt auf miese Tricks zurückzugreifen. Das half ihnen jedoch wenig. Wir waren in Bestform und dominierten das Eis schon nach den ersten Minuten. Obwohl unsere Gegner nur eine geringe Anzahl an Torchancen erhielten, konnte Ty seine Qualitäten als Goalie beeindruckend unter Beweis stellen, was das Stöhnen und Ächzen unter den Zuschauern veranschaulichte, wann immer er die heranschießende schwarze Scheibe abwehrte.

Finch, der sich wie immer keinen der vorab besprochenen Spielzüge gemerkt hatte, machte diesen vermeintlichen Nachteil allemal wett. Er huschte dermaßen flink übers Eis, dass er jedes Mal freistand. Bald war ich vollends ins Spiel vertieft und vergaß darüber sogar Paxton. Nichts anderes auf der Welt vermochte es, mir diese unnachahmliche Empfindung zu schenken. Ich fühlte mich frei mit dem Eis unter den Kufen. Der Schläger in der Hand verlieh mir Kontrolle, Macht. Und das Zusammenspiel mit den Menschen, die mir neben meiner Mutter und Nonna am wichtigsten auf der Welt waren, gab mir Sicherheit und Halt.

Erst als die Zeitanzeige ihren tiefen Gong hören ließ, kehrten meine Gedanken ins Hier und Jetzt zurück. Wir hatten fantastisch gespielt. Ob es ausreichte, um Paxton zu überzeugen, konnte ich nicht sagen.

Clary

„Etwas mehr nach links. Ja, genauso. Und jetzt die Haare vorfallen lassen. Nice … Absolut Nice! Streck den Rücken mehr durch. Mehr … Mehr … So bleiben … Toll!"

Immer wieder blitzte die Kamera auf, während der Fotograf mir weitere Anweisungen zurief. Ich kannte ihn bereits – mit ihm hatte ich schon vor ein paar Monaten ein ähnliches Shooting gehabt –, daher wusste ich, dass es noch ewig dauern würde. Innerlich seufzte ich lang und ausgiebig. Meine Hüfte meldete sich, und erfahrungsgemäß würde in ein paar Minuten auch mein Rücken zu schmerzen beginnen. Ich verfluchte mich dafür, vor dem Shooting nicht eine weitere Schmerztablette eingeworfen zu haben. Die nächsten Stunden würden die Hölle werden, aber ich hatte bisher nie einen Job abgebrochen. Ich war Schmerzen und Belastung gewohnt. Ich war es gewohnt, die Zähne zusammenzubeißen und durchzuhalten. Oder, wie in diesem Fall, alles wegzulächeln, was auf den Fotos keinen Platz hatte. Allerdings fiel mir das in letzter Zeit zunehmend schwerer.

Die Eislaufschuhe, in denen meine Füße steckten, waren mindestens zwei Nummern zu klein, und ich fragte mich, ob es zu viel verlangt gewesen wäre, mir eine passende Größe bereitzustellen. Da ich mit den Schuhen nicht auf dem Eis stand, sondern in Unterwäsche fotografiert wurde, hatte sich darüber wohl niemand den Kopf zerbrochen. Warum auch? Für sie war ich ein hübsches Gesicht, ein attraktiver Körper. Sie sahen nur das erfolgreiche Mädchen, mit dem sie Geld verdienen konnten. Nicht die Frau, die ich mittlerweile geworden war. Selbst die Narben, die sich an meinem Rückgrat entlangzogen, ebenso wie über meine linke Hüfte, sahen sie nicht. Sie wurden von eleganten Kleidern verdeckt, unter Schichten von Make-up verborgen oder wegretuschiert. Das war die Tragik meines Lebens. Alles an und in mir, was nicht ins Bild passte, fiel irgendeiner Form der Retusche zum Opfer. Der Unfall hatte vielleicht meine Sportkarriere beendet, dafür konnte man ihn bestens als Werbung verwenden. Ich war die Frau, die nicht aufgegeben hatte. Die Frau, die sich auf den Fotos stolz und voller Lebensmut zeigte. Nur meine Narben zeigte man nicht.

„Fantastisch! Du hast das wundervoll gemacht, einfach wundervoll! Die Fotos werden unglaublich. Eine wahre Eisprinzessin!", meinte der Fotograf schließlich und sah sich die Bilder im Schnelldurchlauf an.

Ich lächelte ein weiteres Mal, wie es von mir erwartet wurde, stand auf, ignorierte den stechenden Schmerz, der sich von den Zehenspitzen bis hinauf zu meinem Scheitel zog, und marschierte über den dicken Teppich zurück zur Garderobe. Das Gefühl, mich auf Kufen zu bewegen, war zugleich gewohnt und eigenartig. Es weckte Erinnerungen und den Wunsch, heute noch aufs Eis zu gehen.

Ein Bild blitzte vor meinem geistigen Auge auf. Ich sah mich selbst, wie ich hinter der durchsichtigen Trennwand neben der Eisfläche entlanglief. Jubelschreie begleiteten mich.

„Komm, Clary, lass uns die wahre Schönheit in dir hervorholen." Rita klopfte auffordernd auf den Hocker vor sich.

Der typische Satz, den ich immer von ihr nach den Shootings zu hören bekam, ließ mich schmunzeln. Rita war mehr als nur meine Visagistin. Sie war eine meiner besten Freundinnen, und sie wusste, dass ich das viele Make-up hasste.

„Nichts lieber als das, sobald ich aus diesen Schuhen raus bin."

Ihr Blick begleitete mich von der Tür des Ankleideraums bis zu dem Stuhl neben einem der vielen mobilen Kleiderständer, wo ich mich bemühte, beim Hinsetzen keine Geräusche von mir zu geben. Ich war ein Profi, aber das war Rita auch – ein Profi, wenn es darum ging, hinter meine Fassade zu schauen.

„Du hast Schmerzen", stellte sie fest.

Das Letzte, was ich wollte, war mit Rita über meine Schmerzen zu sprechen. Es fiel mir wesentlich leichter, sie auszublenden, wenn sie nicht zum Thema wurden.

„Meine Füße bringen mich um. Die Schuhe sind zu eng." Mir war klar, dass sie meinen Versuch abzulenken sofort durchschaute, zum Glück beließ sie es dabei.

„Holen wir uns einen Kaffee auf dem Rückweg zum Center?" Rita befeuchtete ein handtellergroßes Wattepad mit Lotion und rieb mir in routinierten Bewegungen das Make-up vom Gesicht.

Das verschaffte mir ein wenig Zeit zu überlegen, was ich antworten sollte. Ich konnte ihren Verdacht bestätigen und zugeben, dass mir alles wehtat. Vorschieben, dass ich nach Hause und mich ausruhen wollte. Da es im Prinzip keinen vernünftigen Grund gab, ihr nicht von meinen eigentlichen Plänen zu erzählen, fasste ich mir ein Herz, griff nach ihrer Hand und zog sie halb verrichteter Dinge von meinem Gesicht. Wahrscheinlich sah ich aus wie ein Clown, doch das scherte mich in diesem Moment am wenigsten. Rita hatte mich schon in ganz anderen Zuständen gesehen. Zum Beispiel in Krankenhausbetten, mit Schläuchen in diversen Körperöffnungen oder am Boden, in meinem eigenen Erbrochenen liegend oder …

„Ich habe mir vorgenommen, heute mit meinem Vater zu sprechen", sagte ich, um die Flut an Erinnerungen zu unterbrechen. „Ich habe die Shootings und Werbefilme satt. Es wird Zeit, dass ich etwas Vernünftiges mit meinem Leben anstelle, und wenn ich schon nicht selbst …" Ich unterbrach mich. Diesmal waren es nicht ausschließlich unschöne Gedanken, die ich damit verstummen lassen wollte, vielmehr die hastigen Worte, die mir beinahe entschlüpft wären.

Es war zu spät. Ich sah das Blitzen in Ritas Augen und wusste, dass ich aus der Nummer nicht mehr rauskommen würde, ohne meinen Satz zu beenden. Also schloss ich kurz die Make-up-verschmierten Augen, um mich zu sammeln, und schluckte schwer, damit der Kloß in meinem Hals verschwand.

„Eislaufen ist mein Leben. Das war es immer schon." Es war völlig unnötig, das zu betonen, dennoch tat ich es. „Ich kann vielleicht nicht mehr meine Karriere vorantreiben, aber ich kann anderen dabei helfen."

Ritas Muskeln spannten sich unter meinen Fingern an. Ihre großen grünen Augen, um die ich sie beneidete, weiteten sich, als ihr klar wurde, was ich da von mir gab.

„Du willst in der Agentur mitarbeiten?" Nun war sie es, die hart schluckte. „Und andere Läufer managen?"

Genau das war mein Plan.

„Jetzt tu nicht so überrascht, und schmink mich fertig ab, bevor sich dieses glitzernde Rouge für immer in meine Haut brennt." Demonstrativ drückte ich ihre Hand mit dem Wattepad auf meine Wange.

Mechanisch nahm sie die kreisenden Bewegungen wieder auf, deutlich fahriger als zuvor. Gleichzeitig sah sie mich dermaßen verblüfft an, dass ich meine Ehrlichkeit sofort bereute. Würde mein Vater ähnlich reagieren? Vor der Unsicherheit, die Rita aus jeder Pore drang und mir verdeutlichte, dass sie sich keineswegs sicher war, ob ich das schaffen könnte, hatte ich mich gefürchtet. Ich war mir ebenso wenig im Klaren, ob es tatsächlich der richtige Weg für mich war. Ob ich es aushalten würde, anderen ins Rampenlicht zu verhelfen, während ich nur neben dem Eis stehen konnte. Doch was blieb mir anderes übrig?

„Ich finde, das ist eine großartige Idee", sagte sie mit einiger Verspätung. Die Skepsis war verschwunden und ihr Lächeln breit und echt.

„Ja wirklich?" Ich hätte mich für diese Frage ohrfeigen können. Wenn ich so vor meinem Vater auftrat, konnte ich die Sache gleich wieder vergessen.

Rita lachte herzlich und legte endlich das Wattepad weg.

„Ja wirklich", bekräftigte sie. „Kaum eine ist besser dafür geeignet. Du kennst durch deine Tätigkeiten der letzten Jahre wahrscheinlich mehr Fotografen und die ganzen anderen wichtigen Leute als Cheston selbst. Das wird toll!" Sie klatschte aufgeregt in die Hände, wie nur sie es konnte, ohne dabei vollkommen bescheuert auszusehen.

Ihr Enthusiasmus gab mir Aufwind.

„Danke, Rita", erwiderte ich aus vollem Herzen.

„Nichts zu danken." Sie zwinkerte mir zu. „Und jetzt zieh dich um. Oder willst du in Dessous vor deinen Vater treten?"

***

Das Clark Center war eine der größten Eishallen in der Gegend. Es dominierte Banff in jeglicher Hinsicht. Sei es durch die Lage, die fulminante Bauweise oder durch die Läufer, die dort trainierten. Mein Onkel Cameron, dem diese Schönheit aus Stahl, Glas und Eis gehörte, pflegte immer zu sagen, dass hier Träume geboren wurden. Er hatte recht. Auch meine Träume hatten hier ihren Anfang genommen. Auf der Eisfläche, die hinter den hohen Fenstern hervorblitzte. Ihr Ende hatten sie auf einer ganz anderen Eisfläche gefunden. Einer unbefestigten, auf einer Straße, die meine Mom und ich vor Jahren entlanggefahren waren.

Ich riss den Blick von der Südfront des Centers los. Es wurde Zeit für neue Träume.

Wie immer war mein Vater in seinem Büro zu finden, das ähnlich einer Galerie halb über der Eisbahn schwebte. Auch hier beherrschten Wände aus Glas den Raum, und wie in der Vorhalle war der Boden von einem eisblauen Teppich bedeckt. Unzählige Male war ich mit meinen Eislaufschuhen über diesen Teppich gegangen. Jetzt hatte ich High Heels an den Füßen, trug einen Bleistiftrock mit passender Bluse, und meine Haare lagen über der Schulter.

Dads Konzentration war auf den Bildschirm seines Computers gerichtet. Er sah erst auf, nachdem ich mich auf den Lederstuhl ihm gegenüber gesetzt hatte. Sein Blick huschte über mein Gesicht, suchte wahrscheinlich nach dem Grund für meinen Aufzug und mein unangekündigtes Erscheinen in seinem Büro. Zugegeben, seit er mir vor sechs Wochen das Angebot gemacht hatte, an seiner Seite in der Agentur zu arbeiten, war ich nicht so oft wie gewöhnlich hier gewesen. Ehrlich gesagt, kein einziges Mal. Wir waren uns zwar gelegentlich über den Weg gelaufen und hatten kurz miteinander gesprochen, aber die Stimmung zwischen uns war eigenartig gewesen.

„Wie geht es dir?", erklang seine tiefe Stimme, die in Verhandlungen stets einen dominanten Effekt hatte.

Diese Frage. Ich hatte sie in den letzten Jahren viel zu häufig gehört, dennoch wusste ich, dass sie aus seinem Mund keine Höflichkeitsfloskel war.

„Gut." Was man von meiner Erwiderung nicht gerade behaupten konnte. Ich war aufgeregt wie eine Jungfrau in der Hochzeitsnacht.

Sofort verengten sich seine Augen. Es gab nicht besonders viele Menschen, die mich wirklich kannten.

Um genau zu sein, waren es drei. Rita, Lauren, mit der ich von Kindesbeinen an gemeinsam auf dem Eis gewesen war, und meinen Vater. Obwohl das auf Dad erst seit dem Unfall zutraf und seit Mom …

„Warum bist du hier, Clarissa?" Er klang nicht unfreundlich, trotzdem schwang eine Portion Skepsis in seiner Frage mit – berechtigterweise.

„Steh gerade. Spannung. Ausstrahlung", hallte die Stimme meiner Trainerin in meinen Ohren wider. Wenn man über Jahre hinweg wieder und wieder dasselbe gesagt bekommt, wurde man es nie wieder los. Also richtete ich mich auf, straffte die Schultern und setzte einen Gesichtsausdruck auf, von dem ich hoffte, dass er von Entschlossenheit und Vernunft zeugte.

„Ich habe mir deinen Vorschlag durch den Kopf gehen lassen und denke, es ist der einzig richtige Weg für mich, in die Agentur einzusteigen."

Mein Herz tat ein paar schnelle Schläge, während die Miene meines Vaters unbeweglich blieb. Ich wand mich innerlich. War es möglich, dass er seinen eigenen Vorschlag inzwischen bereute? Oh, jetzt komm schon, Cheston Clark, heb dir dein Pokerface gefälligst für deine Geschäftspartner auf, und spann mich nicht länger auf die Folter!

Neben uns schwang die Tür auf, und auch ohne hinzusehen, wusste ich, wer es war. Dad erlaubte nur einer einzigen Person neben mir auf dieser Welt, einfach so in sein Büro zu platzen.

„Hi, Onkel Cam!", rief ich, ohne mich von meinem Vater abzuwenden.

„Ches, er ist da."

Dad sah seinen Bruder an, dann wieder mich und zurück zu Onkel Cameron, bevor ein Tausend-Watt-Gewinnerlächeln auf seinen Lippen erschien. „Sag ihm, er soll hereinkommen."

Cameron formte seine Hand zu einer Pistole und schoss breit grinsend imaginäre Kugeln auf Dad ab, so wie er es immer tat, wenn er besonders von etwas begeistert war. Was immer diese Angelegenheit sein mochte, sie hatte meinen Vater erfolgreich von unserem Gespräch abgelenkt, und ich kannte ihn gut genug, um zu wissen, dass es würde warten müssen. Enttäuscht erhob ich mich von meinem Stuhl und wollte mich gerade von Dad verabschieden, als er die Braue hochzog.

„Wohin willst du? Wir sind noch nicht fertig." Sein Blick zuckte zu dem Stuhl, von dem ich gerade aufgestanden war.

Jawohl, Sir.

Zu meinen ohnehin durchgewirbelten Gefühlen mischte sich eine nicht zu verachtende Portion Verwirrung. Wer war auf dem Weg zu uns ins Büro? Und warum sollte ich hierbleiben, um über eine Sache zu sprechen, die ich nur mit Dad unter vier Augen klären wollte?

Kaum einen Atemzug später war Cameron zurück und hatte einen Mann im Schlepptau, der so grimmig dreinschaute, als hätte ihn eben seine Frau verlassen. Oder als hätte er seinen Lottoschein mit den sechs Richtigen darauf verlegt. Oder …

„Clarissa, das ist Mister Jeff Paxton, ein alter Schulfreund von mir und der neue Trainer unserer Dynamites", verkündete Cameron.

Ich erhob mich, obwohl ich mich wegen Dads unmissverständlicher Geste wieder hingesetzt hatte.

„Willkommen", sagte ich freundlich und schüttelte Mr. Paxton die Hand. Und viel Erfolg mit diesen Losern, fügte ich in Gedanken hinzu.

Die Dynamites waren Camerons Eishockeyteam, das er vor fünf oder sechs Jahren gegründet hatte. Seither hatten die Jungs, wenn überhaupt, nur eine Handvoll Spiele gewonnen. Schon möglich, dass es im Grunde Profispieler waren, doch es fehlte ihnen an Biss, an Durchsetzungsvermögen auf dem Eis und an Teamgeist. Dafür waren sie umso besser, wenn es darum ging, einen draufzumachen oder in diversen Boulevardmagazinen in kompromittierenden Situationen abgelichtet zu sein. Das Team war berühmt-berüchtigt, aber von Erfolg weit entfernt.

Mr. Paxton nickte mir zu. Sein unnahbares Gehabe passte ebenso perfekt zu einem Trainer wie der dunkelblaue Sportanzug, den er trug, und die kurz geschorenen Haare auf seinem Kopf, die an den Schläfen bereits ergraut waren. Ein harter Knochen durch und durch. Mit ihm würden die Jungs bestimmt viel Freude haben. Nicht.

Unwillkürlich wurde mein Lächeln breiter, als ich mir ausmalte, wie sie von ihm übers Eis gescheucht wurden.

Dad, der sich aus seinem Lederdrehstuhl geschwungen hatte, schüttelte als Nächster Trainer Paxtons Hand. „Schön, dass Sie sich entschlossen haben, Cam mit seinem Team unter die Arme zu greifen. Umso mehr freut es mich, dass ich Ihnen Clarissa als neue Managerin der Dynamites zur Seite stellen darf. Ich bin überzeugt, zusammen werdet ihr den Jungs zu neuem Glanz verhelfen."

Ich hatte ein Klingeln im Ohr. Hatte Dad da gerade in seinem gönnerhaftesten Ton verlautbart, dass ich die Dynamites managen würde? Hatte er heute Morgen zu heiß geduscht? Ich hatte keine Ahnung von Eishockey! Mein schadenfrohes Grinsen verwandelte sich binnen Sekunden in einen Gesichtsausdruck, der ohne Zweifel das volle Maß meines Schreckens widerspiegelte. Onkel Cameron schien überrascht. Paxton musterte mich kühl und ausdruckslos, dabei konnte ich mir denken, dass er mindestens genauso skeptisch sein musste wie ich. Nur Dad sah als Einziger in der Runde reichlich zufrieden aus. Seine zum Himmel schreiende Selbstgefälligkeit brachte das Fass zum Überlaufen.

Ich zwang mir ein Lächeln auf, diesmal das wohl falscheste in den vergangenen siebenundzwanzig Jahren, die mein Leben mittlerweile umfassten, und das sollte etwas heißen.

„Wenn uns die Gentlemen bitte einen Moment entschuldigen würden, ich muss ein paar Details meiner neuen Funktion mit Mister Clark besprechen." Mein Tonfall ließ keine Widerrede zu, während ich Onkel Cam demonstrativ am Arm nahm und ihn zur Tür begleitete.

Trainer Paxton folgte stumm unserem Beispiel. Die beiden wussten offenbar, was gut für sie war. Was man von meinem Vater nicht behaupten konnte. Er grinste nach wie vor freudig. Dieser Mann war der Teufel in Person. Absolut passend für seinen Job – fürchterlich für seine Tochter.

Nachdem die Tür hinter meinem Onkel und dem Trainer geschlossen war, kehrte ich zu Dads Schreibtisch zurück und drückte meine erhitzten Handflächen auf die kühle Glasplatte.

„Sag mir, dass du eben nur einen blöden Scherz gemacht hast!", rief ich.

„Ich scherze nie. Schon gar nicht, wenn es ums Geschäft geht", erwiderte er seelenruhig.

Am liebsten hätte ich mir einen meiner High Heels ausgezogen und den Absatz zu einer Mordwaffe umfunktioniert. Stattdessen stieß ich geräuschvoll die Luft aus.

„Und wie genau stellst du dir das, bitte schön, vor? Warum kann ich nicht einen der Läufer managen? Ich habe jede Menge Know-how, wenn es um Eiskunstlauf geht, aber so gut wie keines in Bezug auf Eishockey." Es war völlig unnötig, ihm das zu erklären, er wusste es haargenau. Eigentlich. Trotzdem schlug er diese irrwitzige Aktion vor.

„Du machst das schon, Clarissa."

Ich knurrte voller Ärger und Verzweiflung. Dieser Laut war mir seit Jahren nicht mehr über die Lippen gekommen – das letzte Mal vor meinem Unfall, als ich auf dem Eis irgendeinen Sprung nicht zu meiner Zufriedenheit hinbekommen hatte. Er überraschte Dad und mich gleichermaßen. Sein Grinsen verschwand für einige Herzschläge, dann legte sich ein warmes, wenn auch trauriges Lächeln auf sein Gesicht.

„Ich habe vollstes Vertrauen in dich." Seine Stimme war ungewohnt sanft, und in seinen Augen strahlte derselbe Glanz wie damals, wenn er mir beim Laufen zugesehen hatte.

Das war zu viel für mich.

„Schön", presste ich hervor und wandte mich zur Tür. Ich musste raus hier und mich sammeln, bevor ich Gefahr lief durchzudrehen. Dad meinte, ich würde das schaffen. Keine Ahnung was ihn ritt, ich war definitiv nicht davon überzeugt. Ganz im Gegenteil. Ich bereute, hergekommen zu sein. Ich bereute, seinen Vorschlag auch nur in Erwägung gezogen zu haben. Und ich bereute Tausende andere Entscheidungen aus meiner Vergangenheit, die in diesem Moment über mich hereinzubrechen drohten.

***

„Auf uns", sagte Lauren und prostete mir mit ihrem giftgrünen Drink zu.

Ich hob mein Glas, in dem im Gegensatz zu Laurens Alkohol war, und stieß mit ihr an. Sofort führte sie ihr Getränk an den Mund und fing den Trinkhalm mit den Lippen ein. Ich nippte an meinem Cocktail und genoss die süßliche Schärfe, die meine Geschmacksknospen umschmeichelte, der fantastischen Kombination aus Sirup, Sahne und Hochprozentigem sei Dank.

„Willst du auch mal?" Lauren hielt mir ihr Glas entgegen.

Vehement schüttelte ich den Kopf. Niemals würde ich das trinken.

„Ich trinke nichts, wo Spinat drin ist."

Lauren grinste, weil sie genau wusste, dass es mich vor ihren Drinks ekelte, meinte aber unschuldig: „Da ist kein Spinat drin. Nur Ananas, Zitrone, Ingwer und Avocado."

Würg. Die Zusammensetzung überraschte mich nicht. Lauren war die diszipliertieste Person, die ich kannte. In ihren Verdauungstrakt gelangten ausschließlich nährstoffreiche Lebensmittel, was sie konsequent bis hin zu den Drinks beim Ausgehen durchzog.

„Niemals", erwiderte ich trocken und genehmigte mir einen großen Schluck aus meinem Glas der Sünde.

Lauren lachte und leerte ihr Getränk, bevor sie auf stilles Mineralwasser umstieg. Sie war fanatisch präzise, was ihren Speise- und Trainingsplan anging. Genau diese Disziplin, die sie in jeder Lebenslage an den Tag legte, war es, die sie so erfolgreich auf dem Eis machte. Sie war schlank, jeder Muskel fest und stets einsatzbereit, was man von mir mittlerweile nicht mehr behaupten konnte.

„Hi, Girls", erklang es hinter mir. Nur Sekunden später legten sich Ritas Hände auf meine Schultern, und sie drückte mir von hinten einen Kuss auf die Wange.

Nachdem sie Lauren auf ebenso herzliche Weise begrüßt hatte, schwang sie sich neben ihr auf die Polsterbank und winkte einem der Kellner. Das Lokal war gut gefüllt, aber weil wir hier einen gewissen VIP-Status genossen – immerhin war es die Bar von Onkel Cams Hotelanlage –, dauerte es keine zwei Minuten, bis Ritas Bestellung aufgenommen wurde.

„Und?", fragte sie strahlend, kaum war der Kellner abgerauscht.

„Und was?", wollte Lauren wissen.

Nun sahen sie mich beide an. Na toll. Wie hatte ich einen Augenblick glauben können, ich würde diesen Abend in Ruhe verbringen, ohne dass das heiße Thema auf den Tisch kam? Eigentlich wollte ich die Begegnung mit meinem Vater und das desaströse Resultat lieber gänzlich aus meinem Geist verbannen. Da ich so dämlich gewesen war, Rita in meine Pläne einzuweihen, wollte sie jetzt wissen, wie es gelaufen war.

Weil ich zögerte, verwandelte sich ihr begieriges Lächeln in einen besorgten Ausdruck. „Sag bloß, es hat nicht geklappt."

Na, jedenfalls nicht so, wie ich mir das vorgestellt hatte.

„Was denn?", rief Lauren. „Könntet ihr mir bitte endlich sagen, worum es hier geht!"

Ich seufzte. „Ich war gestern bei meinem Vater und habe ihm meine Zustimmung zu seinem Vorschlag gegeben, dass ich in der Agentur mitarbeite."

Lauren riss die großen blauen Augen auf. „Was? Das ist ja fantastisch! Oh, Clary, das war eine gute Entscheidung!"

Ich konnte Laurens überschwängliche Freude nicht teilen. Sie und Rita erkannten sofort, dass ich keine Begeisterung an den Tag legte.

„Oder nicht?", fragte Lauren unsicher.

Auch Rita legte die Stirn in Falten.

„Doch", brachte ich lahm heraus, was die beiden in Jubelschreie ausbrechen ließ. Die ebbten allerdings rasch wieder ab.

„Warum freust du dich denn nicht?" Rita sah mich verständnislos an. „Ich dachte, du wolltest das."

Ja, das hatte ich auch gedacht. Ich hatte mich der ohnehin großen Herausforderung stellen wollen, neue Wege zu beschreiten. Dass diese Wege mich zur

Managerin der Dynamites machen würden, hatte ich bei meinem Entschluss nicht mit einkalkuliert.

Frustriert fuhr ich mir übers Gesicht. „Ich soll Camerons marodes Eishockeyteam managen."

Nach meiner Enthüllung war es still am Tisch. Laurens Gesicht war bleich. Rita hatte die Unterlippe zwischen die Lippen gezogen und kaute darauf herum. Die solidarische Betroffenheit der beiden, ihr Mitleid und ihre Anteilnahme weckten unerwartete Gefühle in mir. Ehrgeiz. Entschlossenheit. Und eine unbändige Wut.

„Verdammt noch mal!", stieß ich hervor. „Ich habe keinen blassen Schimmer von Eishockey, aber ich werde meinem Vater beweisen, dass ich sogar diese Bande von Verlierern ins rechte Licht rücken kann." Hoppla! Wo kam das denn plötzlich her?

In Ritas Augen erschien ein Glanz, und auch Lauren setzte ihr Siegerlächeln auf.

„Natürlich", bekräftigte Rita voller Inbrunst meine Kampfansage.

„Du rockst das!" Lauren tätschelte meine Hand.

Wie gerufen, wurde in diesem Moment Ritas Drink serviert. Sie hob ihr Glas.

„Auf Clary!", sagten sie gemeinsam.

Ich zwang mir ein Lächeln auf, weil ich ihnen dankbar war. Obwohl ich meine Entschlossenheit, den Job anzunehmen, ausgedrückt hatte, war ich mir noch immer nicht sicher, wie ich diese Aufgabe meistern sollte.

***

Prinzipiell war ich die Mischung aus Schmerztabletten und Alkohol gewohnt. Um genau zu sein, hatte ich mich in der Vergangenheit mit diesen beiden Substanzen am Laufen gehalten. Nicht dass ich in den letzten Monaten sonderlich viel Alkohol konsumiert hätte. Auch meine tägliche Dosis an Schmerzmitteln war für die Verhältnisse der zurückliegenden Jahre nicht der Rede wert. Trotzdem steckte mir der gestrige Abend, allem voran die Drinks, heute in den Knochen.

Ich hatte mir gleich nach dem Aufstehen sämtliche Unterlagen zu den Spielern der Dynamites von Onkel Cameron aushändigen lassen. Im Gegensatz zu mir war er mindestens genauso begeistert von der Idee, dass ich nun die neue Managerin seines Eishockeyteams sein würde, wie Dad. Das hatte ihn nicht daran gehindert, mir zu den Akten einen dicken Stapel Bücher über Spielregeln, Taktik und was weiß ich noch mit auf die Arme zu packen.

Ich saß seit Stunden über den Unterlagen und hatte den ein oder anderen Blick in die Bücher über Eishockey geworfen. Mein Schädel brummte, und obwohl ich in meinen eigenen vier Wänden, die im Ostflügel der Hotelanlage untergebracht waren, jede Möglichkeit nutzte, mich der Lektüre in einer bequemen Position zu widmen, hielt das die Schmerzen nicht lange fern.

Jede Akte sah aus wie die andere, und sie lasen sich alle gleich. Brauner Karton, ein Deckblatt, das die Eckdaten der Spieler beinhaltete. Name, Alter, Adresse, Funktion auf dem Eis, ein Abriss der bisherigen Spielerfolge. Bei kaum einem reichte die Beschreibung über die Hälfte des Blatts. Sie hatten in jungen Jahren mit dem Eishockey begonnen, jeder hatte eine gute und fundierte Ausbildung erhalten, soweit ich das beurteilen konnte. Die meisten hatten bereits in anderen, weit erfolgreicheren Teams gespielt, was nur unterstrich, wie gut Cam seine Spieler bezahlte. Auf diesem Geld ruhten sich die Herren der Schöpfung offensichtlich seit Jahren aus, denn Ruhm und Ehre hatte dem Team kein einziger von ihnen eingebracht.

Ich verglich ihre Spieldokumentation, eine unspektakuläre Aneinanderreihung von geschossenen oder abgewehrten Toren und herausragenden Spielzügen, mit denen erfolgreicher Spieler und Mannschaften. Das Ergebnis war ernüchternd. Der einzige Spieler im Team, der eine einigermaßen gute Bilanz vorzuweisen hatte, war Hudson. Er war Center und Team Captain. Selbst ernannt, versteht sich. Zu meiner Schande musste ich gestehen, dass ich bis zu diesem Augenblick keine Ahnung über seine Qualitäten als Spieler gehabt hatte. Meine Informationen zu Hudson Bolder beschränkten sich bis dato auf rein sexuelle Aspekte. Abgesehen davon, dass er unheimlich attraktiv war, was er nur allzu genau wusste, war er einer der wenigen Menschen gewesen, die nach meinem Unfall und dem anschließenden Ende meiner Karriere auf dem Eis noch Interesse an mir gezeigt hatten. Klar, er war nicht gerade der sensibelste Kerl auf dem Planeten, aber er hatte sich in einer Zeit, die für mich die Hölle auf Erden gewesen war, als Konstante in meinem Leben erwiesen und sich niemals an meinen Narben oder Eskapaden gestört. Ungeachtet dessen hegte ich keine tieferen Gefühle für diesen Mann und glaubte nicht daran, dass er mehr von mir wollte als gelegentlichen Sex. Gelegentlichen Sex, der mit dem heutigen Tag Geschichte sein würde. In Wahrheit war ich Hudson seit Monaten überdrüssig, und da ich von nun an in beruflicher Verbindung zu ihm stand und den Teufel tun würde, meine neue Position als Managerin des Teams, und sei sie auch noch so ungewollt, in Gefahr zu bringen, galt unsere Bettgeschichte für mich als beendet.

In Gedanken versunken stapelte ich die Spielerakten fein säuberlich aufeinander. Eine Pause musste her, in der ich mir die Beine vertreten und meinen müden Geist ein wenig von der Thematik befreien konnte. Ich stemmte die Arme auf die Tischplatte des Schreibtischs, um möglichst viel Gewicht beim Aufstehen von meinen Beinen zu nehmen. Mein Blick blieb an einem Detail auf der Seite eines aufgeschlagenen Buchs hängen. Obwohl die halb aufgerichtete Position alles andere als gemütlich, ja, im Gegenteil, äußert unbequem und anstrengend war, verharrte ich einige Momente darin. Mein Hirn ratterte wie eine alte Zamboni mit Getriebeschaden, in dem Bemühen, die Anzahl der beiseitegelegten Spielerakten und jene Zahl in dem Buch, die beschrieb, wie viele Teammitglieder ein Eishockeyteam zu haben hatte, in Einklang zu bringen. Mit einem dumpfen Ächzen senkte ich meinen halb erhobenen Hintern zurück auf die gepolsterte Sitzfläche des Stuhls und zog das Buch zu mir heran, las den Absatz, der erklärte, welche und vor allem wie viele Spieler in einen Kader gehörten.

Dem Ratgeber zufolge sollte jede Mannschaft aus vier Sturmreihen und wenigstens drei Verteidigungsreihen bestehen. Hinzu kamen mindestens zwei Goalkeeper. Hastig blätterte ich einige Seiten weiter, wo ich mir die Abbildung eines Spielfeldplans ansah. Die Aufstellung benötigte zwei Verteidiger, den Torwart und drei

Stürmer. Ich überschlug die Zahlen, und Hitze kroch mir das Rückgrat hinauf. Im Grunde wusste ich bereits, was Sache war, trotzdem langte ich nach den Spielerakten und sortierte sie der Funktionen der einzelnen Teammitglieder nach auseinander, bis sie der Spieleraufstellung auf dem Eis gleich vor mir auf dem Tisch lagen.

Die Dynamites bestanden aus nur einem Goalkeeper, vier Verteidigern und sechs Stürmern, wobei Hudson als einziger Center des Teams fungierte. Das durfte nicht wahr sein! Wie bescheuert war Onkel Cam eigentlich! Er hatte vor, sein Team aus abgehalfterten Partyhengsten auf Vordermann zu bringen. Selbst wenn Jeff Paxton dieses Wunder als neuer Trainer vollbringen könnte, blieb da immer noch das grundlegende Problem, dass die Mannschaft gut ein Drittel zu wenig Spieler hatte. War dieses essenzielle Detail tatsächlich niemandem aufgefallen?

Ich musste es wissen. Ich musste wissen, ob Cameron und Cheston Clark vorhatten, mich ein Team mit zu wenig Spielern managen zu lassen. Getrieben von Unglauben, Skepsis und dem Gedanken, dass mein Vater mir mit voller Absicht eine Aufgabe gestellt hatte, die von vorneherein zum Scheitern verurteilt war, machte ich mich auf den Weg in Dads Büro.

Hinter den Milchglaswänden meinte ich, die Silhouette einer Person zu erkennen, die im Raum hin und her lief. Dumpfe Stimmen drangen zu mir heraus auf den Flur. Entgegen meiner ersten Intention klopfte ich an die Tür. Die Silhouette näherte sich der Tür, einen Herzschlag später senkte sich der Türgriff. Camerons angespanntes Gesicht erschien vor mir im Türspalt.

Dieser Ausdruck passte nicht zu meinem toughen, stets bestens gelaunten Onkel. Er war so gut wie nie aufgebracht, besorgt oder anderweitig negativ gestimmt. Dieser Mann war normalerweise die pure Lebensfreude, jederzeit zu Späßen aufgelegt oder zumindest optimistisch.

„Clary, gut, dass du da bist." Damit ließ er mich ein und schloss die Tür hinter mir.

Trainer Paxton saß meinem Vater gegenüber an dem länglichen Verhandlungstisch, die Arme vor der Brust verschränkt, und schaute ähnlich finster drein wie bei unserem Kennenlernen. Er nickte mir zu, bevor er sich Onkel Cam zuwandte und offenbar das Gespräch dort weiterführte, wo es durch mein Erscheinen unterbrochen worden war.

„Cameron, du hast mich hergeholt, damit ich mich deines Teams annehme. Mag sein, dass es sich verbessern kann, und glaube mir, ich bin in der Lage, jedes Quäntchen spielerischen Könnens aus diesem Haufen Faulpelze herauszuholen ..." Der Trainer hielt inne.

In Onkel Cams Blick konnte ich erkennen, dass er hin und her gerissen war zwischen Hoffnung und Unsicherheit, zwischen der Aussicht, mit Paxton die ultimative Lösung für die Rettung seines Teams gefunden zu haben, und einer undefinierbaren Sorge, die höchstwahrscheinlich aus dem Teil der Unterredung resultierte, den ich verpasst hatte.

„Doch es fehlt ihnen an Herz. An Motivation. An Natürlichkeit. An Instinkt. Und an Freude am Spiel." Während der Aufzählung, die den Schlägen eines Richterhammers gleich aus seinem Mund schoss, streckte Paxton zu jedem Punkt einen Finger seiner Linken aus und schloss sie schließlich zu einer Faust, mit der er auf die chromglänzende Armlehne seines Stuhls schlug.

Trotz, nein, gerade wegen seines resoluten Auftretens begann ich, den steinernen Coach, wie er meiner kurzen, aber beeindruckend ergiebigen Internetrecherche zufolge in Fachkreisen genannt wurde, allmählich zu mögen. Seine Einschätzung traf zu hundertzehn Prozent zu und beschrieb meinen eigenen Eindruck der Dynamites.

Onkel Cam atmete tief ein, setzte zum Sprechen an, nur um geräuschvoll die Luft auszustoßen und ein weiteres Mal stumm seinen Mund zu öffnen. Erst beim dritten Anlauf drang etwas über seine Lippen.

„Du hast recht, Pax", gab er zähneknirschend zu. „Und natürlich habe ich dich nicht angeheuert, um mir Honig ums Maul schmieren zu lassen. Allerdings empfinde ich dein Urteil nach nur einem Probetraining mit meinen Jungs als voreilig und zu hart. Ich kann nachvollziehen, dass du das Team ausdünnen musstest ..."

Also hatte Paxton schon Mitglieder aussortiert, die seiner Meinung nach nicht länger für die Dynamites spielen sollten. Ein mutiger Schritt, vermutlich der einzig Richtige. Mich beeindruckte, dass Paxton keine Zeit vergeudet hatte.

„Du könntest dich genauso gut nach ein paar neuen Spielern in der Umgebung ..."

„Nein", fuhr Trainer Paxton meinem Onkel dazwischen, was Dad, der die Unterhaltung im Stillen beobachtete, zum Schmunzeln brachte.

Cameron blieb das nicht verborgen, kein Hilfe suchender Blick in Richtung meines Vaters entlockte ihm jedoch eine Reaktion.

„Sie sind Amateu…“, begann Onkel Cam und wurde sofort wieder von Paxton unterbrochen.

„Voller Potenzial!“

„Haben keine fundierte Ausbil…“

„Genau das, was den Dynamites fehlt!“

„Sind aus Ameri…“

„Unumgänglich, wenn du dieses Team zum Erfolg führen willst!“

Während Onkel Cam mit jedem Mal, mit dem er erfolglos der Debatte ein weiteres Argument beifügen wollte, immer kleinlauter wurde und ich ihm seine Erschöpfung und seinen Überdruss deutlich anmerken konnte, sprach Paxton energischer, und ein kämpferischer Schimmer trat in seine Augen.

Dieser Schlagabtausch wirkte gleichermaßen verwirrend und unterhaltsam auf mich. Noch hatte ich keinen Schimmer, worum es eigentlich ging, hoffte aber inständig, dass sich dieser lästige Umstand demnächst ändern würde.

Schließlich seufzte Cameron tief und versuchte erneut, Dad als Befürworter miteinzubeziehen.

„Sag doch auch mal was dazu, Ches.“ Er klang wie ein quengeliges Kind, dem nicht erlaubt wurde, länger aufzubleiben.

Mein Vater räusperte sich, kaschierte damit mehr schlecht als recht ein weiteres amüsiertes Zucken seiner Mundwinkel. „Der Mann weiß bestimmt, was er tut, obwohl ich gestehen muss, dass mich dieses Vorgehen ebenso überrascht hat wie dich, Cam.“

Meinen Vater überraschte etwas? Dann stand unweigerlich die Apokalypse bevor. Ich hatte nämlich nur ein einziges Mal erlebt, dass er von etwas überrascht worden war, und das war wohl das Schlimmste, was ihm jemals passiert war. Und mir.

Meine Neugierde legte einen doppelten Toeloop hin, und dann war es endgültig vorbei bei mir mit Geduld und höflicher Zurückhaltung. Ich wollte, zur Hölle noch eins, wissen, was hier vor sich ging.

Onkel Cam drehte sich schwungvoll und mit einem beeindruckend theatralischen Gesichtsausdruck zu mir herum. „Alles klar. Ich beuge mich diesem Wahnsinn. Jeff, du bist der Trainer, und ich will die Sinnhaftigkeit deines Entschlusses nicht länger infrage stellen. Clary, du als Managerin des Teams sollst wissen, dass wir bald sechs neue Spieler bei den Dynamites willkommen heißen dürfen."

Gut. Und warum verursachte der Spielerwechsel solche eine weitreichende Debatte?

„Und weiter?" Ich wusste, dass das nicht alles gewesen sein konnte.

Obwohl Onkel Cam noch vor wenigen Sekunden mehr als erpicht darauf gewesen war, seinen Unmut kundzutun, schwieg er nun demonstrativ und sah auffordernd zu meinem Vater. Der wiederum blickte erst Trainer Paxton an, ehe sich seine Aufmerksamkeit auf mich richtete.

Mann, die machten es aber spannend.

„Bei den neuen Spielern handelt es sich nicht um Kanadier. Sie kommen aus Missoula", sagte Dad.

Wow. Okay. Darüber zerbrachen sie sich die Köpfe? Dann waren es eben Amerikaner. Immerhin war Kanada bekannt dafür, weltoffen zu sein. Ich sah darin kein Problem.

„Und es sind Amateurspieler."

Amateure? Ein Glucksen entfuhr mir, ohne dass ich es hätte aufhalten können. Rasch hustete ich, um von meiner dezent unprofessionellen Lautäußerung abzulenken. „Wie Amateurspieler?" Verarschten die mich?

„Amateurspieler im Sinne von noch nie in einem richtigen Team gespielt, keine einschlägige Ausbildung genossen, weit entfernt von Ligaerfahrung." Jetzt war es Onkel Cam, der mir antwortete, und er schaffte es bei Weitem nicht so gut, seine Unzufriedenheit zu verbergen.

Am liebsten hätte ich gelacht, das erschien mir in diesem Moment allerdings unmöglich. Paxton holte also wahrhaftig Amateure in ein Team, das ohnedies nur aus Nullen bestand? Fantastisch.

Jack

Mom zog mich so fest an sich, dass sich der Kugelschreiber in der Brusttasche ihres rosa-weiß gestreiften Kleids, mit dem sie die Bestellungen notierte, schmerzhaft in meine Rippen drückte. Dennoch erwiderte ich ihre Umarmung klaglos und schlang die Arme um sie. Ich wusste, wie schwer es ihr fiel, mich ziehen zu lassen. Es war vollkommen egal, dass ich achtundzwanzig Jahre alt und längst über einen Kopf größer war als sie, in ihren Augen würde ich wohl immer ihr kleiner Junge bleiben.

„Pass auf dich auf, Jacky", murmelte sie in mein Shirt.

„Miss", ertönte es irgendwo hinter uns.

Mom schniefte kaum hörbar, löste sich ein Stück von mir und ließ es sich nicht nehmen, mir einen Kuss auf die Wange zu drücken, ehe sie sich von mir verabschiedete, um weiter zu bedienen. Der Diner, in dem sie arbeitete, war gut besucht. Von allen Seiten verlangten die Gäste nach Kaffee und Eiern mit gebratenem Speck.

Meine Mutter nahm die Bestellung eines Paars auf und verschwand durch die Schwingtür in die Küche.

Nonna hatte ich bereits am Morgen Lebewohl gesagt. Nun da unsere Abfahrt unmittelbar bevorstand, klangen mir ihre Abschiedsworte wieder in den Ohren. „Du bist ein guter Junge, Jackson. Es wundert mich nicht, dass dir das Schicksal unter die Arme greift."

Ich wusste, dass sie sich für mich freuten, mir gönnten, welche Chance sich mir bot, und meinen Weg unterstützen. Doch mit Nonnas Gerede von Schicksal konnte ich nichts anfangen.

Schwerfällig drehte ich der geschlossenen Schwingtür den Rücken zu.

Tyler stand neben der Tür, die Hände in die seiner Mutter gelegt. Leise sprachen sie miteinander. Sandra trug das gleiche rosa-weiß gestreifte Kleid wie meine Mom und die anderen Bedienungen. Ich hatte beide schon unzählige Male in dieser Montur gesehen, ebenso Ty, da wir praktisch in diesem Diner groß geworden waren. An Tisch 6 hatten Tyler und ich als Kinder jeden Tag gesessen und unsere Schularbeiten erledigt. Das hieß, wenn er nicht gerade im Krankenhaus gewesen war. Vermutlich fiel es seiner Mutter um einiges schwerer als meiner, ihren einzigen Sohn ziehen zu lassen. Schließlich war es nicht selbstverständlich, dass Ty stolze sechsundzwanzig Jahre alt geworden war und sein Leben nun auf diese Weise führen konnte. Oder überhaupt am Leben war. Trotzdem und wahr-scheinlich gerade deshalb hörte ich, wie sie ihm alles Gute wünschte und sich wieder an die Arbeit machte.

„Los geht's!" Ty wackelte mit den Brauen.

Er strahlte Freude und Tatendrang aus, aber mir entging das verräterische Glänzen in seinen blass-blauen Augen nicht. Es gab wohl kaum einen Menschen auf der Welt, der hinter Tylers Houstons Fassade blicken konnte. Ich glaubte, einer von diesen Menschen zu sein. Ein Mensch, dem Ty sein Vertrauen entgegenbrachte so wie ich ihm meines. Darüber hinaus fühlte sich ein nicht zu verachtender Teil von mir für ihn verantwortlich. Ebenso wie für Kev, Drew, Finch und Klay. Zu der Freude und Aufregung über den neuen Weg, den wir gemeinsam einschlagen durften, mischte sich Sorge, die einen schalen Beigeschmack erzeugte. Sie lauerte in mir, seit Trainer Paxton nach unserem Spiel zu uns in die Umkleide getreten war. Er war ein stocksteifer und reichlich undurchsichtiger Mann. Ein harter, äußerst professioneller Coach, dessen Talent, das Beste aus jedem Spieler unter seinem Kommando herauszuholen, laut Charly seinesgleichen suchte. Wir konnten uns über alle Maßen glücklich schätzen, dass er mehr in uns sah als junge Männer, die darauf aus waren, ihren Traum zu leben. Ersteres taten wir ohne Zweifel und Zweiteres war nun in greifbarer Nähe. Doch wir waren noch nicht dort. Wir hatten einen langen, steinigen Weg vor uns, und ich konnte nicht mit Gewissheit sagen, was uns in Kanada erwarten würde.

Ein Abenteuer? Bestimmt. Eine bessere Zukunft, als Missoula sie für uns bereithielt? Das hoffte ich aus vollem Herzen.

„Jack? Kommst du?", wollte Ty wissen, weil ich mich nicht von der Stelle bewegt hatte. „Oder willst du dir einen letzten Kuss von deiner Mommy holen?"

Meine Mundwinkel zuckten nach oben.

„Ein Kuss von deiner Mommy wäre mir lieber", antwortete ich, woraufhin Ty mir gegen die Schulter boxte.

Nacheinander begaben wir uns nach draußen, und ich unterdrückte den Impuls, mich noch einmal nach dem Diner umzudrehen, ging zu meinem Wagen, einem in die Jahre gekommen Toyota Previa. Auf der verbeulten Motorhaube saßen Kev und zu meiner Überraschung Finch.

„Bereit?"

Kev nickte auf meine Frage hin und erhob sich schweigend. Er war kein Mann vieler Worte. Er war ein Mann der Tat. Nicht nur wenn er auf dem Eis war. Dieser Wesenszug war bezeichnend für den ehemaligen Corporal und hatte ihm und dem ihm anvertrauten Trupp im Krieg in Afghanistan das Überleben gesichert. Es war gut zehn Jahre her, dass sich Kev, gerade erst volljährig, dem Dienst an unserem Land verschrieben hatte. Gedankt hatte man es ihm nicht. Unwillkürlich kam die Erinnerung an unser erstes Zusammentreffen in mir auf. Damals hatte ich eine Heidenangst vor ihm gehabt. Zu Recht. Er stand mir im Ring gegenüber und war einer der wenigen Gegner, die es schafften, mich zu besiegen. Und der einzige, der mir nach dem Kampf die Hand gereicht, mir auf die Beine geholfen und mich gefragt hatte, ob es mir gut ging. Seit dieser Nacht waren wir Freunde.

„Es geht los!", flötete Finch mir ins Ohr, begleitet von einer Umarmung, die mir die Luft aus den Lungen presste. In seiner Hand blitzte ein in durchsichtige Folie gewickelter Blumenstrauß auf, den er mir nun unter die Nase hielt. „Jedenfalls sobald ich die hier abgeliefert habe." Er wartete keine Erwiderung meinerseits ab, sondern stapfte los und verschwand im Diner.

Ty stöhnte genervt auf, dabei wusste er genauso gut wie ich, aus welchem Holz Finch geschnitzt war.

„Lasst uns im Wagen auf ihn warten", meinte ich unbeeindruckt von Tys Gehabe, schnappte mir Finchs löchrigen Rucksack, den er an den Radkasten gelehnt hatte, und verfrachtete ihn gemeinsam mit Kevs ebenso spärlichem Gepäck im Kofferraum.

Kaum dass ich den Deckel zugeknallt hatte, trat Finch wieder auf die Straße. Anstelle des Blumenstraußes hielt er eine Papiertüte mit dem Logo des Diners in der Hand und wedelte damit freudig in unsere Richtung.

„Na, hast du dich auch von deiner Mommy verabschiedet?", spottete Ty.

Dieser Vollidiot konnte es einfach nicht gut sein lassen. Tyler war nie mit Finch warm geworden, obwohl dessen Herz bestimmt größer war als alle unsere zusammengenommen. Finch war nicht viel Gutes in den knapp siebenundzwanzig Jahren seines Lebens widerfahren. Trotzdem kümmerte er sich um andere, größtenteils sogar Fremde, wo er nur konnte. Soweit ich wusste, waren die einzigen Menschen, die sich jemals um ihn gekümmert hatten, meine Mutter und ich gewesen, zumindest bis er Teil unseres Teams geworden war. Ich sah eine jüngere Version von Finch vor meinem geistigen Auge, die halb erfroren und verhungert vor eben jenem Diner hockte, vor dem er jetzt stand. Ich, wie ich in Begleitung meiner Mutter den Diner spät abends verließ und mich über den Jungen in dem schmutzigen Sweater wunderte, der den einzigen Schutz gegen die klirrende Kälte darstellte. Ich blieb vor ihm stehen und fragte ihn, wie er hieß und warum er allein war. Wir hatten ihn nach einem kurzen Gespräch mit nach Hause genommen. Ohne die Hilfe meiner Mutter wäre seine Zeit auf der Straße vermutlich nicht gut ausgegangen.

Finch ließ die Hand mit der Tüte sinken, gleichzeitig verschwand das Grinsen aus seinem Gesicht.

„Beth ist nicht meine Mutter, sondern Jacks", erwiderte er mit rauer Stimme. Es schien, als wollte er noch etwas sagen, doch er schloss den Mund, und nur einen Augenblick später hoben sich seine Mundwinkel. Erst als er zum Wagen trat und Ty die Tüte in die Hand drückte, ergänzte er in gewohnt heiterem Tonfall: „Reiseproviant. Für uns alle."

Zehn Minuten später lenkte ich meinen klapprigen Toyota in die Zufahrtsstraße zu Andrews Elternhaus. In dieser Gegend der Stadt reihte sich ein gepflegtes Haus ans andere und eine sauber getrimmte Rasenfläche an die nächste. Zwar war es kein Villenviertel, trotzdem brauchte man das nötige Kleingeld, um sich hier niederlassen zu können. Drews Eltern waren renommierte Ärzte und besaßen genug Kohle. Als Einziger von uns kannte er keine Geldsorgen, wusste nicht, was es bedeutete, jeden Penny zweimal umdrehen zu müssen, um sein Leben zu bangen oder gar auf der Straße zu sitzen.

Das hieß nicht, dass Drew es im Vergleich zu uns anderen leichter hatte. Auch er musste um seinen Traum kämpfen. Geld zu haben, ermächtigte einen nicht automatisch dazu, frei entscheiden zu können. In Drews Fall traf das Gegenteil zu. Seine Eltern hielten nichts von seinen Ambitionen, von Eishockey oder Sport an sich. Sie hatten Drews Zukunft klar vor Augen. Und bei dem von ihnen angestrebten Werdegang trug ihr Sohn bestimmt kein Trikot und hatte keinen Schläger in der Hand, sondern war in einen weißen Arztkittel gekleidet, mit einem Stethoskop um den Hals wie sie.

Kaum hatte ich den Toyota am Ende der Zufahrt zum Halten gebracht, preschte Drew um die Ecke. Er hatte seine Sporttasche geschultert und die Lippen aufeinandergepresst. Ohne eine Begrüßung stieg er in den Wagen und verzog sich auf den freien Platz in der hinteren Sitzreihe neben Ty.

„So schlimm, Mann?", fragte Ty vorsichtig, nachdem wir rückwärts aus der Einfahrt gerollt waren.

Die Antwort war ein tiefes Brummen. Von uns allen kannte Tyler Andrew am längsten. Die beiden hatten sich im Krankenhaus getroffen, wo Drew ein Praktikum absolviert und Ty als freiwilliger Helfer die Kinder auf der onkologischen Station bespaßt hatte.

Es dauerte eine Weile, bis Drew mehr von sich gab. Über den Rückspiegel sah ich, dass er seine Tasche auf dem Schoß umklammert hielt und den Blick aus dem Fenster gerichtet hatte.

„Ich bin enterbt", stieß er hervor und ließ ein freudloses Lachen folgen.

Zwei, drei Sekunden lang herrschte Stille im Wageninneren, dann klopfte Ty ihm auf die Schulter.

„Glückwunsch!" Er bemühte sich, einen lockeren Tonfall anzuschlagen, und tatsächlich klang Drews Lachen jetzt eine Spur weniger verkrampft, wenn auch reichlich trocken.

„Mach dir nichts draus", sagte Finch. „Klar ist es schade um die ganze Asche, aber das Wichtigste ist, dass wir spielen können, nicht wahr?"

„Yep", gab Drew einsilbig zurück.

Obwohl Finch den Nagel ohne Zweifel auf den Kopf getroffen hatte, steckte sicherlich mehr hinter Drews mieser Stimmung als der bloße Verlust seiner Erbschaft. Ich kannte ihn nicht so gut wie Ty, dennoch hatte ich mitbekommen, dass ihm die mangelnde Unterstützung seiner Eltern zu schaffen machte. Es war nicht das Geld, das ihm fehlen würde, sondern die Gewissheit, dass die Menschen, die ihm am nächsten standen – oder stehen sollten – ihn und seine Wünsche ablehnten. Mochte sein, dass ich nicht die gleichen Chancen im Leben hatte wie er. Meine Mutter hätte mir niemals ein Studium finanzieren können. Dafür hielt sie zu mir, komme, was da wolle, und würde mir nie eine Richtung aufzwingen oder sich von mir abwenden.

Leise unterhielten sich Ty und Drew über Drews Freundin Camille. Während wir uns einem wesentlich ungemütlicheren Fleckchen der Stadt näherten und ich meinen eigenen Gedanken nachhing, drangen gelegentlich Gesprächsfetzen zu mir nach vorne. Offenbar war auch der Abschied von Camille alles andere als einfach gewesen. Trotzdem war Andrew hier. Er hatte eine sichere, womöglich aussichtsreichere Zukunft in den

Wind geschossen, seine Freundin zurückgelassen, die er innig liebte. Alles, um mit uns auf dem Eis zu sein. Um die Sache zu tun, für die sein Herz am lautesten schlug.

Dieser Teil der Stadt war in nichts mit dem zu vergleichen, aus dem wir gerade kamen. Ich kannte die Straßen besser, als mir lieb war, da ich mit meiner Mutter lange genug hier gewohnt hatte. Sobald es Mom, nachdem mein Vater uns von einem Tag auf den anderen im Stich gelassen hatte, finanziell möglich war, packte sie mich und unsere sieben Sachen. Wir zogen in ein ruhigeres Viertel, in der man vor allem nachts sicherer unterwegs sein konnte. Ich hatte zu niemandem mehr aus dieser Gegend Kontakt, abgesehen von Klay und sporadisch zu seinem älteren Bruder Tucker. Mit Tucker war ich von klein auf in die Schule gegangen, irgendwann hatten wir uns auseinanderentwickelt. Ich war heilfroh gewesen, dem Treiben auf den Straßen den Rücken kehren zu können, wohingegen Tucker immer tiefer darin versunken war. Als Mitglied einer der berüchtigtsten Gangs der Stadt stand er mittlerweile mit einem Bein im Gefängnis und mit dem anderen im Grab.

Jeder von uns profitierte auf die ein oder andere Weise davon, Missoula zu verlassen, aber ich schätzte, dass es für Klay am bedeutungsvollsten war. Er ließ sich auf den Beifahrersitz plumpsen. Die Kapuze seines Hoodies tief ins Gesicht gezogen, murmelte er „Hey, Leute" und sah demonstrativ aus dem Fenster. Irgendetwas stimmte nicht mit ihm. Klay war ein ruhiger Typ. Fast so ruhig wie Kev. Als Junge war er fröhlich, laut und wild gewesen, dieses Verhalten, die Unbeschwertheit, hatte er längst abgelegt. Trotzdem ... Ich fuhr den Wagen nicht wieder an, was nach wenigen Augenblicken zu Fragen und Protestrufen aus den hinteren Reihen führte. Erst als Klay den Kopf drehte und zu mir hinüberschielte, ließ ich langsam die Kupplung kommen und drückte das Gaspedal.

„Nimm die Kapuze ab." Ich wollte das volle Ausmaß dessen erfassen, das ich nur erahnen konnte.

Er zögerte, dann tat Klay, was ich von ihm wollte. Hinter uns wurde es still, nachdem Finch durch die Zähne gepfiffen hatte. Klays linke Gesichtshälfte war übel zugerichtet. Seine Unterlippe, auf der ein blutiger Riss prangte, war geschwollen, ebenso die dünne Haut unter seinem linken Auge. Auch die Braue darüber zierte eine Blessur, und trotz Klays dunklem Teint konnte ich einen violetten Schimmer auf seinem Jochbein erkennen.

„Jetzt guckt nicht so betroffen aus der Wäsche. Ein Wichser am Kiosk ist mir blöd gekommen, ich konnte mich nicht zurückhalten. Es sieht schlimmer aus, als es ist. Der andere musste wesentlich mehr einstecken", sagte Klay derart abgeklärt, dass ich ihm keine Silbe glaubte. Außerdem waren seine Hände vollkommen unversehrt. Keine Schrammen oder irgendein anderes Zeichen auf seinen Fingerknöcheln, dass er seinerseits zugeschlagen hatte.

Ich biss die Zähne zusammen, umklammerte das Lenkrad und zwang mich dazu, den Mund zu halten und weiterzufahren.

Lieber hätte ich kehrtgemacht. Ich hatte eine Ahnung, wer an Klays Verletzungen schuld war, und meine hart erkämpfte Ruhe schwand beim Gedanken daran, dass es nicht das erste Mal passiert war. Aber es würde das letzte Mal gewesen sein, sobald wir die Grenze hinter uns gelassen hatten und Banff in Sicht kam. Das schwor ich mir. Klay würde nichts mehr mit dieser ganzen Scheiße in seinem Viertel zu tun haben.

Ein Ruck ging durch den Wagen, und einen Herzschlag später steckte Drew den Kopf zwischen den Sitzen nach vorne. Zweifelsohne begutachtete er Klays Gesicht.

„Mach einen Umweg über den Drugstore, Jack“, meinte er. „Wir brauchen Eis, Schmerzmittel und etwas zum Desinfizieren.“

Ich nickte. Zu mehr war ich nicht in der Lage. Klay schwieg ebenfalls. Es waren auch keine Worte notwendig. Keiner von uns käme auf die Idee, Klays Erklärung anzuzweifeln. Wenn es das war, was er vorschieben wollte, akzeptierten wir das. Wir unterstützen einander. Ohne Ausnahme.

Clary

„Komm schon, Clarissa.“ Hudsons Stimme klang einschmeichelnd und warm.

Davon ließ ich mich nicht erweichen. Anstatt ihm, was er sicherlich gehofft, ach, was sage ich, vorausgesetzt hatte, schenkte ich mein Lächeln der Barista hinter dem Tresen.

„Hi. Ich hätte gerne einen großen Sojalatte mit Karamell.“

Neben mir lehnte sich Hudson an die Theke.

„Ich kann nicht glauben, dass du das wirklich willst“, sagte er.

Am liebsten hätte ich die Augen verdreht, geschnauft oder ihn weiter ignoriert, wie ich es tat, seit er mir von der Vorhalle des Centers bis hierher in den nächstgelegenen Starbucks nachgedackelt war und ohne Unterlass auf mich eingeredet hatte.

„Die Sache ist ganz einfach. Vorher hatten wir keine berufliche Verbindung. Jetzt haben wir eine. Ergo: kein Sex mehr“, erklärte ich diesmal knapper, damit der Kern meiner Aussage endlich bei ihm hängen blieb.

Sein Blick verfinsterte sich, auch das beeindruckte mich nicht. Konnte sein, dass ich mir nicht viele meiner herausragenden Eigenschaften von der Zeit vor dem Unfall hatte bewahren können, eine zählte definitiv dazu: mein eiserner Wille. Wenn ich mir etwas in den Kopf gesetzt hatte, zog ich es auch durch. Punkt.

Ich nahm den Latte entgegen und zog meine Karte über das Lesegerät, bevor ich meine Schritte zum Ausgang lenkte. Hudsons tiefes Seufzen, das in einem Knurren endete, folgte mir.

„Ganz einfach, ja. Du trittst uns in die Tonne, nach allem, was wir gemeinsam durchgestanden haben.“

Autsch. Mit dem Becher in der Hand hielt ich inne. Die Tür des Starbucks schwang hinter mir zu, was ich an dem warmen Luftstoß in meinem Rücken spürte.

Bei seiner eisigen Stimme verflüchtigte sich meine Coolness ein Stück weit, und unerwünschte Gefühle stoben in meinem Inneren auf. Ich wollte nicht an unsere gemeinsame Zeit denken, sondern das Gespräch so schnell wie möglich hinter mich bringen. Also zwang ich mich dazu, ruhig weiterzuatmen und Hudson neben mir nicht anzusehen. Würde ich es tun, würde ich alles nur schlimmer machen. Wenn ich ihm erklärte, dass er mir zu wenig bedeutete, als dass ich weiter an einer Beziehung – sofern man das zwischen uns überhaupt so nennen konnte – mit ihm festhalten wollte, würden wir beide die Fassung verlieren, und das konnte ich mir nicht leisten. Nicht jetzt, nicht heute, nicht wenn ich gleich den neuen Spielern, die Trainer Paxton aufgetan hatte, gegenübertreten und mich professionell geben musste.

„Es gibt kein uns", sagte ich.

„Glaub ja nicht, dass ich dich noch einmal aus dem Dreck ziehen werde, Clary." Damit ließ Hudson mich stehen und stapfte davon.

Ganz toll!

Erst als sein breiter Rücken und die hochgezogenen Schultern außer Sicht waren, setzte ich mich in Bewegung. Ich hatte keine Zeit, um weiter hier herumzustehen und über etwas nachzudenken, das ohnehin zum Scheitern verurteilt gewesen war.

Obwohl ich mich redlich bemühte, all den Mist, der sich durch die Szene in mir nach oben drängen wollte, zurückzukämpfen, tauchten wahllos Bilder auf und flirrten vor meinem geistigen Auge, als wäre mein Hirn ein kaputter Fernseher. Egal wie betrunken oder randvoll mit Medikamenten ich gewesen war, ich konnte mich an alles erinnern, wenn auch zum Teil nur verschwommen.

Während ich schwer damit beschäftigt war, düstere Erinnerungen abzuwehren, trugen mich meine Beine immer schneller den Weg zurück zum Center. Ich war dermaßen abgelenkt, dass ich den Wagen erst sah, als er mit quietschenden Reifen und lautstarkem Gehupe eine Armlänge vor mir zum Stehen kam.

Mit einem Mal verpufften alle Bilder der Vergangenheit von einem betrunkenen, zugedröhnten Ich, das mit Hudson im Bett gelandet war. An ihrer Stelle raste eine ganz bestimmte Erinnerung auf mich zu und ließ mein Herz in einen stolpernden Takt verfallen. Mom und ich stritten uns wie so oft. Dabei achtete sie mehr auf meine wilden Gesten und mein von zornigen Tränen nasses Gesicht als auf die Straße, die dunkel und eisglatt vor uns lag.

Ein erneutes lang gezogenes Hupen ließ mich zusammenfahren und vertrieb die schmerzliche Erinnerung. Ich war wieder im Hier und Jetzt, nahm meine Umgebung endlich vollends wahr. Die Passanten, die mich anstarrten, den in die Jahre gekommenen Toyota vor mir, die von Streusalz fleckig weiße Straße unter meinen Schuhsohlen, auf der ich nach wie vor stand und den Verkehr blockierte.

Wieder hupte der Fahrer, der mich mit seinem schäbigen Wrack von einem Auto beinahe umgefahren hätte. Die tief stehende Sonne verspiegelte die Windschutzscheibe des Toyota so weit, dass ich keinen Blickkontakt mit den Insassen herstellen konnte, aber ich meinte, zwei Männer in vorderster Reihe sitzen zu sehen. Was fiel diesen Dreckskerlen eigentlich ein?

Empörung pulste durch meine Adern und vertrieb die letzten Reste des Schreckens. Mit voller Wucht trat ich gegen die Stoßstange, die prompt nachgab und schief hing.

Natürlich war das keine gute Idee gewesen. Aus zweierlei Hinsicht. Erstens schoss bei dem Stoß ein spitzer

Schmerz durch mein Bein hinauf bis in die Hüfte. Zweitens hatte ich keine Ahnung, wer da in dem Wagen saß und wie sie auf meine rüde Geste und die damit einhergehende Beschädigung ihres Eigentums reagieren würden.

Ich wollte lieber nicht Gefahr laufen, die Karre und die Schrauben, die meine Knochen zusammenhielten, in meinem Zorn ernsthaft zu demolieren oder herausfinden, wie es um Punkt zwei im Detail bestellt war, deshalb machte ich mich davon.

Dad, Onkel Cam und Trainer Paxton hatten sich bereits im größten der Meetingsäle eingefunden. Anstelle der Stuhlreihen, die gewöhnlich für die Presseleute reserviert waren, wuchsen Stehtische aus dem blank polierten Parkett wie Pilze aus dem Waldboden. Der lange Tisch, der stirnseitig stand und auf dem sonst Mikrofone thronten, war in die Hand der Caterer übergegangen. Mit Fingerfood beladene Tabletts und Etageren wechselten sich darauf ab.

Onkel Cam hatte maßlos übertrieben. Immerhin empfingen wir hier keine Goldmedaillengewinner, sondern Amateurspieler, deren einziger Erfolg es bislang gewesen war, Trainer Paxton zu überzeugen, dass sie es wert waren, fortan Teil des Teams zu sein. Apropos Team. Wo, zum Teufel, waren die anderen Spieler?

Es war geplant, die Neuankömmlinge im Kreis der gesamten Mannschaft willkommen zu heißen, doch von Hudson und der restlichen Bande fehlte jede Spur.

„Na, wie gefällt es dir?" Cameron strahlte bis über beide Ohren und zeigte mit dem Daumen über seine Schulter zum Büfett.

„Wo sind die Luftballons, die Girlanden und die Musikkapelle?" Ich legte eine gehörige Portion Sarkasmus in meine Stimme.

Onkel Cams Grinsen verrutschte, und er kratzte sich am Hinterkopf.

„Clary, lass mir die Freude", murmelte er verlegen.

Ich zuckte nur mit den Schultern. Es hatte keinen Sinn, mit ihm über seine verrückten Ideen zu diskutieren. Offensichtlich war ich nicht die Einzige im Raum, die das Tamtam für überzogen hielt. Dad schüttelte mit einem halben Lächeln den Kopf über seinen Bruder, und Trainer Paxton sah so sauertöpfisch wie eh und je drein.

Nach einem kurzen Blick auf seine Armbanduhr verschwand der letzte Rest an Heiterkeit aus Onkel Cams Zügen. „Hast du Hudson gesehen?"

Ja, das hatte ich. Leider.

„Ich weiß nicht, wo er und die anderen bleiben." Ich bemühte mich, den Ärger zu ignorieren, der erneut in mir aufsteigen wollte. Rasch griff ich nach einer gut gefüllten Sektflöte vom nächstgelegenen Stehtisch und nahm einen großzügigen Schluck.

Kaum war der prickelnde Alkohol meine Kehle heruntergeflossen, öffnete sich eine Seite der doppelflügeligen Eingangstür zum Saal, und Thia Wilson, Onkel Cams Assistentin, trat hindurch. Sie näherte sich, zwinkerte mir zu und lächelte spitzbübisch. Obwohl ich mit ihr nicht so eng befreundet war wie mit Lauren und Rita, konnte ich sie gut leiden. Thia war eine Powerfrau durch und durch, allein deshalb hatte sie einen Stein im Brett bei mir. Seit knapp zwei Jahren war sie die Retterin in der Not für Onkel Cams heilloses Bürochaos, nachdem ihre Vorgängerin von einem Tag auf den anderen gekündigt hatte. Darüber hinaus schlug in Thias Brust das Herz einer Sportlerin. Halbtags organisierte sie das Center, den Rest der Zeit sauste sie steile Pisten hinab.

Da Onkel Cam, Dad und Trainer Paxton, die etwas abseits von mir die Köpfe zusammengesteckt hatten, Thia noch nicht bemerkt zu haben schienen, sprach sie zuerst mich an.

„Hey, Clary", sagte sie mit gesenkter Stimme. „Würde es dir etwas ausmachen, wenn du die neuen Spieler nach der Sause an meiner Stelle herumführst? Ich kann nicht schon wieder Überstunden schieben. Nächsten Monat findet ein Rennen statt, und auf dem Pokal steht eindeutig mein Name."

Zwar versetzten mir ihre Worte einen Stich in der Magengegend, trotzdem musste ich schmunzeln. Ich verstand Thias Wunsch nur allzu gut. Hätte ich noch die Möglichkeit gehabt zu trainieren, hätte ich auch nichts lieber getan als das.

„Klar", erwiderte ich leichthin. Meine neue Aufgabe war es schließlich, andere Sportler bei ihrem Erfolg zu unterstützen. Darum konnte ich gleich bei Thia damit anfangen und ihr Extrazeit fürs Training ermöglichen.

„Du bist die Beste." Mit einem dankbaren Lächeln wandte sie sich ihrem Boss zu. „Mister Clark, sie sind da."

Onkel Cam vollführte einen Satz und rieb sich strahlend die Hände. Er sah drein, als wären heute Weihnachten, Ostern und sein Geburtstag auf einen Tag gefallen. Keine Spur mehr von dem Stimmungsdämpfer, den die Abwesenheit der Stammspieler verursacht hatte.

„Nur herein mit ihnen!", rief er.

Ich straffte die Schultern und ignorierte das schmerzhafte Ziehen in meiner Wirbelsäule, das stets auf derlei Bewegungen folgte, während Thia nach einem gehorsamen Nicken zurück zur Tür eilte und die Gentlemen einließ.

Das Allererste, was ich von der neuen Hoffnung der Dynamites zu sehen bekam, war ein unfrisierter dunkelblonder, mit blauen Strähnchen durchzogener Schopf. Sein Besitzer, der beim Betreten des Saals über die Schulter nach hinten gesehen hatte, drehte sich nach vorne. Er hatte ein schmales Gesicht, in dem mir sofort drei markante Dinge ins Auge sprangen. Ein Büschel aus zu ungleichmäßig dicken Dreadlocks gedrehten Haaren, von dem seine Stirn bedeckt wurde, die Nase, die leicht schief stand und so die Vermutung zuließ, dass sie mindestens einmal in der Vergangenheit gebrochen worden war, und das vollkommen offene und freundliche Lächeln. Der dicke dunkelblaue Wollpullover und die Jeans, die er trug, waren löchrig. Sein Blick streifte durch den Raum, er erkannte Trainer Paxton, winkte ihm freudig zu und entdeckte das Büfett. Er schaute drein, als wäre er im Wunderland gelandet. Erneut wandte er sich um und sagte etwas zu dem Mann hinter ihm. Heilige Scheiße! Wie sah der denn aus? Anders als der Blauschopf hielt er den Kopf gesenkt und betrachtete das Parkett vor seinen Füßen. Zweifelsohne war ihm bewusst, welches Bild er bot. Sein linkes Auge war blutunterlaufen, die Braue darüber zierte eine Platzwunde, ebenso wie seine

Unterlippe. Er hatte einiges abbekommen. Darüber konnte auch die akkurate Versorgung seiner Blessuren mit Nahtklebestreifen nicht hinwegtäuschen. Hatte er sich geprügelt? Oder war er überfallen worden? Was hatte dazu geführt, dass er in einem derart ramponierten Zustand hier aufkreuzte?

Mir blieb keine Zeit, meine Überlegungen fortzuführen, denn hinter ihm trat schon der Nächste durch die Tür.

Der Kerl war ein Bär von einem Mann. Breit gebaut, muskelbepackt, hochgewachsen. Seine Ausstrahlung passte zu dem Bild. Wachsam scannten seine dunklen Augen unter dem raspelkurzen Haar den Saal und ließen dabei keinen Winkel aus.

Nach ihm tauchte ein Typ auf, der mehr mit dem Smartphone in seiner Hand als mit seiner Umgebung beschäftigt war. Hatte er nicht den Anstand, die Nachricht, die er seinen flink über den Touchscreen huschenden Fingern zufolge gerade schrieb, auf einen passenderen Zeitpunkt zu verschieben? Sein Hintermann sah das augenscheinlich genauso, denn er stieß ihm unsanft den Ellenbogen in die Seite. Das Handy verschwand in der Hosentasche. Ich konnte zwar nicht verstehen, was er sagte, doch sein Tonfall war wenig begeistert, auch wenn er dem anderen einen amüsierten Seitenblick zuwarf. Der hatte seine Aufmerksamkeit längst dem Raum und den Personen vor ihm zugewandt. Er besah sich Onkel Cam, Dad und Trainer Paxton nur flüchtig, dann blieb er an mir hängen. Auf seine unbestreitbar attraktiven Züge stahl sich ein Lächeln, keineswegs so offen und freundlich wie das des Blauschopfs, sondern berechnend und affektiert, ja, arrogant. Ich war es gewohnt, dass mich Wildfremde unter die Lupe nahmen. Schließlich stand ich von Kindesbeinen an immer im Rampenlicht. Zuerst auf dem Eis, dann vor der Kamera. Stoische Kühle war meine einzige Reaktion auf die eingehende Fleischbeschau, egal ob sie mir nun unangenehm war oder nicht. Das Lächeln des Kerls vertiefte sich, er machte einen Schritt zur Seite, um dem Letzten im Bunde Platz zu machen.

Er war groß, hatte glänzendes dunkles Haar und trug eine Lederjacke über einem weißen Shirt und einer Bluejeans. Der Ausdruck in seinem kantigen Gesicht war aalglatt. Im Gegensatz zu den anderen war es mir beinahe unmöglich, darin irgendeine Emotion zu erkennen. Sein Blick wanderte durch den Raum, ließ das Interior völlig unbeachtet und streifte mich nur, bevor er mit uneingeschränktem Fokus auf Paxton lag. Sofort setzte er sich in Bewegung, ging selbstsicher und mit geschmeidigen Schritten auf den Trainer, Onkel Cam und Dad zu und schüttelte ihnen nacheinander die Hand. Die anderen Spieler hatten sich ihm angeschlossen, und mir war klar, dass er der Anführer der Gruppe sein musste.

Ich gab meinen Beobachtungsposten nicht auf und verfolgte, wie der Trainer die neuen Spieler reihum mit ihrem zukünftigen Geldgeber und meinem Vater bekannt machte. Der Hüne mit dem Scannerblick wurde als Kevin O'Hara vorgestellt, Mister Eine-Million-Dollar-Lächeln hörte auf den Namen Tyler Houston, der Blauschopf hieß Samuel Finch und der mit dem ramponierten Gesicht Klay Lewis. Blieben der Typ, dem sein Handy wichtiger gewesen war, als einen guten ersten Eindruck zu hinterlassen, Andrew Rutherford und ...

„Jackson Rozsa", stellte sich der Letzte selbst vor und schüttelte Onkel Cam erneut die Hand.

Es hätte übereifrig, ja, gar lächerlich wirken können, tat es aber nicht. Jackson Rozsa schien höflich und absolut Herr der Lage zu sein. Als wäre es nichts Ungewöhnliches für ihn, die Kleinstadt, aus der er sicherlich stammte, zu verlassen, um in einem anderen Land einen Profispielervertrag zu unterzeichnen.

„Freut mich sehr, Mister Rozsa", sagte mein Onkel strahlend.

Unverkennbar sah er in den Gentlemen ebenso großes Potenzial wie Trainer Paxton. Für mich hätten sie genauso gut eine Boyband sein können. Daran änderte auch die Attitüde von Jackson Rozsa nichts.

Das waren sie also. Meine ersten Klienten. Die ersten Sportler in meiner Karrierelaufbahn als Managerin. Unwillkürlich ratterte es in meinem Gehirn. Einem Register gleich durchforstete ich es nach möglichen Brands, die zu ihnen passen, und Fotografen, die sie ins rechte Licht rücken können würden.

„Jungs, das ist Miss Clarissa Clark, die Managerin der Dynamites", drang Onkel Cams Stimme durch den Wirbel aus Überlegungen, ließ sie augenblicklich verstummen und lenkte die Aufmerksamkeit der Anwesenden auf mich.

Ich reagierte instinktiv mit einer neutralen Miene und einem professionellen Lächeln. Mechanisch trat ich vor und streckte dem Erstbesten die Hand entgegen. Die formelle Händeschüttelei war eine Sache, die Reaktion der Dynamites in spe eine andere. Sie konnten nicht verbergen, dass sie überrascht waren mich – ach, seien wir ehrlich, eine Frau – als Managerin zu bekommen. Womöglich war allein die Tatsache, überhaupt gemanagt zu werden, für einige erstaunlich. Ihnen war deutlich anzusehen, wie wenig sie mit mir anzufangen wussten. Ich schluckte den Frust darüber herunter.

Nachdem ich Klay Lewis, Andrew Rutherford, Kevin O'Hara, Samuel Finch und Tyler Houston begrüßt hatte, sah ich mich Jackson Rozsa gegenüber. Der Druck seiner Hand war fest, und während er meine schüttelte, neigte er den Kopf nach vorne.

„Du schuldest mir eine neue Stoßstange", sagte er so leise, dass niemand anders es hören konnte, zumal Onkel Cam die übrigen Anwesenden bereits mit einer seiner zahllosen Anekdoten über seine Zeit als ambitionierter, aber leider völlig talentfreier Eishockeyspieler in Beschlag genommen hatte.

Ich war zugegebenermaßen überrumpelt. Er war also der Wahnsinnige, der mich vorhin beinahe umgenietet hätte. Oh, das hätte er mir lieber nicht sagen sollen.

Wie von selbst formten sich meine Lippen zu einem spöttischen Lächeln. „In diesem Fall hoffe ich für alle Beteiligten, dass du dich auf dem Eis besser anstellst als hinter dem Steuer deiner Rostlaube."

Unvermittelt ließ er meine Hand los und zog sich von mir zurück. In seinem kühlen Blick blitzte Verärgerung auf. Also war er doch zu mehr als einer glatten Fassade fähig.

Ich ließ ihm keine Zeit für eine Erwiderung, sah nur, wie sich sein Kiefer anspannte, bevor ich mich an die

Runde wandte und lauter sagte: „Willkommen bei den Dynamites."

Onkel Cam hob die Hände und klatschte den neuen Spielern Beifall. Dad stimmte mit ein. Ich tat ich es ihnen gleich, und sogar Trainer Paxton schlug einige Male die Hände zusammen. Jackson sah mich an, nun wieder vollends bei sich. Da war keine Spur mehr von Ärger oder irgendeiner anderen Emotion in seinen Zügen zu erkennen. Und obwohl mich seine Beherrschtheit, diese kühle, unerwartet professionelle Haltung aus unerfindlichen Gründen reizte, ihn noch einmal auf seine Stoßstange anzusprechen, musste ich ihm zugestehen, dass es eine nützliche Eigenschaft war. Zumindest auf dem Eis.

Der kollektive Applaus verklang, bis nur noch einzelne, träge aufeinanderfolgende Klatschgeräusche zu hören waren, die nicht versiegen wollten. Überrascht schaute ich an Jackson vorbei. Lässig an den Türrahmen gelehnt, stand Hudson.

Badass

Jack

Mit ziemlicher Sicherheit war ich der Letzte im Raum, der sich umdrehte. Die überraschende und durchaus willkommene Ablenkung verschaffte mir ein wenig Zeit. Zeit, in der ich mich vollends fassen konnte. Wir waren erst seit wenigen Minuten hier. Im Clark Center. In unserem neuen Leben. Mir war klar gewesen, dass alles anders und aufregend sein würde. Damit hatte ich nicht gerechnet. Mit der pompösen Anlage, dem präzise vorbereiteten Empfang und dass mir unsere Managerin kopflos vors Auto laufen würde. Ich konnte nicht sagen, was mir am meisten zusetzte. Die Tatsache, dass wir überhaupt gemanagt werden würden, wobei sich mir noch nicht erschloss, was genau das bedeutete, oder dass besagte Managerin versucht hatte, mir wie eine Furie die Stoßstange vom Wagen zu treten. Diese Frau, die in ihrem eng anliegenden schwarzen Rock und dem Nadelstreifenblazer rein optisch zwar mit den Anzugträgern im Raum mithalten, sich aber offensichtlich nicht sicher im Straßenverkehr bewegen, geschweige denn unter Kontrolle halten konnte, sollte für unsere Außenwirkung sorgen? Das war ein schlechter Scherz. Genauso wie ihre Bemerkung über meine Fahrkünste.

„Da bist du ja, Hudson", ertönte Cameron Clarks Stimme, brachte das andauernde Klatschen und meine Gedanken gleichermaßen zum Verstummen.

Ein Kerl mit kinnlangen hellen Haaren stand in der Saaltür und grinste. Das hieß, sein Mund grinste, der Zug um seine Augen zeugte eher von Ärger. Der Eindruck verstärkte sich, als er den Kopf in meine Richtung wandte. Kurz glaubte ich, seine Brauen würden sich meinetwegen zusammenziehen. Ein leises Einatmen hinter mir ließ mich realisieren, dass sein Zorn offenbar unserer Managerin galt. Das war interessant.

„Ich bin hier, um die Neuen zu einem Probetraining einzuladen", verkündete er. Die Neuen hätte nicht geringschätziger klingen können, und seine Einladung hörte sich vielmehr nach einer Herausforderung an.

War Hudson einer der Stammspieler? Und bildete ich mir die negativen Schwingungen, die von ihm ausgingen, nur ein, oder war er uns tatsächlich so feindlich gestimmt?

Sofort spürte ich die Blicke der Jungs auf mir. Tys und Finchs erwiderte ich, wog ab, ob ich mich ernsthaft darauf einlassen sollte.

Paxton nahm mir die Entscheidung in bellendem Tonfall ab. „Das erste Training habe ich für morgen angesetzt."

Einen Moment lang lag Hudsons Aufmerksamkeit auf ihm, dann wieder auf einem Punkt hinter mir.

Das arrogante Grinsen auf Hudsons Lippen vertiefte sich, gleichzeitig reckte er das Kinn. „Dann will ich nicht länger bei den Festivitäten stören."

Damit drehte er sich um und verschwand. Was für ein Auftritt. Mir war nicht klar, was das zu bedeuten hatte. Doch die Vermutung lag nah, dass er und wahrscheinlich der Rest der Spieler unsere Aufnahme ins Team nicht als sonderlich positiv empfanden. Rivalität gab es in jeder größeren Mannschaft. Ich hatte mich nicht der Illusion hingegeben, dass unser Start vollkommen reibungslos verlaufen würde. Trotzdem hatte ich den Eindruck, dass mehr hinter seinem Verhalten steckte.

„Wollen wir?" Als wäre alles in bester Ordnung, machte Clarissa Clark weiter im Text.

So unbeeindruckt sie klang, die Szene war nicht spurlos an ihr vorbeigegangen. Mit steifen Bewegungen und einem aufgesetzten Lächeln winkte sie uns an einen Tisch, auf dem fein säuberlich Papiere bereitlagen. Unsere Verträge.

Sie erläuterte die Einzelheiten, sodass mir kaum Zeit blieb, um über die Geschehnisse seit unserer Ankunft nachzudenken. Wahrscheinlich war das auch besser so, denn der Teufel steckte im Detail. Neben den eigentlichen Spielerverträgen hatten wir die Managementverträge, diverse Verschwiegenheits- und Verzichtsklauseln zu unterzeichnen und Datenblätter zu unserem Gesundheitszustand auszufüllen.

Ty, der mit einem breiten Grinsen als Erster an Clarissa Clark und die Papiere herangetreten war, sah mittlerweile wenig begeistert aus. Während er eine Seite mit der Überschrift Gesundheitsfragen überflog und den Stift dabei fest umklammerte, teilte unsere Managerin jedem seine Papiere zur Durchsicht aus.

„Die Kopien erhaltet ihr morgen nach dem Gesundheitscheck und eurem ersten Shooting." Damit reichte sie mir meine Unterlagen.

Shooting? Wovon, zum Geier, sprach sie da?

„Shooting", wiederholte ich, anstatt die Unterlagen entgegenzunehmen.

„Ja, Shooting." Ihre Stimme klang ruhig, aber in ihren grünbraunen Augen brauten sich Gewitterwolken zusammen.

„Wozu?" Noch immer ließ ich die Hand gesenkt.

Ihr Blick fixierte meinen. „Wer ist bislang für eure Ausrüstung aufgekommen?"

Ich hatte keine Ahnung, worauf sie hinauswollte, und bemühte mich, mir meine Verwirrung nicht anmerken zu lassen.

„Wir."

Bedächtig nickte sie. „Ab jetzt übernimmt das euer Sponsor, Mister Feldon, der Besitzer von Banffs ältestem Sportartikelfachgeschäft. Und damit das so bleibt, ziert sein Logo den Rand der Eisfläche und eure Gesichter bald seine Auslage."

Ich wollte ihr sagen, dass wir hier waren, um Eishockey zu spielen und nicht, um die neuesten Werbegesichter irgendeines Sportgeschäfts zu sein. Sie würde, ohne mit der Wimper zu zucken, kontern und mir erklären, dass das zum Business gehörte und so weiter und so fort. Dazu kam es nicht. Jemand packte mich an der Schulter.

„Jack, du musst diese Teigdinger probieren. Die sind unglaublich!", schmatzte Finch mir ins Ohr. Seine Wangen waren ausgebeult wie bei einem Hamster, und in den Mundwinkeln klebten Krümel. Er streckte mir eine Hand entgegen, in der er einen Stapel Häppchen vom Büfett balancierte. Seine Augen strahlten vor Begeisterung.

„Bist du noch nicht fertig?", wollte Ty wissen, der hinter Finch auftauchte. „Du solltest dich beeilen. Die Termite ist nicht aufzuhalten. Bald ist nichts mehr da."

Mir entging nicht, dass er mir und den Papieren lediglich marginale Beachtung schenkte, ehe er sich gänzlich auf Clarissa Clark konzentrierte.

„Was?", nuschelte Finch um den Bissen in seinem Mund herum. Sein empörter Ausdruck kam mit den vollgestopften Wangen nicht so richtig zu Geltung. Geräuschvoll schluckte er, schob sich zwei weitere Snacks zwischen die Lippen und hielt mir die verbleibenden auffordernd hin.

Die Andeutung eines Lächelns stahl sich auf mein Gesicht, verflog allerdings, als ich anstatt nach den Häppchen nach den Papieren griff.

***

Ich hatte meinen Missmut über Clarissa Clark mitsamt aller Bedenken heruntergewürgt – ungefähr so angestrengt wie Finch seinen zu großen Bissen – und die verfluchten Verträge unterschrieben. Finch hatte in der Zwischenzeit beim Leeren des Büfetts tatkräftige Unterstützung vom Rest der hungrigen Meute erhalten, sodass sich Tys Warnung bewahrheitet hatte und für mich nur mehr angetatschte Reste übrig geblieben waren.

Auch der Ärger darüber war mittlerweile in den Hintergrund gerückt. Clarissa Clark führte uns durch die Trainingsanlage. Das Clark Center war nicht bloß von außen, gesäumt von einem pudrig bedeckten Ausläufer der Rockys, eine imposante Erscheinung. Überall wo man hinsah, leuchteten schneeweiße Wände, eisblaue Glasflächen oder blank polierter Chrom. Highlight der Besichtigungstour war der Kraftraum, der fast die gleiche Fläche einnahm wie der großzügige Saal, in dem wir in Empfang genommen worden waren. Beim Betreten des Muskeltempels blitzten mir die rotorangen Strahlen der untergehenden Sonne entgegen. Durch die westseitige Glasfront drangen sie ungehindert nach innen und tauchten die unzähligen Geräte, die Regale voller Trainingsutensilien und die schwitzenden Leiber in weiches Licht. Die Ausstattung war atemberaubend, ebenso das Panorama der Skyline, hinter der sich dunkel ein Bergkamm gegen den violetten Abendhimmel abhob. Bei diesem Anblick hatte ich unwillkürlich das Gefühl, frische, schneegeschwängerte Bergluft zu atmen, obwohl wir uns in einem geschlossenen Raum befanden.

Ich war mir sicher, dass Kev am liebsten gleich hiergeblieben wäre, aber Clarissa Clark verlor nur ein paar Sätze zur Ausstattung und führte uns den Gang entlang weiter. Ich hatte meine Jungs noch nie so still erlebt. Staunend besichtigten wir den Rest des Centers. Zimmer für Physiotherapie, Massagen und diverse andere Behandlungen, ein weiß gefliestes Arztzimmer, Aufenthaltsräume, eine Bar, die mit Smoothies, Isodrinks und Eiweißshakes lockte, Saunen, Dampfbäder und Infrarotkabinen und eine lang gezogene Schwimmbahn. Alles eindrucksvoll und mehr, als wir uns erträumt hatten. Am Ende eines mit Tageslichtlampen erhellten Flurs erwartete uns das Herzstück der Anlage.

Clarissa Clark lief voran an den Spindreihen der Umkleiden vorbei und stoppte vor einer doppelflügeligen

Tür an der gegenüberliegenden Wand. Sie war von unserer Managerin zu einer Touristenführerin mutiert. Ich hatte mich von ihren Erklärungen berieseln lassen, während die Frau an sich in den Hintergrund gerückt war. Jetzt da sie mit dem Rücken zu mir vor der Tür stand, die Hände auf den Klinken lagen und sie innehielt, erregten ihre hochgezogenen Schultern und die sichtlich angespannte Haltung meine Aufmerksamkeit. Es wirkte auf mich, als wäre sie vor den Toren einer Schatzkammer oder wahlweise vor der Pforte zur Hölle gelandet. Sie atmete tief durch – und öffnete die Türen.

Dahinter lag ein von einzelnen Spots beleuchteter Korridor, die in regelmäßigen Abständen ihre Lichtkegel auf den dunkelblauen Teppich sandten. Ich konnte sie riechen, bevor ich sie sah. Der schleusenartige Flur mündete direkt in die Eisfläche, nur getrennt durch die Seitenplanke, deren Durchgang offen war. Das Geräusch von Kufen auf Eis hallte uns entgegen.

Clarissa Clark verharrte vor der Bandenöffnung, wir reihten uns neben ihr auf wie Perlen auf eine Kette.

„Fantastisch, nicht wahr?", ertönte ihre Stimme leise und melodisch neben mir.

Bisher war ihr Tonfall sachlich gewesen, aber nun schwang etwas mit, das ich schwer einordnen konnte. Ihre Augen strahlten mit dem Eis um die Wette.

„Wir nehmen den kürzesten Weg", verkündete sie entschlossen, umfasste die Planke fester, hob zuerst das eine, dann das andere Bein an und streifte sich die Schuhe ab. Mit den bloßen Strümpfen an den Füßen stieg sie entschlossen über die Kante der Bande aufs

Eis. Sie erschauerte, das hielt sie allerdings nicht auf. Als wäre es weder kalt noch rutschig, ging sie weiter.

„Sollen wir auch die Schuhe ausziehen, Jack?“, wollte Finch wissen.

Clarissa Clark drehte sich halb zu uns um, ein Lächeln auf den Lippen, das mir ein eigenartiges Ziehen in der Magengegend bescherte. Es sah traurig aus, gleichzeitig lag so viel Wärme darin, dass es die Eisfläche zum Schmelzen hätte bringen können. Es schürte den Wunsch in mir, wissen zu wollen, warum sie das tat. Warum sie ohne Schuhe über das Eis ging. Warum diese Traurigkeit in ihrem Lächeln lag. Warum …

„Nein, müsst ihr nicht. Und jetzt kommt schon!“

Clary

Ein, zwei Herzschläge lang standen sie still da und glotzten mich aus großen Augen an. Dann kam Bewegung in die Truppe, und eine Rangelei entstand an der Plankenöffnung. Ich sah noch, wie sich der Blauschopf vor Tyler Houston durch die Öffnung zwängte, und drehte mich nach vorne. Ein weiteres amüsiertes Lächeln konnte ich nicht verhindern. Sie waren erwachsene Männer. Eigentlich. Und dennoch waren sie mir, seit wir den Konferenzraum verlassen und uns auf Erkundungstour durchs Center begeben hatten, wie kleine Jungs vorgekommen. Aufgeregt, mit leuchtenden Augen, als wären sie nicht in einer Sporteinrichtung, sondern in einer Schokoladenfabrik. Ich konnte ihren Enthusiasmus regelrecht spüren, und obwohl ich sie nie hatte spielen sehen, konnte ich Trainer Paxtons Entscheidung, sie herzuholen, allein deshalb nachvollziehen.

Etwas weiter entfernt setzte Lauren zum Sprung an und kam nach einer halben Drehung in der Luft mit einem Klacken ihrer Kufen wieder auf.

Ich hatte gewusst, dass sie hier sein würde. Lauren war die Erste, die morgens auf dem Eis war, und die Letzte, die es abends verließ. Das hieß, seit ich nicht mehr trainierte. Meistens vermied ich es, ihr oder einer der anderen Läuferinnen zuzuschauen. Es schmerzte zu sehr. Ich konnte fühlen, wie sich meine Muskeln regten und zu zucken begannen. Mein Körper wollte es Lauren gleichtun. Über die eisige Fläche gleiten, sich drehen, springen, schwitzen, die Anstrengung und die pure Freude erleben. Mir war lediglich die beißende Kälte vergönnt, die sich von den Fußsohlen ausgehend meine Waden nach oben fraß und sich mit der klirrenden Schicht verband, die mein Herz umgab.

Ich merkte erst, dass ich stehen geblieben war, als neben mir jemand sprach.

„Sie ist eine Göttin." Es war Samuel Finch. Er starrte Lauren verblüfft an, klang heiser und irgendwie kieksend.

Er hatte recht. Lauren war eine Göttin auf dem Eis. Das war ich auch gewesen, wollte ich sagen, doch die Silben froren auf meiner Zunge fest.

Lauren entdeckte uns gerade, als sie Anlauf für einen weiteren Sprung nahm. Anstatt ihn durchzuführen, lief sie in vollem Tempo auf uns zu. Kurz bevor sie uns erreicht hatte, stellte sie die Kufen schräg, die ein lautes Scharren verursachten. Mich konnte sie mit ihrer

Showeinlage nicht beeindrucken, aber der Blauschopf neben mir geriet ins Straucheln und landete unsanft auf dem Hintern.

„Holy shit", keuchte er und klang nach seinem stuntreifen Sturz keineswegs schmerzerfüllt, sondern verzückt.

„Lauren, darf ich dir Samuel Finch vorstellen?"

Die Blicke, die sie sich schenkten, hätten nicht unterschiedlicher sein können. Er hatte eindeutig dicke rosa Herzchen in den Augen, und es hätte mich nicht gewundert, wenn er zu sabbern begonnen hätte, während Lauren die Lippen spitzte und die Nase rümpfte.

„Freut mich", sagte sie pflichtschuldig. Es war unüberhörbar, dass sie sich ebenso freute wie über eine Blase an ihrem Zeh oder einen Pickel im Gesicht.

„Na los, hoch mit dir." Jackson Rozsa und der schweigsame Koloss mit der Stoppelfrisur packten Laurens neuesten Groupie unter den Armen und hoben ihn mühelos auf die Beine.

Ich nannte Lauren die Namen der anderen, die mittlerweile ihren Weg zu uns auf die Mitte der Eisfläche gefunden hatten. „Und das ist Lauren Tremblay, der ganze Stolz des Clark Center und baldige Goldmedaillengewinnerin."

Es folgten einige Hallos und ein verträumtes Seufzen von Finch.

Lauren lächelte mich an. „Ich bin nur die vorgerückte Nummer zwei. Dir werde ich nie das Wasser reichen können."

Kaum hatte sie geendet, wurde ihr Lächeln traurig, und mein Magen reagierte mit einem nervösen Satz auf ihre sicherlich lieb gemeinten Worte, die zwischen uns hingen wie der Kältedunst über dem Eis.

„Du läufst auch?"

Ich konnte nicht sagen, wer die Frage gestellt hatte, und im Prinzip war das nebensächlich. Wesentlich war, was sie in mir auslöste. Mein Hals brannte, und ich wünschte mich weit weg. Lauren schaute betreten zu Seite. Bestimmt bereute sie es, das Thema angeschnitten zu haben, wenn auch ohne böse Absicht.

Obwohl ich zu einem Eisblock gefroren war, fühlte ich, wie sie mich beobachteten. Sie warteten auf meine Antwort.

„Nein", brachte ich mühsam hervor und wandte mich zum Gehen.

Ich hatte das andere Ende der Fläche fast erreicht, als aus der Totenstille hinter mir Laurens Kufen zu hören waren, die über das Eis glitten.

Meine Fußsohlen waren taub, und ich ging viel zu schnell, dachte nicht daran, was passieren könnte, wenn ich es Finch gleichtat und auf den steinharten Boden knallte. In diesem Moment war es mir egal. Ich wollte nur weg und allein sein. Natürlich kamen mir die neuen Dynamites hinterher und holten mich ein, als ich über die Kante der Öffnung in der Seitenplanke stieg.

Mit den Spielern im Nacken zog ich meine Schuhe über die nassen Strümpfe und betrat die Eingangshalle durch den Zuschauereinlass, der zwischen den Tribünen hindurchführte. Langsam kehrte das Blut in meine durchgefrorenen Zehen zurück, und der Nebel in meinem Gehirn lichtete sich. Ich machte mich vollkommen lächerlich. Wie ein aufgeschrecktes Huhn hatte ich die Eisfläche verlassen, darum zwang ich mich, im Foyer stehen zu bleiben.

„Wie ihr seht, schließt die Hotelanlage an dieser Stelle direkt ans Center an", sagte ich über das leise Gemurmel der neuen Spieler hinweg, das sich von hinten näherte. Ich zeigte nach rechts, wo die überbreite Glastür zum Center lag, anschließend nach links zum Empfangstresen. „Wenn ihr mir nun folgen würdet, zeige ich euch noch den Speisesaal und zum Abschluss, wo ihr eure Zimmer findet."

Wir liefen vorbei an Rob, dem Portier, der mir höflich zunickte und sechs Schlüsselkarten aushändigte. Dann weiter zu den angrenzenden Speisesälen und zwischen den bereits für das Abendessen eingedeckten Tischen der Hotelgäste hindurch. Demonstrativ zückte ich eine der Karten und zog sie durch den Schlitz des Lesegeräts, das neben der Milchglastür an der hinteren Wand des großen Saals angebracht war. Ein Klicken ertönte, und ich drückte die Tür auf. Nachdem alle den separaten Speiseraum begutachtet hatten, der für die Sportler reserviert war, führte ich sie durch die Lobby, vorbei an einem Ausläufer der Hotelbar und in den Ostflügel des Gebäudes.

„Hier sind die Spieler und Läufer untergebracht", erklärte ich und drückte Tyler Houston die Schlüsselkarten in die Hand.

„C30, C31, C32. Es sind Doppelzimmer. Um sieben gibt es Frühstück, dann einen kurzen Check-up beim Teamarzt, das Sponsorenshooting und am Nachmittag das erste Training." Da niemand protestierte, nickte ich in die Runde, wünschte einen schönen Abend und machte mich den Flur entlang auf zu meinem Zimmer.

„Gute Na-acht!", rief Samuel Finch mir hinterher, dann war es still im Korridor.

***

Ich war todmüde ins Bett gefallen. Nach diesem anstrengenden und aufwühlenden Tag hätte ich nichts lieber getan, als abzuschalten und einzuschlafen. Nur ließen sich meine Gedanken nicht einfach abschalten. Sie kreisten in meinem Kopf wie Fliegen um einen großen Haufen Scheiße. Ja, genau das war es. Ein großer, stinkender, faulender Haufen Dreck. Seit ich mich dazu entschlossen hatte, die Dynamites zu managen, hatte ich diesem Tag, dem Tag X, mit einer Fülle an Empfindungen und Überlegungen entgegengesehen. Ich hatte einen Plan, wusste, was ich mit dem Team vorhatte, wo ich mit ihm hinwollte, hatte Ziele. Für die Spieler. Und für mich. Ich war gut vorbereitet. Zumindest hatte ich das gedacht. Da war nur ein grundlegendes Problem. Es fühlte sich überhaupt nicht so an, als hätte ich die Lage im Griff.

Energisch schlug ich die Bettdecke zurück und stemmte mich von der Matratze hoch.

Nur wenige Minuten später sprang ich. Meine Arme tauchten den Kopf voran ins Wasser. Das war der einzige Ort, an dem ich mich buchstäblich fallen lassen konnte, ohne Gefahr zu laufen, im Anschluss bis ans Ende meiner Tage an einen Rollstuhl gefesselt zu sein. In Form von blubbernden Blasen verließ die Luft meine Lungen und stieg mit mir zurück an die Wasseroberfläche. Die Schwimmhalle war erfüllt vom konstanten Rauschen der Filteranlage und von leisem Plätschern.

Lediglich Unterwasserspots und die sanft glimmende Notbeleuchtung erhellten die Halle.

Meine Glieder spannten sich an, und ich verfiel in einen steten Rhythmus aus Beugen und Strecken, aus Ein- und Ausatmen, während sich das schwache Licht im aufgewühlten Wasserspiegel brach.

Ich hasste schwimmen. Und gleichzeitig brauchte ich es. Es fühlte sich nicht richtig an. Viel besser, viel befriedigender wäre es, auf dem Eis zu gleiten.

Doch mir blieb keine Wahl. Ich musste mich auspowern. Ohne Anstrengung funktionierte ich nicht richtig. Lange genug hatte ich dieses Bedürfnis mit Pillen und Alkohol betäubt. In einer Zeit, zu der ich nicht einmal zum Schwimmen in der Lage gewesen wäre. Aber es war nicht dasselbe. Trinken war nicht so gut wie schwimmen, und keines von beiden reichte nur ansatzweise ans Eislaufen heran.

Am Ende der Bahn tauchte ich ab und drehte mich beim Wenden auf den Rücken. Ich öffnete die Augen, blinzelte die Wassertropfen fort, die sich in meinen Wimpern verfangen hatten und mir die Sicht verschleierten. Dann sah ich nach oben. Das Dach der Schwimmhalle bestand aus Metallstreben und Glas. Untertags ließ es die Strahlen der Sonne ins Innere. Jetzt lag die Schwärze der Nacht dahinter, und so konnte ich mein entferntes Spiegelbild dabei beobachten, wie es sich vom einen Ende des Beckens zum anderen bewegte. Hin und her. Immer wieder. Solange bis der Drang in mir endlich gestillt war.

Ein letztes Mal drückte ich die Füße gegen die Edelstahleinfassung und stieß mich ab zur Beckenmitte. Ich ließ mich auf dem Rücken dahintreiben und spürte dem befriedigenden Gefühl der Anstrengung in meinen Muskeln nach – bis etwas meine Aufmerksamkeit erregte. Ein Fleck im Spiegelbild am Rand des Glasdachs, der dort eindeutig nicht hingehörte und vorher noch nicht da gewesen war. Mein Kopf ruckte zur Seite, Wasser schwappte über mein Gesicht, drang mir in die Nase und brachte mich zum Prusten. Ich sank wie ein Stein, und plötzlich kostete es mich enorme Kraft, über Wasser zu bleiben.

„Wer ist da?" Meine Stimme hallte laut durch die Monotonie des Brummens und Plätscherns, während ich mir hektisch über die Augen wischte.

Die Umrisse eines Mannes näherten sich, und Zorn stieg in mir hoch. War das Hudson? Hatte er mir heute nicht schon genug Vorhaltungen gemacht? Ich schwamm zur nächstgelegenen Leiter, ertrug die Schwerkraft, die beim Verlassen des Wassers an mir zog und die altbekannten Schmerzen in meine müden Glieder zurückkehren ließ.

Es war nicht Hudson. Jackson Rozsa wartete neben der Bahn und gleichzeitig zwischen mir und meinem Handtuch.

Wasser perlte in dünnen Rinnsalen an mir hinab und sammelte sich in einer stetig größer werdenden Pfütze unter mir.

„Mister Rozsa." Ich konnte die Überraschung in meiner Stimme hören. Mit ihm hatte ich nicht gerechnet.

„Jack", erwiderte er.

Sein Blick lag auf meinem Gesicht, wanderte recht bald über meinen Körper und verharrte in Höhe meiner Beine. Ich spannte mich an. Selbst in dem schwachen Licht, das uns umgab, musste er sie sehen. Die

Narben, die sich wie dicke rote Adern über meine Hüfte und den Oberschenkel zogen.

„Was tust du hier, Jack?", stieß ich zwischen zusammengebissenen Zähnen hervor, spuckte ihm seinen Namen förmlich entgegen.

Nach außen hin wirkte er völlig ruhig, und ich hatte keinen blassen Schimmer, wie es in ihm aussehen mochte. Seine Miene war undurchdringlich. Meine sprach dagegen ohne Zweifel Bände. Ich zitterte, obwohl mir nicht kalt, sondern heiß war.

„Ich konnte nicht schlafen. Also bin ich eine Weile herumgelaufen."

Und ausgerechnet hier gelandet, ergänzte ich in Gedanken. Es fiel mir immer schwerer stillzuhalten. Er musterte mich derart forschend, dass mir die wahnwitzige Idee durch den Kopf schoss, wieder ins Wasser zu springen, nur um ihm zu entgehen. Stattdessen kratzte ich das letzte bisschen Verstand zusammen, trat an ihm vorbei und schnappte mir mein Handtuch.

„Du solltest schlafen gehen. Morgen wartet ein anstrengender Tag auf uns", sagte ich.

Mit einem Mal war meine Wut verpufft. Er hatte sie regelrecht aufgesaugt. Dabei wollte ich wütend sein. Wut kannte ich. Mit Wut konnte ich umgehen. Mit diesem eigenartigen Gefühl, das ich jetzt empfand, nicht. Es war mir so fremd wie Jack. Und dennoch genauso intensiv wie sein Blick, der mich den Weg bis zum Ausgang der Schwimmhalle verfolgte.

Jack

„Hey, Mann, hast du überhaupt geschlafen?" Finch hob den Kopf vom Kissen und kratzte sich an der Nase.

Ich stand vor der bodentiefen Glasfront, die mir einen fantastischen Ausblick auf das Postkartenpanorama der Rocky Mountains gewährte. Der Sonnenaufgang war beeindruckend gewesen. Aber nicht einmal das atemberaubende Farb- und Lichtspiel hatte es geschafft, mich von den Grübeleien abzulenken, die mich einen Großteil der Nacht vom Schlafen abgehalten hatte. Nachdem ich die Schwimmhalle mit zeitlich respektablem Abstand zu Clarissa Clark verlassen hatte und noch eine Weile ziellos in der Anlage umhergewandert war, fand ich zurück in unserem Zimmer endlich etwas Schlaf. Allerdings war er durchzogen von wirren Träumen, die mich bald wieder aufwachen ließen. Ich hatte mir eine ausgiebige Dusche gegönnt und anschließend Stellung vor der Fensterfront bezogen.

„Hab ich", ließ ich Finch wissen. „Und jetzt raus aus den Federn, Dornröschen."

Er zeigte mir ein etwas missratenes Lächeln und schlurfte ins Bad. Kaum schloss sich die Tür hinter ihm, klopfte es an der anderen. Für den Bruchteil einer Sekunde dachte ich, dass Clarissa Clark vor unserem Zimmer stand. Doch als sie sich öffnete, war es Ty, der hereinkam.

„Oh, sieh an, Finch ist schon auf den Beinen. Kev ist gerade vom Laufen zurück und unter der Dusche", informierte er mich und ließ sich auf dem Ledersessel nieder. „Kaum zu glauben, dass wir wirklich hier sind, was?" Er bemühte sich sichtlich, nicht so aufgeregt zu klingen, wie er es war.

„Ich glaube es erst, wenn ich in voller Montur auf dieser riesigen Eisscholle stehe", meinte Drew, der gerade gefolgt von Klay ins Zimmer trat.

„Wie geht's dir?", wollte ich wissen.

Drew hatte die Platzwunde über seinem Auge offenbar frisch versorgt. Sie sah viel besser aus als gestern, genauso wie seine Lippe. Dennoch mussten die Blessuren höllisch wehtun. Vor allem der Bereich um das Auge, der deutlich geschwollen war.

„Wird schon wieder." Er nahm auf der Bettkante Platz.

Drew hingegen blickte auf seine Armbanduhr und lief zur Badezimmertür. „Finch, gib Gas, sonst kommen wir an unserem ersten Tag zu spät."

„Jaja", ertönte es gedämpft hinter der Tür, dann war die Toilettenspülung und kurz darauf Wasserrauschen zu hören.

„Was hältst du von unserer Managerin, Jack?", fragte Ty.

An seinem Tonfall erkannte ich, dass die Frage nicht professioneller Natur war. Er wollte nicht wissen, ob ich sie für kompetent hielt, sondern vielmehr, ob …

„Sie ist absolut heiß, findest du nicht?", setzte er nach. Dabei reichte sein anzügliches Grinsen, um mir zu verdeutlichen, was er seinerseits von ihr hielt.

„Mann, lass bloß die Finger von ihr!", erwiderte Drew an meiner Stelle.

Er kannte Ty fast so gut wie ich und wusste daher, dass es meistens böse Folgen hatte, wenn Ty einer Frau Avancen machte. Sobald er sie nämlich im Bett gehabt hatte, war sie Geschichte für ihn, was die meisten Ladys nicht so gelassen hinnahmen.

„So weit kommt's noch, dass ich mir von unserem Romeo etwas in Liebesangelegenheiten sagen lasse." Er spitzte die Lippen zu einem Luftkuss.

„Liebesangelegenheiten", höhnte Drew. „Von Liebe hast du doch keine Ahnung. Du denkst einzig und allein mit deinem Schwanz."

„Das ist auch ein sehr intelligenter Teil von mir", gab Ty mit ernster Miene zurück, woraufhin er und Drew in Gelächter ausbrachen.

Kev betrat das Zimmer, während Finch noch immer im Bad zugange war.

„Jetzt mal im Klartext", sagte Ty, nachdem er sich wieder beruhigt hatte. „Wenn sie mich will, ist es wohl ihre Entscheidung. Und meiner Erfahrung nach gibt es kaum eine Lady, die sich meiner Intelligenz entziehen kann."

„Ty, sie ist tabu", mischte ich mich ein, um diesem Schwachsinn endlich einen Riegel vorzuschieben.

Diese Unterhaltung, wenn man es denn so nennen wollte, ließ Ärger in mir aufkeimen. Wir hatten mit Sicherheit andere Themen, mit denen wir uns beschäftigen sollten. Ohne dass ich es wollte, tauchte ihr Bild vor meinem geistigen Auge auf. Diesmal dachte ich nicht daran, wie sie vor meiner Tür stand. Ich sah sie im Badeanzug, überzogen von einem Wasserfilm, der an ihr hinabwanderte, mit starrem Gesicht und stechendem Blick. Mir kam Finch in den Sinn, der nach unserer Begegnung mit der Läuferin in der Eishalle nur noch von der Eisprinzessin geschwärmt hatte. In meinen Augen gehörte dieser Titel nicht ihr. Bestimmt war sie

talentiert, grazil und schön. Trotzdem passte der Spitzname besser zu einer anderen. Der Eiseskälte wegen, die mir aus ihren Augen einem Schneesturm gleich entge-
gengeweht war. Clarissa Clark. Es hätte mich nicht gewundert, wenn die Tropfen auf ihrer Haut zu Eiskristallen erstarrt wären. Und nicht nur ihr Gesichtsausdruck hatte sich in mein Gedächtnis gebrannt. Ich hatte sie gesehen. Die Narben die sich rotviolett über ihre Haut zogen. Eine vom unteren Rand ihres Badeanzugs den Oberschenkel hinab und eine über ihr Rückgrat, die ich nur hatte erahnen können, weil sie größtenteils von dem dunklen Stoff verdeckt gewesen war.

Es sollte mich nicht interessieren. Schließlich ging es mich nichts an. Dennoch fragte ich mich, woher sie die Narben hatte. Ich fragte mich, ob sie der Grund für die Kälte waren, in die sie sich hüllte.

Das Schloss der Badezimmertür klackte, und einen Atemzug später tappte Finch ins Zimmer. Sein Kopf war von einem Handtuch bedeckt, mit dem er sich die Haare trockenrieb.

„Mann, Finch, wie wär's, wenn du dir was anziehst, bevor du aus dem Bad kommst!", stieß Ty in gespielt schockiertem Ton hervor.

Drew und Klay lachten. Finch blieb stehen, murmelte etwas Unverständliches in sein Handtuch, mit dem er weiterhin seine Haare trocknete. Als er fertig war, zog er es herunter und warf es aufs Bett.

„Neidisch?", fragte er in die Runde und erntete erneut Lacher.

„Auf was, bitte schön, sollte ich bei diesem Anblick neidisch sein?", gab Ty zurück.

Die Diskussion über unsere Managerin schien damit erledigt zu sein. Nur aus meinen Gedanken ließ sie sich nicht verbannen. Da half auch ein nackter Finch nicht.

Fire away

Clary

Als ich den Speiseraum betrat, schob sich Lauren gerade eine Gurkenscheibe zwischen die Zähne. Sie kaute ausgiebig und griff nach dem orangefarbenen Shake, um den letzten Schluck davon zu leeren.

„Guten Morgen", trällerte sie, nachdem sie das Glas abgestellt und mich entdeckt hatte.

„Morgen." Meine Stimme klang rau und bei Weitem nicht so munter und enthusiastisch, was kein Wunder war. Nach meinem gestrigen Zusammenstoß mit Jack war jedwede Anstrengung im Schwimmbecken für die Katz gewesen, und ich hatte den Rest der Nacht mehr wach als schlafend in meinem Bett gelegen. Was ich jetzt brauchte, war eine überdimensionale Tasse Kaffee oder wahlweise ein Loch, in das ich mich verkriechen konnte.

Bis auf Lauren, die ohnehin gleich abzischen würde, um sich fürs Training aufzuwärmen, war der Raum leer. Bewusst hatte ich die Neuen früher zum Frühstück bestellt, als der Rest der Mannschaft aufkreuzen würde. Ich gab mich nämlich nicht der Illusion hin, dass Hudsons Showeinlage bei der offiziellen Begrüßung gestern bedeutungslos gewesen war. Er und die anderen Schwachköpfe hatten Feindseligkeit signalisiert. Sie würden es Jack und seinen Jungs nicht leicht machen. Darum hoffte ich inständig, dass sie wie geplant pünktlich erscheinen würden. Sollte sich Paxton doch mit der Zusammenführung abplagen, Hauptsache ich kam dabei nicht zum Handkuss.

„Harte Nacht gehabt?" Lauren hatte ihr Geschirr zusammengeschoben und war aufgestanden.

„Zu viel im Kopf."

Sanft legte sie mir eine Hand auf die Schulter.

„Du schaffst das schon, Clary. Wer, wenn nicht du?" Sie zwinkerte mir aufmunternd zu.

Keine Ahnung, worauf sie da anspielte. Mir fielen auf Anhieb eine ganze Menge Leute ein, die meinen Job vermutlich tausendmal besser meistern würden.

„Lauren", hauchte jemand voller Ehrfurcht hinter uns.

Ich versteifte mich sofort, während Lauren nach einem Seitenblick eine Haltung einnahm, die ich nur äußerst selten bei ihr feststellen konnte. Sie hob die Schultern und zog den Kopf ein. Gepaart mit dem pikierten Kräuseln ihrer Lippen schaute sie irgendwie süß aus. Doch Lauren war alles andere als süß, was sie sofort unter Beweis stellte. Rasch straffte sie den Rücken und rauschte hoch erhobenen Hauptes und mit wehendem goldblondem Haar an den Neuankömmlingen vorbei zur Tür hinaus. Ihr plattes „Guten Morgen" verhallte ebenso rasch wie ihre Schritte.

Finch schloss die Augen, ein seliges Lächeln auf dem Gesicht. Er blähte genüsslich die Nasenflügel, als würde er sich an dem Hauch von Laurens Duft laben, der mit ihr an ihm vorbeigezogen war. Obwohl mein Körper nach wie vor nach Kaffee und Ruhe schrie, hatte ich plötzlich schwer damit zu kämpfen, ein Lachen zurückzuhalten.

Der Impuls verflog sofort wieder, als Jackson in mein Blickfeld trat.

„Clarissa", grüßte er mich. Mein Name aus seinem Mund klang keineswegs ehrfurchtsvoll oder genüsslich. Eher forsch.

„Jack." Ich wich seinem Blick aus.

Der Rest der Truppe schob sich durch die Tür.

„Gehen wir jetzt zu den Vornamen über? Na, wenn das so ist. Ich bin Sam. Aber eigentlich nennen mich alle bei meinem Nachnamen. Du kannst es halten, wie du willst", sprudelte es aus Samuel Finch hervor. Er strahlte mich an. Nicht mit Herzchen in den Augen, wie bei Lauren, jedoch so offen, freundlich und warm, dass ich einigermaßen verdattert war. Der Kontrast zu Jacks Ausstrahlung war krass, und ich hatte Mühe, mit dem Wechsel mitzukommen.

„Hi, Sam." Es klang hohl.

Sam störte sich nicht daran. Im Gegenteil. Ehe ich reagieren konnte, trat er einen Schritt nach vorne und schloss mich in die Arme, drückte mich überraschend sanft an sich, und der Geruch der hoteleigenen Seife stieg mir in die Nase.

Ich hatte nicht einmal genug Zeit, um mich in seiner Umarmung unwohl zu fühlen, da ließ er wieder von mir ab und fixierte einen Punkt hinter mir.

„O Mann! Sind das Lucky Charms?" Er legte einen Schnellstart an mir vorbei zum Frühstücksbüfett hin.

„Du musst Finchs Überschwänglichkeit entschuldigen. Ich fürchte, er kriegt zu wenig Zuwendung von uns", erklärte Tyler Houston mit gespieltem Bedauern, der nach Sams Abgang nun vor mir stand.

Alles an ihm war lässig. Seine Haltung, die Stimme, der leicht amüsierte Ausdruck in seinem Gesicht. Trotzdem wirkte er, als würde ihn irgendetwas stören, auch wenn er es gut zu kaschieren wusste.

„Ich hab's ohnehin nicht so mit Förmlichkeiten, deshalb finde ich es klasse, dass Jack sie gleich zu Beginn aus dem Weg räumt. Ich bin Ty."

Während er sprach, zuckten seine Augen einige Male zu Jackson, der seinerseits vollkommen unbeeindruckt aussah. Er ließ sich kein bisschen in die Karten schauen.

Auch die anderen stellten sich ein weiteres Mal vor, diesmal mit ihren Vornamen. Anschließend konnte ich mir endlich eine Tasse Kaffee gönnen. Sam hatte in der Zwischenzeit seine dritte Schale Lucky Charms in Angriff genommen, und die anderen luden sich auf ihre Teller, was das Büfett hergab.

Überraschenderweise entpuppte sich Ty als angenehmer Gesprächspartner. Angenehm vor allem deshalb, weil ich der Konversation kaum etwas beisteuern musste. Und weil er seine anfängliche Arroganz schnell ablegte.

„Und, wie bist du zum Eishockey gekommen?" Es war Drew, der die Frage gestellt hatte, und mit einem Mal verlor die Unterhaltung ihren Flow.

Alle am Tisch warteten auf meine Antwort. Verdammt. Die Frage war naheliegend, deshalb konnte ich Drew nicht böse sein. Da er mir damit das Messer an die Kehle setzte, ohne es zu ahnen, verfluchte ich ihn trotzdem dafür. Und Jack gleich mit, weil seine abwartende Haltung mich am meisten ins Schwitzen brachte. Ich kannte sie kaum vierundzwanzig Stunden und geriet schon in die Situation, ihnen sagen zu müssen, wie wenig geeignet ich für diesen Job war. Dass ich mich als große Managerin präsentiert hatte und tatsächlich nichts weiter war als eine gescheiterte Eiskunstläuferin.

So ruhig wie möglich hob ich meine Tasse und nahm einen kräftigen Schluck Kaffee. Ich fühlte kaum, wie der Rand meine Lippen berührte, und schmeckte nichts. Meine Gedanken rasten, und kurz dachte ich an die Möglichkeit, ihnen einfach die Wahrheit zu sagen.

Doch beim Abstellen der Tasse sagte ich ihnen nicht, dass ich kaum Ahnung von dem hatte, was ich tat. Stattdessen sah ich demonstrativ auf meine Armbanduhr.

„Wir müssen los. Euer Hauptsponsor erwartet uns. Aber davor", ich sah zwischen Klay und Sam hin und her, „müsst ihr zum Check-up." Und Ritas unübertreffliche Fähigkeiten als Visagistin werden wir auch bemühen müssen, fügte ich im Geiste hinzu.

Keine fünf Minuten später schob ich Klay durch die Tür des Arztzimmers.

„Hi, Anna", begrüßte ich unsere Mannschaftsärztin.

Dr. Annabeth Callahan war seit einem halben Jahr im Center. Davor hatte sie bereits für andere Kader gearbeitet. Cam hatte sie davon überzeugt, zu den Dynamites zu wechseln. Mit Sicherheit hatte bei der Abwerbung ein verlockendes Gehalt eine große Rolle gespielt. Darüber hinaus hatte ich den Verdacht, dass zwischen Anna und meinem Onkel etwas lief. Welcher Grund auch immer sie tatsächlich zu uns geführt hatte, wir konnten froh sein, sie zu haben. Anna war eine Koryphäe in Sachen Sportmedizin. Ihr Können hatte sie mir selbst schon mehrfach unter Beweis gestellt. Seit sie mich mit schmerzlindernden Injektionen behandelte, brauchte ich weitaus weniger Medikamente, um durch den Tag zu kommen.

„Hi, Clarissa. Bringst du mir die neuen ...?“ Sie hielt inne, als sie Klays Gesicht sah, und schnalzte mit der Zunge. „Setz dich“, sagte sie an ihn gewandt, zeigte auf die Behandlungsliege und trat an einen Schrank.

„Kannst du es so versorgen, dass Rita nachher mit ihm arbeiten kann?“

Anna legte auf meine Bitte hin einen Teil der Utensilien zurück und öffnete eine andere Schublade. „Sicher.“

Sie war die Beste. Dankbar lächelte ich sie an. „Ich warte draußen. Bis später.“

Als ich das Behandlungszimmer verließ, saßen Drew, Kevin und Sam auf der langen Bank gegenüber der Tür. Von Ty und Jack fehlte jede Spur. Wäre ja auch zu schön gewesen!

Suchend sah ich mich um.

„Die sind da hinten. Reden irgendwas“, meinte Sam lächelnd. Guter Mann.

Ich nickte ihm zu und ging den Flur entlang in die besagte Richtung.

Hinter der nächsten Ecke hörte ich aufgeregtes Zischen und Murmeln. Verstehen konnte ich nichts, obwohl ich mich redlich bemühte, wenigstens Wortfetzen aufzuschnappen. Ich kam nicht nah genug heran, ehe sie mich entdeckten. Sie verstummten sofort. Aus Tys Augen schlug mir Gereiztheit entgegen. Dabei war er mir gegenüber neben Sam bisher am aufgeschlossensten begegnet. Warum? Hatten sie sich über mich unterhalten? Hatte Jack ihm von unserer gestrigen Begegnung erzählt?

„Clary! Die Ärztin hat eine Frage!", rief Sam hinter mir.

Ich wirbelte so schnell herum, dass ein sengender Stich durch meine Hüfte schoss. Es kostete mich all meine Kraft, nicht aufzukeuchen, meine Stimme ruhig klingen zu lassen, mich nicht noch einmal zu Jack und Ty umzudrehen und, ohne zu humpeln, den Weg zurück zum Untersuchungsraum zu gehen. „Ich komme."

Leises Wispern in meinem Rücken verfolgte mich bis zur Biegung des Flurs.

Klays Wunden waren versorgt, Anna wollte bloß wissen, wen sie als Nächsten reinholen sollte. Am liebsten hätte ich sie angeschrien, obwohl sie überhaupt nichts dafür konnte. Nicht für die Schmerzen, die ich der unachtsamen Bewegung verdankte, und nicht dafür, dass ich offenbar in nicht einmal einem Tag von der Managerin zum Feind mutiert war. Wenigstens Sam war mir noch freundlich gesinnt. Er sah mich nicht an, als wäre ich sein schlimmster Albtraum.

Ich winkte ihn herein und wartete mit Klay die paar Minuten vor der Tür, bis Anna den Check-up durchgeführt hatte. Blutabnahme, Auskultation, Messung des Blutdrucks, Prüfung der Reflexe, ein paar Gesundheitsfragen. Nichts Aufregendes. Sam war schnell durch, und als Drew als Nächster antrat, bedeutete ich Sam und Klay, mir zu folgen. Im Korridor begegneten wir Jack und Ty, die nach wie vor die Köpfe zusammensteckten.

„Gar nicht schlimm. Für dich bestimmt ein Klacks", erklärte Sam und klopfte Ty im Vorbeigehen auf die Schulter.

Ty sah ihn mindestens genauso finster an wie mich zuvor. Wie meinte Sam das? Und warum reagierte Ty so gereizt darauf? Hatte er etwa Bammel vor der Untersuchung? War das der Grund allen Ärgers und nicht ich?

***

„Wird es gehen?"

Klay saß vor Rita auf dem Frisierstuhl. Sie betrachtete ihn nachdenklich, er sie eher, als hätte ich ihn zur Schlachtbank geführt. Mit weit aufgerissenen Augen starrte er auf die zahlreichen Make-up-Utensilien, die auf dem Tisch neben ihm bereitlagen. Beim Doc hatte er im Vergleich zu jetzt wesentlich entspannter ausgesehen. Offenbar verursachte Klay die Aussicht, geschminkt zu werden, weit mehr Unbehagen als Nadeln und Desinfektionsmittel.

„Aber ja. Das kriegen wir hin. Wenn ich mit Zombie-Clarys Augenringen klarkomme, sollte das keine Herausforderung sein, meinst du nicht?"

O Mann, Rita! Geht's noch? Allzu gern hätte ich ihr mit der Puderquaste eins übergebraten. Ich wurde nicht gern an die Zeit der monströsen Augenringe erinnert. Vor allem deshalb, weil sie damals tatsächlich mein geringstes Problem gewesen waren. Und am wenigsten gefiel mir, dass sie davon vor Klay und Sam anfing.

91

„Zombie-Clary? Die würde ich gern mal kennenlernen“, meinte Sam belustigt und leider auch neugierig. Viel zu neugierig.

„Willst du nicht. Vertrau mir.“ Zum Glück gelang es mir, nicht allzu pikiert zu klingen und damit den Anschein eines Scherzes aufrechtzuerhalten.

Rita ließ ich dagegen meinen Todesblick spüren. Sie konterte mit einem entwaffnenden Lächeln, wie nur sie es zustande brachte. Diese Frau kostete mich noch den letzten Nerv, trotzdem konnte ich ihr nicht böse sein. Zumindest nicht lange.

„Schluss mit den Albernheiten. Du hast einiges vor.“ Ich sah von Klays mit Verbandsfolie abgeklebten Verletzungen zu Sams blauem Schopf.

Rita gehorchte und machte sich daran, die Blessuren in Klays Gesicht für das Shooting bei Feldon’s abzudecken. Dabei setzte sie ihm nicht nur mit ihren Pinseln zu.

„Woher hast du diese Verletzungen?“, wollte sie wissen.

Klay ließ sich Zeit mit der Antwort. Wog anscheinend ab, ob er etwas und, wenn ja, was er sagen sollte.

„Hab mich geprügelt.“

„Mit wem?“, bohrte Rita nach.

Klay tat mir leid. Ich wusste nur allzu gut, wie es war, im Zentrum von Ritas unverblümter Fragerei zu stehen. Schon wollte ich einschreiten, Rita bremsen, damit sie nicht erst richtig in Fahrt kommen konnte.

Doch Klay antwortete, diesmal ohne zu überlegen. „Mit meinem Bruder.“

Ritas Finger, die in raschen, geübten Bewegungen Grundierung mit einem Pad auf die Folie neben Klays

Auge auftrugen, gerieten aus dem Takt. Offenbar hatte sie nicht mit einer Antwort gerechnet. Ich war gleichsam überrascht und Klay wohl über sich selbst.

Es dauerte einige Herzschläge lang, bis Rita ihre Arbeit in der gleichen routinemäßigen Leichtigkeit fortführte, wie ich es von ihr kannte. Was mich am meisten überraschte, war ihr Schweigen. Es sah ihr nicht ähnlich, ihr Verhör einfach abzubrechen.

Ich überlegte, warum sich Klay mit seinem Bruder geprügelt haben könnte, war enttäuscht, dass Rita nicht danach fragte. Was mich wiederum ins Grübeln brachte, warum Rita davon absah. Diese Gedanken gesellten sich zu dem Haufen an weiteren, die in meinem Schädel hin und her schwappten, als herrschte in meinem Kopf hoher Wellengang. Immer wieder tauchte Jacks Bild aus den Fluten hervor. Sein undurchdringlicher und gleichzeitig flammender Blick bescherte mir eine Gänsehaut, obwohl er gar nicht hier war.

Jack

Ty betrat als Letzter das Behandlungszimmer. Seine verkrampfte Haltung verriet mir, wie schwer ihm dieser Gang fiel. Ty hasste Ärzte, was ich ihm kaum verübeln konnte. An seiner Stelle und mit seiner Vorgeschichte würde es mir wahrscheinlich nicht anders gehen. Da half es auch nicht, dass er gesund war, obwohl das äußerst skurril klang. Denn Ty war in einer prägenden Phase seines Lebens krank gewesen, und diese Zeit würde ihn nie gänzlich loslassen. Wenigstens hatte ich es geschafft, ihn überhaupt dazu zu bringen, den Check-up durchführen zu lassen. Nicht auszudenken, wenn er sich geweigert hätte.

„Er macht das schon, Jack", meinte Kev neben mir.

Wie der sprichwörtliche Fels in der Brandung saß er da. Kev war ein Phänomen. Niemand, den ich kannte, hatte ein vergleichbar untrügliches Gespür. Er stellte keine Fragen, wusste aber immer, wenn etwas nicht stimmte. Diese Fähigkeit hatte ihm durch den Krieg geholfen. Als Corporal bei der Army benötigte man sicherlich eine überdurchschnittliche Auffassungsgabe.

„Ich weiß." Vermutlich wäre meine Antwort glaubhafter gewesen, wenn mir das anschließende Seufzen nicht herausgerutscht wäre.

Drew kam auf uns zu. Das Handy ans Ohr gedrückt und ein breites Lächeln im Gesicht, lief er den Flur auf und ab.

„Heute Nachmittag. – Ja, zuerst haben wir ein Treffen mit dem Sponsor. – Keine Ahnung." Er lachte über etwas, das Camille am anderen Ende der Leitung zu ihm gesagt hatte. „Klar, das gehört wohl alles zum Gesamtpaket."

Kurz bevor er uns erreicht hatte, entfernte er sich wieder von Kev und mir. Seine Stimme wurde leiser, und meine Gedanken kehrten zu Ty zurück, der gefühlt länger im Behandlungsraum war als wir vor ihm. Vermutlich bildete ich mir das nur ein. Wie so vieles seit unserer Ankunft gestern. Besonders dann, wenn es um Clarissa Clark ging.

Die Tür vor mir schwang auf, und Ty trat heraus. Er grinste. Winkte Dr. Callahan lässig zum Abschied zu. Anscheinend hatte sich seine Befürchtung, sie würde seine komplette Krankengeschichte erheben, nicht bewahrheitet.

„Check-up erledigt. Was steht als Nächstes an?"

***

„Heilige Scheiße, Finch!", stieß Drew hervor.

„Du siehst ja richtig süß aus. Nicht mehr wie ein Steinzeitschlumpf", ergänzte Ty und strubbelte Finch durch die frisch geschnittenen Haare.

Sofort entzog er sich Tys Berührung.

„Alter, lass das, du ruinierst noch Ritas Kunstwerk!" Vorsichtig kämmte er die Strähnen mit den Fingern durch, um sie wieder in Form zu bringen.

„Außerdem haben Schlümpfe blaue Haut. Haut, Ty, nicht Haare! Dein Vergleich hinkt. Was nur bedeuten kann, dass du neidisch bist." Ty lachte und streckte erneut die Hand nach Finchs Kopf aus. „Untersteh dich!"

Rita hatte mit Finchs neuer Frisur ganze Arbeit geleistet. Seine filzigen Dreads waren Geschichte, ebenso wie der Großteil des Blaus. Sie hatte die Seiten kurz geschoren, die Haare oben und hinten etwas länger gelassen, sodass in den Spitzen ein Hauch von Farbe geblieben war. Die Narbe auf Finchs Stirn wurde nach wie vor von einigen Strähnen verdeckt, blitzte aber mehr durch als zuvor.

Auch Klay war wie verwandelt. Seine Haare hatten zwar keine Rundumerneuerung erhalten. Dafür waren die Wunden und blau unterlaufenen Stellen in seinem Gesicht kaum mehr zu erahnen. Gekonnt überdeckt, ohne dass er geschminkt wirkte.

95

„Der Bus wartet." Clarissa war im Türrahmen der Garderobe aufgetaucht. Hinter ihr stand eine Frau mit schulterlangen dunklen Haaren und auffallend grünen Augen.

„Bye, Rita!" Finch quetschte sich an Clarissa vorbei und drückte die Frau herzlich an sich.

Sie lachte glockenhell. Klay hingegen verabschiedete sich nicht. Er war schon auf dem Weg zum Ende des Flurs. Offensichtlich hatte er seinen Ausflug in die Maske nicht so genossen wie Finch.

Der Bus war ein schnittiger silberfarbener Mercedes mit acht Sitzen und dem Logo des Centers an den Seiten, der samt Fahrer vor dem Hoteleingang für uns bereitstand.

„Ich sitze vorne." Finch hechtete ums Fahrzeug herum und riss die Beifahrertür auf, ehe irgendjemand ihm seinen Platz streitig machen konnte. Oder auch nur blinzeln.

Klay, Ty, Kev und Drew stiegen nacheinander in den Wagen, sodass ich am Ende neben Clarissa landete. Unser Ziel musste dem Fahrer bekannt sein, denn er nickte unserer Managerin über die Schulter zu und startete den Motor.

Wir bewegten uns vom Fuß des Snow Peak auf das Zentrum von Banff zu. Finch war hin und weg von dem, was es außerhalb der Autoscheiben zu sehen gab. Na gut, wir waren alle fasziniert, doch Finch war der Einzige, der das lautstark kundtat und Clarissa immer wieder Fragen zu den vorbeifliegenden Gebäuden stellte. Sie saß hinter ihm und beugte sich jedes Mal, wenn sie ihm antwortete, etwas zur Seite, sodass sie den Kopf zwischen die vorderen Sitze stecken konnte. Dabei stieg mir gelegentlich ihr Duft in die Nase. Ich konnte ihn beim besten Willen nicht einordnen. Nicht sagen, ob es Seife, ein Parfüm oder ihr eigener Geruch war. Ich ertappte mich dabei, wie ich tiefer einatmete, als zur bloßen Sauerstoffversorgung nötig gewesen wäre.

Wir bogen gerade in die Banff Ave ein, in der sich ein Geschäft ans nächste reihte und Regenbogenfahnen mit der Aufschrift Banff Pride an vielen Häuserecken im Wind flatterten, da entdeckte Finch etwas, das ihn brennend interessierte.

„Was ist denn das?", fragte er aufgeregt und deutete durch die Windschutzscheibe.

Clarissa lehnte sich nach vorne, konnte jedoch nicht erkennen, auf was Finch zeigte, weil ihr der Sicherheitsgurt zu wenig Bewegungsfreiheit ließ. Zögerlich löste sie den Gurt, um sich weiter zu Finch nach vorne lehnen zu können. Plötzlich ging ein heftiger Ruck durch den Wagen. Der Fahrer bremste abrupt, und ich handelte instinktiv. Meine Arme schlossen sich um Clarissas Taille, verhinderten, dass sie vornüberkippen konnte, und als der Mercedes stehen blieb, sackte sie keuchend auf mich. Alles passierte so schnell, dass ich kaum Zeit hatte, nachzudenken oder mehr als meinen rasenden Puls wahrzunehmen. Nur am Rand drangen die Stimmen der anderen an meine Ohren. Viel präsenter erschienen mir Clarissas leises Wimmern und der Druck ihrer Finger, die sich Halt suchend an mich klammerten. Hatte sie sich verletzt? Ich musste es wissen, meine Stimme versagte mir jedoch den Dienst. Also löste ich einen Arm von ihrem Bauch und legte eine Hand an ihre Wange, drehte ihr Gesicht so, dass ich sie ansehen konnte. Sie ließ es geschehen und begegnete meinem Blick. Angst. In ihren Zügen lag pure, tiefe Angst. Ihre weit aufgerissenen Augen glänzten vor ungeweinter Tränen, sie war leichenblass, ihr Atem kam stoßweise und ihr Griff in meinem Shirt verstärkte sich.

„Scheiße! Clary, ist alles in Ordnung?", rief Finch.

Ich hörte und fühlte, dass er sich auf seinem Sitz bewegte, ebenso wie der Fahrer und die anderen hinten, aber ich war nicht in der Lage, mich von ihr abzuwenden. Sie hielt mich gefangen, schluckte schwer und atmete tief ein, bevor sie losließ und von mir abrückte.

„Danke", drang es kaum hörbar über ihre zitternden Lippen, dann saß sie wieder auf ihrem Platz, fuhr sich durchs Haar und langte nach ihrem Gurt. „Alles gut, Finch. Ich bin nur erschrocken."

„Und ich erst." Er lachte erleichtert.

Das war eine glatte Lüge. Sie war nicht nur erschrocken. Den anderen konnte sie das vielleicht weismachen, mir nicht. Ich hatte sie gesehen, die Panik, die jede Zelle ihres Körpers zutiefst erschüttert hatte. Doch ich würde mich hüten, das laut auszusprechen. Ebenso wenig hatte ich ihnen von unserer nächtlichen Begegnung erzählt oder von ihren Narben. Mir war, als wäre ihre Reaktion gerade eben auch eine Narbe. Das Überbleibsel einer alten Wunde, die nie richtig verheilt war. Mit Sicherheit war es ihr unangenehm, dass sie sich vor mir von dieser verletzlichen Seite gezeigt hatte. Jetzt da der Wagen wieder anfuhr und seinen Weg fortsetzte, vermied sie es, zu mir herüberzusehen. Ihr ganzer Leib war gespannt wie die Sehne eines Bogens, und ich war froh, dass Finch endlich Ruhe gab.

Selbst wenn mein Leben davon abgehangen hätte, ich hätte nicht sagen können, wie lange wir noch nach diesem Zwischenfall fuhren. Wahrscheinlich waren es nur wenige Minuten, dennoch wälzte ich in dieser Zeit Hunderte Fragen in meinem Kopf. Erst als Clarissa die Seitentür aufschob und aus dem Wagen kletterte, stoppte das Gedankenkarussell. Sie schien sich wieder vollends gefasst zu haben. Zumindest war die Blässe von ihren Wangen verschwunden, und ihre Haltung war weniger steif. Das konnte ich von mir leider nicht behaupten.

„Ah, da sind Sie ja!", rief uns eine freudige Stimme entgegen. Sie gehörte zu einem Mann mittleren Alters mit Halbglatze, der uns entgegenkam. Auf seinem schwarz-orangefarbenen Shirt stand in großen Lettern Dynamites, daneben ein Schläger, aus dessen oberem Ende eine brennende Zündschnur ragte.

Ich musste kein Genie sein, um zu wissen, dass dieser Mann Feldon war, unser Sponsor.

„Clarissa, mein Mädchen!" Feldon breitete die Arme aus.

Sie ließ sich bereitwillig von ihm umarmen, sogar einen Moment lang hin und her wiegen. Die Vertrautheit zwischen ihnen war unverkennbar.

„Na, wie findest du es?", fragte er, nachdem er sie aus seiner Umarmung entlassen hatte, und strich sich über das Shirt.

„Sieht fantastisch aus."

Ich konnte ihr Gesicht nicht sehen, trotzdem erahnte ich an der Art, wie sie Feldon antwortete, dass sie lächelte.

„Warte nur, bis du die neuen Dresse siehst." Feldon lachte und wandte sich an uns. „Willkommen in Banff. Ich bin Phil." Nacheinander schüttelte er uns die Hände und geleitete uns zu seinem Geschäft.

Feldon's fügte sich von außen perfekt in die Reihen an gediegenen Geschäften ein, innen jedoch eröffnete sich uns ein weitläufiger Laden, der gut sortiert zu sein schien und offenbar für jede erdenkliche Sportart das passende Equipment bereithielt.

„Nur zu, seht euch ein wenig um", meinte Phil Feldon.

„Dafür bleibt uns leider keine Zeit, Phil", sagte Clarissa. „Wir haben heute ein straffes Programm, und die Gentlemen wollen bestimmt noch mit ihren neuen Trikots aufs Eis."

Erst wirkte Phil enttäuscht, doch er fing sich gleich wieder.

„Natürlich. Dann wollen wir euch mal ausstatten." Er klatschte in die Hände, und von irgendwoher huschten zwei Mitarbeiter mit beladenen Armen herbei.

Unsere Monturen waren in den Farben Schwarz und Orange gehalten, die sich geschickt auf jedem Teil abwechselten und den weißen Schriftzug unseres Teamnamens zur Geltung brachten.

Nachdem wir uns umgezogen hatten, führte Clarissa uns vorbei an einem deckenhohen Regal mit diversen Snowboards in eine Ecke, in der eine kleine Bühne mitsamt Greenscreen aufgebaut und von zahlreichen Fotoschirmen umringt war.

Das Podest, auf dem wir abgelichtet werden sollten, war mit weißem Teppich ausgelegt, und unsere neuen, blank polierten schwarzen Schlittschuhe warteten dort sauber aufgereiht auf uns.

„Clarissa!"

Ich straffte gerade die Schnürsenkel meiner Skates, als jemand quer durchs Geschäft ihren Namen rief. Gedehnt und mit hoher Stimme, als wäre die Person völlig aus dem Häuschen, unsere Managerin zu sehen. Ein dürrer Mann eilte auf sie zu. Sein Bart war akkurat gestutzt, und das schulterlange Haar wehte einem grau glänzenden Umhang gleich hinter seinem Kopf her.

In einer übertriebenen Geste riss er die Arme auseinander, nur um sie gleich darauf wieder zusammenklappen zu lassen. Er umfasste Clarissa Hände und drückte ihr links und rechts und noch einmal links Küsse auf die Wangen.

„Chic!" Wieder zog er das Wort in die Länge und musterte Clarissa von Kopf bis Fuß. Dann erst ließ er von ihr ab. „Und jetzt zeig sie mir."

Sie hakte sich bei ihm unter und zog ihn mit sich in unsere Richtung.

Ich stand auf und verschränkte die Arme vor der Brust, während die anderen zu meinen Seiten knieten und noch dabei waren, ihre Schuhe fertigzubinden. Dieser Kerl war mir auf Anhieb unsympathisch. Es lag nicht an seiner androgynen und überaus exzentrischen Erscheinung. Ich hatte nie ein Problem mit der sexuellen Orientierung oder individuellen Geschlechteridentifikation von irgendwem gehabt. Was mich störte, war die Art, wie er mit Clary umging. Es wirkte aufgesetzt und falsch. Er strahlte nicht die ehrliche Wiedersehensfreude aus, wie Phil Feldon sie an den Tag gelegt hatte.

„Crane, darf ich dir die neuen Teammitglieder vorstellen? Das sind Kevin O'Hara, Samuel ..."

„Halt, halt, halt!", rief Crane dazwischen und fuchtelte wild mit den dünnen Armen. „Ich brauche keine Namen. Ich brauche meine Kamera. Sofort!" Dabei schnippte er ein paarmal und blinzelte aufgeregt.

Die Köpfe meiner Jungs schnellten in die Höhe. Ty neben mir hatte gerade die Masche festgezogen und stützte sich auf die Hände, um aufzustehen.

„Genauso bleiben! Wagt es nicht, euch zu bewegen!", schrie er, seine Stimme überschlug sich. Der Typ war völlig irre.

Ty gab ein leises Schnaufen von sich. Offensichtlich teilte er meine Meinung.

Wir hatten kaum Zeit, um zu protestieren, da hatte Crane schon von irgendwoher einen Fotoapparat in die Hand gedrückt bekommen, die Strahler um uns herum sprangen an, und wir waren unter Beschuss. Die nächsten Sekunden war die Luft erfüllt vom Klicken der Kamera und von Cranes Stöhnlauten.

„Fantastisch!" Er strahlte uns an.

Clary neben ihm lächelte zufrieden. Ihre Freude hielt nicht lange an. Crane verzichtete im Anschluss gänzlich darauf, uns vorgestellt zu werden, und ging nahtlos ins eigentliche Shooting über. Dabei wich seine anfängliche Verzückung schnell und machte purer Verzweiflung Platz.

„Nein!", lamentierte er und wand sich unter Qualen, fasste sich an die Brust, als hätte jemand sein armes krankes Herz mit einem Messer durchbohrt. „Amateure! Wie soll ich so arbeiten?"

Egal was wir machten oder wie gut wir versuchten, seinen wahnwitzigen und meist unlogischen Aufforderungen Folge zu leisten, Master Crane war unzufrieden mit dem Ergebnis. Für ihn sahen wir hölzern und hohl aus wie Schaufensterpuppen.

„Beruhige dich", meinte Clarissa schließlich. „Es ist ihr erstes Shooting. Sie müssen erst warm werden."

„Sportler." Crane seufzte. „Warum nur habe ich mich von dir dazu überreden lassen, Sportler abzulichten?"

„Weil du mich liebst", konterte sie.

Crane rang sich ein Lächeln ab.

Clarissa mischte sich unter uns und positionierte uns neu vor dem Greenscreen auf. Sie fasste Finch an den Schultern und rückte ihn näher an Ty heran, den sie wiederum auf ein Knie zwang. Sie bat Kev, ihm eine Hand auf die gepolsterte Schulter zu legen. Drew schob sie ein Stück nach hinten, drückte ihm einen Schläger in die Faust, den er lässig vor sich halten sollte. Klay platzierte sie direkt neben mir, wo sie ihn etwas zur Seite drehte.

„Darf ich?" Mit ausgestreckten Händen stand sie nun vor mir.

Mir entging nicht, dass sie mich als Einzigen um Erlaubnis bat, mich zu berühren. Sofort fragte ich mich nach dem Grund und nickte rasch, weil sie auf eine Antwort wartete. Ihre Finger legten sich auf mein Kinn, drückten es mit einer federleichten Berührung zur Seite, bis ich Finchs Blick einfangen konnte. Er grinste und zuckte nur mit den Schultern. Dann legte sie mir eine Hand auf den Unterarm, und ich löste meine verschränkten Arme. Ihre Haut strich über meine, als sie mir einen Puck gab.

„Wirf ihn hoch, und fang ihn wieder." Mit dieser letzten Anweisung verließ sie das Set und gesellte sich zu Crane.

„Er hat ein tolles Profil", sagte der Fotograf.

Clary blieb stumm, was mich annehmen ließ, dass sie bloß nickte. Sehen konnte ich nur Ty und Finch, die nach vorne schauten und Haltung annahmen. Ich umfasste den Puck fester, warf ihn ein Stück hoch und fing ihn auf. Einige Male wiederholte ich die Geste, während Crane knipste. Dann klatschte er in die Hände, und Clary trat erneut an uns heran, veränderte unsere Posen.

„Clarissa, Liebes, bleib einfach bei ihnen", meinte Crane.

Sie hatte uns in einem V, ähnlich einer Pfeilspitze, aufgestellt und stand nun leicht versetzt hinter mir, umfasste meine Ellenbogen und drückte meine Arme höher, in denen ich einen Schläger hielt.

„Ich schneide dich nachher raus."

Ihre Finger legten sich enger um meine Arme, und sie sog geräuschvoll die Luft ein. Zu gern hätte ich mich zu ihr umgedreht, die Reaktion auch in ihrem Gesicht gesehen. Ich wollte wissen, warum sie so auf Crane reagierte, wie sie es tat. Was es in ihr auslöste.

Noch nie in meinem Leben hatte etwas oder jemand so viele Fragen in mir aufgeworfen. Clary brachte mich mehr durcheinander, als ich es für möglich gehalten hätte.

Nach einer gefühlten Ewigkeit waren die Bilder endlich im Kasten. Master Crane schien besänftigt zu sein. Nur hatten wir die Rechnung ohne unsere Managerin gemacht.

„Die Pause ist vorbei. Ty, du startest mit den Einzelfotos." Sie kam mit einem schwarz-orangen Stapel gefalteter Kleidung, der sich als Shirts entpuppte, auf uns zu, nachdem sie mit Crane die Gruppenfotos durchgesehen hatte.

„Ich dachte, wir wären fertig für heute." Ty schlug einen bewundernswert freundlichen Ton an, obwohl ich ihm ansehen konnte, dass er genug hatte. Genau wie der Rest von uns.

Clarissa sparte sich eine Antwort, nahm stattdessen das oberste Shirt vom Stapel und warf es ihm zu. Ihr Auftreten sagte unmissverständlich: gehorchen oder bereuen.

Ty grinste aufgesetzt, griff sich in den Kragen und zog sich das Shirt, das er anhatte, mit einer fließenden Bewegung über den Kopf.

Sie musterte ihn mit Argusaugen und hob eine Braue, als sie die Tätowierung auf seinem linken Brustmuskel entdeckte.

Sein Grinsen vertiefte sich. „Gefällt dir, was du siehst?"

Mein Kiefer spannte sich an. Obwohl wir es heute Morgen besprochen hatten, konnte Ty es nicht lassen. Keine Ahnung, ob er sich tatsächlich Chancen bei Clarissa ausrechnete oder ob ihm das Flirten schlichtweg in Fleisch und Blut übergegangen war. Was ich wusste, war, dass es mich rasend machte.

„Ich versuche herauszufinden, was ich da sehe", sagte sie ungerührt, während ich drauf und dran war, Ty das verfluchte Shirt höchstpersönlich anzuziehen.

„Was glaubst du denn zu sehen?"

„Striche." In der Tat waren es feine schwarze Linien, die sich in gleichmäßigen Abständen aneinanderreihten, wobei immer vier parallel laufende von einem fünften gekreuzt wurden. Aber es waren nicht bloß Striche, es war …

„Eine Liste", vollendete Ty meinen Gedanken.

„Schön." Sie nickte zum Shirt, das nach wie vor unbeachtet in Tys Händen lag.

Ihr offensichtliches Desinteresse dämpfte meinen Ärger ein wenig.

Ty ließ nicht locker.

„Allerdings. Jeder Strich steht für eine überaus schöne Zeit." Er legte eine effektvolle Pause ein, nur um betont nachzusetzen: „Mit einer Frau."

„Und du glaubst, ich will ein weiterer Strich auf deiner Liste werden?"

Die Frage ließ das Blut in meinen Adern schneller fließen. Die Spannung in mir stieg, bis Ty plötzlich laut loslachte.

„Oh, ich fürchte nicht." Wieder lachte er.

Drew, Klay und Finch stimmten mit ein, und selbst Clarissa konnte ein Schmunzeln nicht zurückhalten. Die Anspannung fiel mit einem Mal von mir ab, und das Eis zwischen Ty und unserer Managerin schien mit dieser kurzen Plänkelei gebrochen zu sein.

Gehorsam zog er sich das Shirt über, das dem von Phil glich, und trollte sich begleitet von Clarissa vor den Greenscreen.

Ich konnte sie scherzen hören, war jedoch zu sehr mit mir selbst beschäftigt, um dem Gespräch im Detail zu folgen. Was, zur Hölle, war los mit mir? Einfach alles an dieser Frau brachte mich auf. Obwohl ich mir im Normalfall schnell ein Bild über jemanden machen konnte, wollte es mir bei ihr nicht gelingen. Ich hatte keine Ahnung, wie ich sie und ihr Verhalten einordnen sollte.

„Es ist schön, sie so zu sehen." Phil war unbemerkt an meiner Seite aufgetaucht.

Ich wurde hellhörig und musste all meine Beherrschung zusammenkratzen, um nicht nachzuhaken. Zu meinem Glück war Phil in Plauderlaune.

„Ich wusste, dass mehr in ihr steckt, und ich finde, ich hatte absolut recht. Sie macht das gut."

Clarissa zeigte Ty gerade, wie er sich vor der Kamera präsentieren sollte.

Es stand mir nicht zu nachzufragen. Doch ich konnte nicht anders. Ich beruhigte mich selbst damit, dass ich es nur für die Jungs tat. Nur herausfinden wollte, was wir von ihr zu erwarten hatten.

„Warum hättest du falsch liegen sollen?"

Ohne den Blick von ihr abzuwenden, drehte er den Kopf ein wenig zu mir. Sein Lächeln wirkte traurig.

„Clarissa Clark gehört aufs Eis." Der Schwermut in seiner Stimme schwang noch nach, nachdem er seinen Satz beendet hatte. Er legte mir kurz die Hand auf die Schulter. „Ihr könnt froh sein, sie zu haben. Wenn es eine schafft, die Dynamites aufzumöbeln, dann sie."

Damit verabschiedete sich Phil und trat zu den anderen. Klay war als Nächstes an der Reihe. Ich konnte mich nicht vom Fleck bewegen. Mein Verstand arbeitete auf Hochtouren. Was hatte Phil gemeint?

Ich hatte mein Smartphone in der Hand, ehe ich die endgültige Entscheidung getroffen hatte. Mit fliegenden Fingern gab ich Clark Agencies in das Suchfeld des Browsers ein. Der erste Treffer war die offizielle Website der Agentur. Direkt unter Cheston Clark fand ich Clarissa. Ich drückte auf ihr Porträt und gelangte zur nächsten Seite. Ich las und blieb schließlich an einem Satz hängen.

Nach ihrer langjährigen Profikarriere widmet sie sich nun dem Management anderer aussichtsreicher Sportler.

Darunter eine Liste von Namen, allesamt Teammitglieder der Dynamites. Wir waren also die Einzigen, die sie managte.

Als Nächstes gab ich Clarissa Clark in die Suchleiste ein. Unzählige Treffer erschienen auf dem Display.

Clarissa Clark, vielversprechendste Nachwuchsläuferin Banffs.

Der Titel gehört ihr, Clarissa Clark im Trophäenfieber.

Ich scrollte weiter und überflog unzählige Header, die von ihrer glorreichen Karriere als Eiskunstläuferin zeugten.

Aber wenn sie selbst Athletin war und noch dazu eine derart erfolgreiche, warum, zum Teufel, hatte sie den Sport aufgegeben? Meine Frage wurde nur Sekunden später beantwortet.

Schrecklicher Unfall, ist das das Aus ihres Siegeszugs?

Clarissa Clark erleidet schwere Verletzungen bei tragischem Unglück.

Meine Gedanken setzten für einen Herzschlag aus. Trotzdem bewegte sich mein Finger weiter, wischte über den Touchscreen und wählte die Bildergebnisse zu meiner Suchanfrage aus.

Fotos von einem jungen Mädchen in glitzernden Dressen mischten sich mit denen einer jungen Frau, die sich grazil in luftige Höhen über der Eisfläche

schraubte, und solchen eines völlig verbeulten Auto-
wracks. Sogar eines aus dem Hospital war dabei, das
Clarissa in einem Krankenbett mit Schläuchen und Ap-
paraten rund um sie herum zeigte. Zwischen den Bildern auf meinem Handy blitzten Erinnerungen an die
gestrige Nacht in meinem Geist auf. Ihre Narben. Jetzt
wusste ich, woher sie rührten.

Zugegeben, ihr Schicksal schockierte mich. Nicht auszudenken, was sie durchgemacht hatte und worunter
sie wahrscheinlich nach wie vor litt. Doch diese neuen
Informationen brachten noch etwas anderes mit sich.
Die Erkenntnis, dass Clarissa keine jahrelange Manage-
menterfahrung hatte wie ihr Vater. Sie war womöglich
erst unmittelbar vor unserer Ankunft in die Agentur
eingestiegen, und wir waren ihre ersten und einzigen
Klienten. War es eine Art Zeitvertreib für sie? Ein Expe-
riment? Ihre letzte Chance, nachdem ihre Karriere beendet war? Phil hatte zwar gemeint, wir könnten froh
sein, sie zu haben, doch nach allem, was ich wusste,
konnte ich seine Ansicht nicht vertreten.

Das Display meines Handys wurde schwarz. Ich
steckte es zurück in die Hosentasche und lief zum Set.

Klay war gerade fertig, und Finch stand in den Start-
löchern. Bevor sich unsere „Managerin" ihm und seinem Shooting widmen konnte, war ich bei ihr. Ich
schloss eine Hand um ihren Unterarm und zog sie ein
paar Schritte zur Seite. Sie sah verstimmt aus, ließ es
aber geschehen.

„Ich muss mit dir sprechen. Heute Abend in der
Schwimmhalle."

„Du hast es gerettet!" Crane klickte die letzten Fotos auf der Kamera durch.

Ach ja? Hatte ich das?

„Süperb! Er ist wirklich eine Augenweide." Crane war bei den letzten Bildern aus dem Einzelshooting von Jack angelangt und zupfte demonstrativ an seinem Kragen, als wäre ihm schlagartig heiß geworden.

In mir stieg tatsächlich Hitze auf. Allerdings nicht, weil Jack auf den Fotos scharf aussah, was Crane dankenswerterweise noch betonte, denn das tat nichts zur Sache. Nein, der Grund war die eigenartige Szene von vorhin.

Jacks „Ich muss mit dir sprechen" hatte eindeutig nach einer Drohung geklungen. Und ich verfluchte meinen verräterischen Körper immer noch dafür, dass mir dabei eine Gänsehaut über die Haut gefahren war. Er sollte keine solche Wirkung auf mich haben. Seine Nähe, seine Stimme, das, was er sagte. Trotzdem überlegte ich, worüber, zum Teufel, er mit mir sprechen musste. Es war zum Verrücktwerden. Auf der einen Seite hatte ich andere Sorgen als Jackson Rozsa. Auf der anderen Seite standen er und der Rest der neuen Spieler im Zentrum dieser Sorgen.

„Ich schicke dir die besten Schüsse nachher gleich rüber, damit du sie morgen setzen kannst." Crane ließ die Kamera sinken und ging sofort zum Abschiedsgeküsse über. „Bye, Darling."

Bestimmt war sein rascher Abgang nicht ausnahmslos dem vollen Terminkalender geschuldet. Er war froh wegzukommen und bereute sicher, mir seine Hilfe, wenn auch gut bezahlt, zugesichert zu haben. Eigentlich kein Wunder. Hudson und die anderen Stammspieler hatten sich zwar laut Crane letzte Woche ganz passabel bei ihren Shootings angestellt, und die entstandenen Bilder waren durchaus brauchbar, aber sie waren nicht so gut geworden wie die von heute. Crane hatte ganze zwei Vormittage gebraucht, bis er mit allen Spielern durch gewesen war. Ich war mir nicht sicher, ob er mir erneut einen derartigen Gefallen erweisen würde.

Sei es, wie es sei. Ich hatte, was ich wollte oder, besser gesagt, brauchte, um meine Spieler bei dem anstehenden Meeting präsentieren zu können. Wenn alles gut lief, würden sich zu Phil bald weitere Sponsoren gesellen.

Bevor das der Fall sein konnte, hatten mein Notebook und ich noch jede Menge Arbeit vor uns.

Diesmal war ich schlauer und besetzte wenig später sofort den Platz neben unserem Fahrer. Nicht dass ich vorgehabt hätte, wieder so unglaublich dämlich zu sein, mich während der Fahrt abzuschnallen, aufzustehen und schließlich auf Jacks Schoß zu landen. Wobei das gleichzeitig der beste und schlimmste Teil daran gewesen war. Der Beste, weil er mich aufgefangen und dadurch davor bewahrt hatte, ein weiteres Mal Bekanntschaft mit einer Windschutzscheibe machen zu müssen. Und der Schlimmste, weil ich in diesem Augenblick nicht imstande gewesen war, meine heiß brennende Angst zu verbergen. Er hatte sie gesehen. Nach meinen physischen Narben hatte er nun auch einen Blick auf die in meinem Inneren erhaschen können. Das war viel mehr, als ich bereit gewesen war, ihm zu zeigen. Oder irgendjemand anders.

***

„Los geht's! Aufwärmen!", bellte Trainer Paxton.

Ich sah vom Bildschirm meines Laptops auf. Bewegung kam in die Spieler, die sich am Rand der Eisfläche vor Paxton aufgereiht hatten und nun begannen, im Kreis zu laufen. In ihren Monturen konnte ich sie kaum auseinanderhalten. Nur anhand der Trikotnummern wusste ich, wer von ihnen wer war.

Sie sahen motiviert aus, allesamt.

„Und wenden!", rief Paxton.

Der fließende Kreis aus schwarz-orangen Leibern verlangsamte sich, geriet ins Stocken und änderte die Richtung. Träge. Der Wechsel vom Vorwärts- in den Rückwärtslauf sah äußerst mühevoll für die meisten aus. Das nahm wohl auch der Trainer wahr.

„Das muss flotter gehen!" Er ließ sie ein, zwei Runden rückwärtslaufen, dann änderte er die Richtung wieder und wieder.

Ich zwang mich dazu, meine Aufmerksamkeit auf meine eigene mühevolle und ins Stocken geratene Arbeit zu lenken. Wenn ich die Portfolios der Spieler nicht bis zur Präsentation fertigbekam, konnte ich einpacken.

Tatsächlich gelang es mir irgendwann, nicht mehr im Dreißig-Sekunden-Takt über den Notebookbildschirm hinunter zum Eis zu linsen, sondern mich wirklich und wahrhaftig zu konzentrieren. So hatte ich mittlerweile fast alle Spieler durch bis auf zwei. Hudson und Jack.

Beide hatte ich aufgeschoben, weil ich an keinen von ihnen denken wollte.

„Was ist eigentlich dein Problem, Mann?"

Schlagartig wurde mir die Entscheidung abgenommen. Ich stellte den Laptop auf den Sitz neben mich und reckte den Hals, um besser sehen zu können, was da abging. Den verärgerten Rufen zufolge eine Menge. Ty stand mit hocherhobenem Schläger vor Jack, der ihm beide Hände auf die dicken Schulterpolster gelegt hatte. Hinter Jack erkannte ich Hudson, die Fäuste in die Hüften gestützt.

„Du bist zu langsam. Und damit habe ich andauernd deinen Yankee-Arsch vor dem Gesicht." Hudsons Stimme war ruhig, doch sein Ärger troff aus jeder Silbe.

Ty begehrte gegen Jacks Griff auf, sodass der sich regelrecht gegen ihn stemmen musste.

„Mein Arsch ist vermutlich das Beste, was du seit Langem zu Gesicht bekommen hast, und wenn du mich noch mal langsam nennst, werd ich dir zeigen, wie schnell ich mit dem Schläger bin, du elender Mistkerl!"

Wow! Sie waren wie lange zusammen auf dem Eis? Eine Stunde vielleicht? Und schon eskalierte die Lage. Insgeheim war ich davon ausgegangen, dass Hudson es den Neuen nicht leicht machen würde. Er war von Anfang an nicht begeistert gewesen über Paxtons Entscheidung, den Kader aufzustocken. Bis dato hatte er eine gewisse Vormachtstellung im Team genossen, da er unbestreitbar einer der Besten war. Ich kannte ihn gut genug, um zu wissen, dass ihm Konkurrenz nicht schmeckte.

Gebannt beobachtete ich das Geschehen und rechnete damit, dass es mit Hudsons Erhabenheit gleich vorbei sein würde. Aber er kam nicht mehr dazu, etwas zu erwidern oder einen Finger zu rühren.

„Mir scheint, ihr seid genug aufgewärmt", mischte sich der Trainer ein.

Aufgewärmt? Erhitzt traf es wohl eher.

„Rozsa, Houston, O'Hara, Rutherford, Finch, Lewis, euer Tor." Paxton wies nach links, Hudson und fünf weitere Spieler schickte er auf die andere Seite.

Ein Trainingsspiel? Ob das wirklich eine gute Taktik war, um die Gemüter abzukühlen?

Während sich die beiden Goalies und die Verteidiger auf ihre Positionen begaben, stellten sich die Sturmreihen gegenüber voneinander auf der Mittellinie auf. Im Zentrum Hudson und Jackson. Paxton trat an die beiden heran, den Puck in der Hand, bereit, den Bully einzuläuten.

„Ich will ein faires Spiel sehen. Ihr seid Profis, vergesst das nicht", sagte Trainer Paxton. Dabei blickte er erstaunlicherweise Hudson und seine Seite des Felds an und nicht die Neuen, die Amateure.

Dennoch nickte Jack bestätigend, als Paxton vor ihm und Hudson stehen blieb. Und dann ging es los.

Ich sah nicht einmal, wie der Puck das Eis berührt hatte, da preschte Drew schon zum gegnerischen Tor vor, die kleine schwarze Scheibe an der Kante seines Schlägers. Jack hatte den Bully in Sekundenschnelle für sich entschieden und sofort abgespielt. Hudson und die anderen beiden Stürmer waren überrumpelt, auch die Verteidiger konnten nichts gegen den Angriff ausrichten. Drew passte zu Sam, der weiter zu Jack, nachdem er Hudson hinter sich gelassen hatte, und das erste Tor fiel.

Meine Oberschenkelmuskeln rebellierten, als ich Anstalten machte aufzuspringen. Auf dem Eis jubelte Ty seinen Mitspielern zu.

Auch den nächsten Bully gewann Jack, allerdings ließen sich ihre Gegner diesmal nicht aufs Glatteis führen. Sam und Andrew hatten es deutlich schwerer als zuvor, und der Streich gelang kein zweites Mal. Trotzdem fiel ein weiteres Tor zu ihren Gunsten.

Sie waren deutlich verbissener, aber selbst ich konnte erkennen, dass sich vor allem Sam, Klay und Kevin weniger behände auf dem Eis bewegten als Hudson und sein Team. Es machte auf mich den Eindruck, als würden sie die Grundzüge des Eislaufens nicht beherrschen. Das war Kritik auf hohem Niveau, schließlich liefen sie gut genug, um ein beachtenswertes Spiel zu bieten, die Manöver wirkten dennoch weniger flüssig und kosteten sie mehr Anstrengung, als nötig gewesen wäre.

Und genau das wurde ihnen zum Verhängnis. Fehlende Technik, mangelnde Ausdauer und schlecht getimter Einsatz der eigenen Ressourcen. Sie hatten einen fantastischen Spielstart hingelegt, doch sie konnten nicht ihr Tempo oder den Puck lange genug in ihrem Besitz halten, damit sie weitere Tore erzielten. Allmählich drehte sich das Match. Hudson und seine Mitspieler gewannen die Oberhand auf dem Eis, und Ty, der sein Tor eisern verteidigte, geriet immer häufiger in Bedrängnis.

Tatsächlich hatte ich bis zu diesem Zeitpunkt nichts für Eishockey übrig gehabt. Ich hatte mir, nachdem ich die Funktion als Managerin übernommen hatte, zwar einige Spielaufzeichnungen der letzten Jahre angesehen, um ein Gefühl für diesen Sport zu bekommen, mitgerissen hatte mich das Treiben kein bisschen. Womöglich lag es daran, dass ich nun zum ersten Mal live dabei war. Oder es hatte mit den Spielern zu tun. Egal was der Grund war, es fühlte sich an, als wäre ich mit ihnen da unten. Meine Muskeln arbeiteten, ebenso wie mein Kopf. Ich war auf die Schläger, den Puck und die Spielzüge fokussiert, und ich litt mit. Ohne mich aktiv dafür entschieden zu haben, war ich auf der Seite von Ty, Kev, Klay, Sam, Drew und Jack. Und nur wenige Minuten später, als Trainer Paxton das Spiel beendete, mussten sie sich eingestehen, dass Hudson und die anderen Spieler den längeren Atem gehabt hatten.

Die Enttäuschung traf mich hart. Und da war noch etwas anderes. Härter und wesentlich unvorhergesehener spürte ich ein Feuer in mir aufflammen, das ich lange erloschen geglaubt hatte. Dieser Eifer, die elektrisierende Spannung, besser, schneller, präziser sein zu wollen. Ich hatte gedacht, das alles wäre zusammen mit meiner Zukunft bei dem Unfall gestorben. Doch da war es wieder. Jetzt verstand ich zum ersten Mal in meinem Leben, was meine Mutter damals angetrieben hatte. Es war mir bisher unbegreiflich gewesen, wie sie mich hatte unterstützen können, seit ihre eigene Karriere als Läuferin vorbei gewesen war. Nun spürte ich es am eigenen Leib.

Die Erkenntnis brachte meinen Magen dazu, sich aufzubäumen. Ebenso wie die Erinnerung an meine Mom. Ich blinzelte hektisch, und fokussierte schließlich ein Gesicht. Jacks. Obwohl wir einige Yards voneinander entfernt und durch eine dicke Plexiglasscheibe getrennt waren, meinte ich, er könnte alles erraten, was in diesem Moment in mir vorging. Ich verfluchte ihn. Wie ein Magnet wandte er sich immer zu mir, wenn ich gerade die Fassung verlor. Ich presste die Lippen aufeinander und zwang mich aufzustehen. Mit dem Laptop unter dem Arm und der Gewissheit, dass Jacksons Blicke mich verfolgten, ging ich davon.

***

Es war unangenehm warm in der Schwimmhalle. Nass und in Badesachen begrüßte ich die schwüle Luft vielleicht, aber in normaler Kleidung, lediglich ohne Schuhe, klebten mir nach wenigen Sekunden die Haare im Nacken.

Ich war viel zu früh erschienen. Aus Nervosität und weil ich vor dem, was Jack mit mir besprechen wollte, allein sein musste. Er hatte mir keine Uhrzeit genannt, da er und die anderen jetzt beim Abendessen saßen, konnte ich mir sicher sein, noch etwas Zeit für mich zu haben.

Und die würde ich nicht vor mich hin schwitzend verbringen. Ich lief zur Stirnseite des Beckens, vorbei an den Startblöcken und weiter zur großen Fensterfront, die den Pool zur Gänze säumte. Zuerst legte ich die Handflächen und die Stirn auf die kühle Scheibe, doch das genügte mir bald nicht mehr. Ich öffnete eine der Glastüren und trat hinaus. Die eisige Abendluft umfing mich, und ich zog meine feuchten Haare nach vorne über die Schulter. Ein Windhauch trocknete meine Haut und verschaffte mir Linderung. Keine Ahnung, wie lange ich da draußen stand und dem letzten Tageslicht beim Schwinden zuschaute. Irgendwann war das

Firmament von farbigen Schlieren durchzogen, die die untergehende Sonne hinterlassen hatte, und mein Atem bildete weiße Wölkchen. Die Hitze war verschwunden, aber meine Nervosität und die Sorgen hatten sich nicht vertreiben lassen.

„Du hältst wohl nicht viel von Schuhen." Jack trat hinter mir durch die Glastür.

Allein seine Stimme und das Wissen um seine Anwesenheit ließen meine Anspannung steigen. Ich sah hinab auf meine nackten Füße, die sich hell vom dunklen Holz der Terrasse abhoben. Neben mir erschien ein weiteres Paar unbeschuhter Füße. Ich ließ den Blick nach oben wandern, bis er bei Jacks Augen angelangt war.

„Die Schwimmhalle darf man nicht mit Straßenschuhen betreten." Ich schaute demonstrativ auf seine nackten Füße, bevor ich mir einen Punkt irgendwo in der Ferne suchte.

„Wir sind nicht in der Schwimmhalle."

Was für ein Klugscheißer. Wollte er etwa lustig sein? Oder war er hier, um mit mir über nackte Füße und die Regeln in der Schwimmhalle Haarspalterei zu betreiben?

„Was musst du mit mir zu besprechen?" Ich wollte, dass er zur Sache kam.

„Du warst nicht beim Essen." Genervt wandte ich mich ihm zu und funkelte ihn an. Wenn er glaubte, dass er mich erst herzitieren und dann auf die Folter spannen konnte, hatte er sich geschnitten.

Das Serviettenbündel, das er mir hinhielt, nahm mir den Wind aus den Segeln.

War das etwa ein Sandwich? Stumm ließ ich es mir reichen.

„Ich hoffe, du magst Tomaten und Cheddar.“

Ich schüttelte den Kopf. Dieser Mann verwirrte mich zutiefst. Gleichzeitig hatte er es tatsächlich geschafft, mir die Anspannung zu nehmen. Was immer er mit mir besprechen wollte, es konnte wohl halb so schlimm sein, wenn er mir etwas zu essen mitgebracht hatte.

„Danke. Und ja, ich mag Tomaten und Cheddar, nur habe ich keinen Hunger.“ Ich versuchte, aus seinem Gesichtsausdruck schlau zu werden. Wie in der Vergangenheit war ich chancenlos. „Was musst du mit mir besprechen?“, wagte ich einen weiteren Vorstoß.

Es war eigenartig, hier mit ihm zu stehen, und zwar gerade deshalb, weil es sich nicht so schlecht anfühlte, wie ich angenommen hatte.

Jack wartete ein paar Sekunden ab, dann setzte er dazu an, etwas zu sagen, und wurde von dem aufkommenden Lärm von Rotorblättern übertönt. Unwillkürlich zuckte ich zusammen. Ich wusste, dass der Helikopter vom hinteren Ausläufer der Anlage startete, nur war es mir bislang gelungen, nie in der Nähe zu sein oder gar im Freien zu stehen, wenn er abhob. Das Geräusch wurde lauter, und der Heli schoss über unsere Köpfe hinweg.

Ich hätte nichts lieber getan, als mich ins Innere des Gebäudes zu flüchten, doch meine Glieder waren zu Eis erstarrt. Dafür kroch ein klägliches Wimmern meine Kehle hoch. Nein! Ich wollte mich nicht so verletzlich und so ausgeliefert fühlen. Die Luft stockte in meinen Lungen. Alles passierte derart schnell, dass ich keine Möglichkeit hatte, einen klaren Gedanken zu fassen.

Und im nächsten Moment schlossen sich feste Arme um meinen zitternden Leib. Jack zog mich an sich, in die Wärme seiner Umarmung. Ich atmete tief seinen Geruch ein und konnte nicht anders, als die Augen zu schließen und dankbar für den Trost zu sein. Ich war ein Wrack. Ich kämpfte ums Überleben. Immer noch. Obwohl der Unfall und die damit verbundenen Schrecken Jahre zurücklagen.

„Clary, ist schon gut. Er ist weg." Jacks Finger umfassten mein Kinn und drückten es sanft, aber bestimmt nach oben.

Er hatte recht. Die bedrohlichen Geräusche waren längst verklungen, und das Einzige, das mich noch quälte, waren die Erinnerungen. Ich nickte, öffnete blinzelnd die Augen und sah in seine. Da war es. Eine Regung in seinem Blick. Sorge. Jack sorgte sich um mich. Das war zu viel. Sofort löste ich mich von ihm und machte ein paar wackelige Schritte rückwärts, bis ich gegen die Glasfront der Schwimmhalle stieß. Langsam ließ ich mich daran hinabgleiten. Scham durchflutete mich und verdrängte die letzten Fetzen Angst. Warum hatte er das miterleben müssen? Konnte er nicht einfach verschwinden und mich allein lassen? Natürlich tat er mir diesen Gefallen nicht. Stattdessen nahm er neben mir Platz und lehnte den Kopf an die Scheibe, das Gesicht gen Abendhimmel gerichtet, der mittlerweile seine Farbenpracht gegen ein tiefes Blau eingetauscht hatte.

„Es war ein Touristenflug", hörte ich mich selbst sagen, verwundert darüber, wie nüchtern ich klang und dass ich einfach weitersprach. „Ich hasse Helikopter." Diese Erklärung hätte ich mir gewiss sparen können.

Immerhin hatte Jack live und in Farbe erlebt, wie ich auf den Heli aus der Hölle reagiert hatte.

„Warum?" Er rührte sich nicht.

So viel Feingefühl hätte ich ihm nicht zugetraut. Offensichtlich konnte er sich ausrechnen, dass allein seine Frage Unbehagen in mir auslöste. Eigentlich wollte ich nicht antworten. Aber ich tat es und überraschte damit wohl uns beide.

„Ich hatte einen Unfall, bei dem ich schwer verletzt wurde. Ein Helikopter hat mich ins Krankenhaus geflogen." Ich schluckte schwer. „Die Schmerzen ... Ich hatte unfassbare Schmerzen ... Und ich wusste nicht ... ich wusste nicht, ob ich lebend aus dem Helikopter rauskommen würde." Ein Schauer durchlief mich.

„Ich weiß", sagte Jack neben mir mit tiefer Stimme und einem erschöpften Seufzen.

War das seine Art von Anteilnahme? Was genau meinte er zu wissen? Wie es war, in einem sich überschlagenden Auto durchgeschüttelt zu werden wie in einer beschissenen Waschtrommel? In seiner eigenen Blutlache auf dem Asphalt zu liegen? Schmerzen zu erleiden, die man sich in seinen schlimmsten Albträumen nicht vorstellen könnte? Gezeichnet zu sein und jedes Mal in Panik zu geraten, wenn man den leisen Anflug eines Helikopters hörte?

„Wie meinst du das?" Nun klang ich nicht mehr nüchtern. Meine Stimme war rau, kehlig und zitterte vor unterdrückter Rage.

Sein Kopf ruckte zur Seite, sein Blick traf mich wie ein Schlag.

„Ich weiß, dass du einen Unfall hattest und dass du davor eine sehr erfolgreiche Läuferin warst."

Hitze schoss mir ins Gesicht, während sich meine Arme und Beine klamm anfühlten. Ich wollte nicht hören, was er als Nächstes sagen würde, also sprang ich auf, doch ich kam nicht schnell genug davon.

„Und ich weiß, dass du keinerlei Erfahrung als Managerin hast." Auch er stand auf. Wesentlich rascher und eleganter als ich. „Was ich allerdings nicht weiß, ist, warum du das tust."

„Warum ich was tue?", schrie ich und wirbelte zu ihm herum.

Er war so dicht vor mir, dass ich den Kopf in den Nacken legen musste, um ihm ins Gesicht sehen zu können. Während blanker Zorn durch mich hindurch pulsierte, schien er ruhig und besonnen zu sein. Allein dafür verabscheute ich ihn.

„Das ist kein Spiel für uns. Wir sind hier, um ein neues Leben zu beginnen. Unsere ganze Hoffnung hängt an diesem Team, und du ..."

„Ich kann das!", fiel ich ihm ins Wort. Schwarze Punkte tanzten vor meinen Augen, gesellten sich zu den Schneeflocken, die begonnen hatten, leise vom Himmel auf uns herabzusinken. Er wusste es. Alles. Oder genug, um an mir zu zweifeln. Ich fühlte mich nackt, entblößt, obwohl ich diesmal nicht im Badeanzug vor ihm stand.

„Da bin ich mir nicht so sicher."

Jede einzelne Silbe bohrte sich in mich wie ein Messer.

„Dann lauf doch zu den anderen und erzähl es ihnen. Geh zu Cam und sag ihm, dass du jemand anders, jemand Kompetenteres und Erfahreneres an deiner Seite haben willst“, spie ich ihm entgegen und wusste selbst, wie trotzig sich das anhörte.

„Nein.“

Ich war im Begriff gewesen davonzustürmen.

„Nein?“ Ich war fassungslos. Was sollte das bedeuten?

„Nein. Ich werde es nicht den anderen erzählen. Es geht uns nichts an.“

Uns. Bereute er es, in meiner Vergangenheit herumgeschnüffelt zu haben? Sag bloß! Langsam verstand ich gar nichts mehr. Ich hatte keine Ahnung, was er mit alldem bezweckte, und noch viel weniger, was ich darauf erwidern sollte. Mein Mund machte sich einfach selbstständig.

„Schön“, sagte ich und schaffte es, endlich zu gehen.

Keep it cool

Jack

„Es ist besser. Der Trainer nimmt uns ordentlich ran, aber was soll's, nur so können wir uns entwickeln, oder nicht?" Drew hob das Handy einen Augenblick vom Ohr, um mit dem Kopf durch den Halsausschnitt seines Trikots zu tauchen. „Genau. Cami, ich muss jetzt Schluss machen, wir haben gleich so ein Ding mit unserer Managerin." Er hielt inne und schnappte sich die Knieschoner von der Bank. „Nein, Sweety! Sie ist überhaupt nicht attraktiv. – Also, ich nicht. – Nein, wirklich nicht …"

Clarissa Clark nicht attraktiv? Andrew schaufelte sich gerade sein eigenes Grab. Denn sollte Camille jemals hier auftauchen und unsere Managerin zu Gesicht kriegen, würde er mit Sicherheit mächtigen Ärger mit ihr bekommen.

„Cami? Hallo? Camille?" Er ließ das Telefon sinken. Dann legte er das Handy zu seinen Sachen in den Spind und widmete sich den Knieschonern. „Schlechte Verbindung", teilte er uns mit, obwohl niemand ihn darauf angesprochen oder auch nur angesehen hatte.

Das Drama, die Aufs und Abs mit seiner Freundin waren inzwischen so normal für uns wie Klays unerklärliche Vorliebe für überriechenden Käse. Ein paar Spieler in unserer Nähe beäugten Drew mit Skepsis. Keiner von ihnen hatte bislang in irgendeiner Form Kontakt zu uns aufgenommen. Offenbar hatten sie eine stille Übereinkunft getroffen, uns zu ignorieren und finstere Mienen aufzusetzen. Wenn ich daran dachte, was bei unserem ersten gemeinsamen Training vorgefallen war, konnte ich mir ausrechnen, dass wir es nicht leicht mit unseren neuen Teamkollegen haben würden. Ich wusste nicht, ob es unsere Niederlage beim Trainingsspiel nun besser oder schlechter gemacht hatte. Jedenfalls zeigte es mir, dass noch viel Arbeit auf uns wartete. Zwischenmenschlich und auf dem Eis.

„Sie ist so süß, wenn sie eifersüchtig ist", meinte Drew an Ty gewandt, der inzwischen fertig angezogen war und sich neben ihm auf der Bank niederließ.

„Dazu hat sie allen Grund. Bald werden uns die Frauen in Scharen zu Füßen liegen, und deine Notlüge, was Clarissa betrifft, wird dich dann nicht mehr retten können."

Drew zog mit einem Ruck den Riemen an seinem Kniepolster fest und richtete sich auf. „Das war keine Lüge. Camille kann sie niemals das Wasser reichen."

Ty lachte.

„Romeo, sind deine verliebten Augen tatsächlich blind für die Schönheit der Frauen? Ich glaube, wir sind uns alle einig, dass Clarissa mehr als bloß ansehnlich ist. Sogar Jack findet sie heiß, obwohl er so tut, als würden ihn ihre Kurven kalt lassen." Er strubbelte Drew durchs Haar, während sein herausfordernder Blick mir galt. Ebenso wie der von Hudson Bolder, wenn auch auf eine wesentlich bohrendere Weise.

„Klar, Clary ist hübsch, aber Lauren ist eine wahre Schönheit. Ihr Haar glänzt wie Seide und ihre Augen …"

Kollektives Stöhnen erfüllte die Umkleide. Wir kannten Finchs Lobgesänge auf Lauren mittlerweile auswendig und konnten darauf verzichten. Andererseits lenkte er damit von Ty und seinem Seitenhieb gegen mich ab. Umso besser, weil er nämlich voll ins Schwarze traf. Ich konnte es nicht gebrauchen, auf diese Weise an Clary zu denken. Sie schwirrte ohnehin dauernd in meinem Kopf umher.

„Du glaubst wirklich, dass Lauren Tremblay oder irgendeine andere der Läuferinnen dich ranlässt, ja?", kam es von einem bulligen Typen hinter Finch. „Glaub mir, das haben schon einige von uns versucht, doch so wie es aussieht, trägt sie untenrum 'nen Eispanzer. Also wenn dein Ding keine Flammen speit ..." Das Ende des Satzes ließ er mit hochgezogenen Schultern und einem widerlichen Grinsen in der Luft hängen.

Finch knirschte mit den Zähnen. Es kostete ihn viel Beherrschung, nicht auf diesen Schwachsinn einzusteigen.

„Zum ersten wichtigen Spiel wird Camille kommen und uns zujubeln, danach werde ich ihr einen Ring an den Finger stecken", sagte Drew in die angespannte Stille hinein. Es machte den Anschein, als würde er sich in keiner Weise von Ty oder von sonst etwas beirren lassen. Ich konnte mir vorstellen, dass er Finch damit vor einer Antwort bewahren wollte.

„Mach das, Mann. Dann bleiben eben mehr Weiber für mich." Ty klopfte Drew lachend auf den Rücken.

Darüber war ich heilfroh. Es war bestimmt besser, derartige Provokationen schlichtweg stehen zu lassen. Leider ließ sich der Unruhestifter mit dieser Taktik nicht zum Schweigen bringen.

„Du kannst dir das ganze Spiel mit der Schnecke gemeinsam von der Bank aus ansehen, Rutherford. Ich freue mich schon darauf, wenn sie dann mir zujubelt", sagte der bullige Kerl. Offenbar schmeckte es ihm gar nicht, dass wir auf seinen ersten Joke nicht gebührend reagiert hatten.

Jetzt war es Drew, der sich ordentlich zusammennehmen musste. Er sah bei Weitem weniger gefasst aus als Finch, und ich rechnete damit, dass er gleich seinen Mund öffnen und dem Typen Kontra geben würde, aber es war ein anderer, der das Wort ergriff.

„Müh dich nicht ab, Greg. Diese Provinzeier sind deinen Atem nicht wert. Die sind nur hier, damit unser Kader vollzählig ist. Zu mehr sind die nicht nütze." Es war Hudson Bolder, der an seinen Freund herantrat und uns an seiner Weltanschauung teilhaben ließ.

Wir bewegten uns in einer intuitiven Choreographie. Finch und Ty fuhren herum. Drew sprang von der Bank auf, ebenso wie Klay, der neben mir gesessen hatte. Und Kev, der den Vollpfosten am nächsten von uns allen war, baute sich zu seiner vollen Größe auf.

Die Spannung waberte durch die Luft wie zäher Rauch.

„Pass auf, du …", setzte Ty in knurrendem Tonfall an, als es an der Tür zur Schleuse klopfte.

Die Unterbrechung kam gerade richtig und verhinderte, dass Ty die aufgeladene Stimmung im Raum zum Explodieren bringen konnte.

Clarissa trat in die Umkleide. „Er ist da. Seid ihr bereit?"

Ja, das waren wir. Bereit, um uns gegenseitig die Köpfe einzuschlagen. Wie es aussah, hatte Clarissa

Clark das mit ihrem hervorragenden Timing gerade noch verhindert und mir damit eine Menge Ärger erspart. Es wäre keine leichte Aufgabe gewesen, allen voran Ty und Drew zurückzuhalten.

Sie durchschaute die Situation sofort. Ihre Lippen verzogen sich zu einem schmalen Strich, in ihren Augen blitzten erst Ärger und dann wie ein Donnerschlag mit ein, zwei Sekunden Verspätung Sorge auf. „Jack, kommst du?"

Obwohl es wie ein Befehl klang, schwang eine leise Bitte darin mit. Und selbst wenn ich gewollt hätte, wäre es mir unmöglich gewesen, ihr diese auszuschlagen. Genauso wenig hatte ich mich davon abhalten können, sie im Auto aufzufangen, als sie aufgestanden und getaumelt war, oder davon, sie in die Arme zu nehmen, als der Helikopter sie in blanke Panik versetzt hatte.

Ich nickte zuerst ihr, dann Kev zu, bedeutete Klay, mir zu folgen, und stieß beim Vorbeigehen Ty an, damit er, Drew und Finch es ihm gleichtaten. Wenn ich diesen Raum ohne sie verließ, würde hier die Hölle losbrechen.

Clarissa verstand, und so liefen wir an Greg vorbei, der zornig blinzelte, und Hudson, dessen Grollen unsere Schritte begleitete.

Clarissa wartete, bis wir durch die Tür waren, und schloss sie hinter Finch.

Offensichtlich war ich gerade rechtzeitig erschienen. Am liebsten hätte ich Jack stellvertretend für die ganze Bagage zur Schnecke gemacht. Natürlich war mir klar, dass er allein nicht schuld daran war. So wie Hudson hinter Greg stand, war mir in der Sekunde bewusst, wer sich da bemüht hatte, Zwietracht zu säen. Trotzdem. Die Blicke, mit denen Ty die Tür zur Umkleide bedachte, zeugten von uneingeschränkter Bereitwilligkeit, seinen Teil zu einer Eskalation beizutragen.

Und weil Jack die Rolle des Wortführers für seine Leute übernommen hatte, würde mein Zorn ihn treffen, wenn er zuließ, dass sich die Feindseligkeit zwischen den eingesessenen und neuen Spielern entlud.

Jetzt war die Krise fürs Erste abgewendet, und mir fehlte schlichtweg die Zeit, um eine Silbe darüber zu verlieren. Stattdessen musste ich mich auf die Präsentation und meinen Plan konzentrieren.

„In der Halle wartet der Marketingagent eines sehr erfolgreichen kanadischen Unternehmens auf uns. Ein potenzieller Sponsor der neuen Dynamites. Ich will, dass ihr euch von eurer besten Seite zeigt. Wir brauchen ihn." Während ich meinen Appell an alle gleichermaßen richtete, ruhten meine Augen auf Jack. Er musste mitziehen, dann würden es die anderen auch tun.

Doch er sah nicht sonderlich aufgeschlossen aus. Seine stoische Miene und die vor der Brust verschränkten Arme erweckten den Wunsch in mir, ihn anzuschreien. Dafür fehlte mir ebenso die Zeit. Ich konnte nur hoffen, dass er mitspielen würde.

„Ihr stellt euch ans Ende der Schleuse. Ich hole den Rest des Teams dazu, und ihr steigt dann gemeinsam aufs Eis." Ich wartete keine Bestätigung ab, sondern ging an Sam vorbei zur Tür.

Gregs aufgebrachte Stimme begrüßte mich beim Eintreten. „... werden noch sehen, was sie davon haben."

Na, das konnte ja heiter werden. Bisher hatte mich keiner der Spieler entdeckt. Sie waren zu beschäftigt damit, Gregs weiser Ansprache zu lauschen. Die meisten hingen an seinen ketzerischen Lippen und unterstützten ihn mit gelegentlichen Zurufen, Lachern oder Nicken. Dabei gab es auch den ein oder anderen, der sich mit Zustimmungsbekundungen zurückhielt. Ein Lichtblick? Hoffentlich. Gewisse Rivalitäten kamen bestimmt in jedem Kader vor. Doch sie durften nicht überhandnehmen, sonst wäre es mit dem erhofften Aufschwung gleich wieder vorbei.

Was oder, besser gesagt, wer mir am meisten Sorgen bereitete, war Hudson.

Greg war zwar gut darin, Sprüche klopfen. Wenn er sein Maul weit genug aufriss, dann sah man allerdings, dass im Inneren seiner Birne ein genüsslich in der Nase bohrendes Äffchen saß. Hudson hingegen hatte Grips. Wenn er es darauf anlegte, es Jack und den anderen schwerzumachen ...

„Clary." Hudson ließ den palavernden Greg stehen.

Ich kannte ihn gut genug, um zu wissen, dass sich hinter seinem Lächeln Zorn verbarg. Viel zu dicht vor mir verharrte er und langte nach einer meiner Haarsträhnen, die er langsam durch die Finger gleiten ließ. Eine äußerst intime und obendrein gewagte Geste. Schließlich waren wir nicht allein. Darüber hinaus hatte ich die Sache zwischen uns für beendet erklärt. Was fiel ihm also ein?

Geradeso konnte ich ein gezischtes „Finger weg" herunterschlucken und beschränkte mich darauf, seine Berührung abzuwimmeln.

Für den Bruchteil einer Sekunde verrutschte sein Lächeln, und der Zorn blitzte hervor. Dann grinste er mich umso gefälliger an.

„Vor nicht allzu langer Zeit hast du das gemocht", raunte er mir ins Ohr und lehnte sich noch näher zu mir.

Ich wusste nicht, ob ich froh darüber sein sollte, dass er wenigstens leise genug sprach, um nicht von den anderen verstanden zu werden, oder ob mich seine aufgezwungene Nähe mehr aufregte. Hatte er den Verstand verloren? Nie zuvor war er mir in aller Öffentlichkeit dermaßen auf die Pelle gerückt. Nicht einmal zu der Zeit, als wir uns annähernd jede Nacht in seinem Zimmer getroffen hatten.

„Die Zeiten haben sich geändert", erwiderte ich mit vorgetäuschter Ruhe und entzog mich ihm. Lauter und für alle Ohren im Raum bestimmt, sagte ich: „Peter Mallanstein ist heute unser Gast. Für diejenigen, bei denen es bei diesem Namen wider Erwarten nicht klingeln sollte, er ist der Marketingagent von Gavanor Industries."

Ahs und Ohs folgten. Völlig zu Recht. G. I. war einer der größten Produzenten für Sportnahrungsergänzungsmittel Kanadas und damit ein Topgewinn für den Aufbau eines starken Sponsorenteams. Sie hatten schon einige von Dads Läuferinnen wie auch Lauren unter Vertrag, und Peter kannte mich aus meiner eigenen Zeit auf dem Eis. Wenn alles glatt lief, würde ich den Deal einstreichen und damit jedem beweisen, dass ich die richtige Entscheidung getroffen hatte. Sogar mir selbst. Und Jackson.

Ich biss die Zähne zusammen, um ihn aus meinen Gedanken zu vertreiben. Ein aussichtsloses Unterfangen.

„Ich verlange bestes Benehmen und Haltung von euch." Meine Stimme klang forscher als beabsichtigt und brachte einige der Spieler dazu, mich ungläubig anzustarren.

Andere grinsten verhalten, und Greg stieß ein abfälliges „Ja, Ma'am" hervor.

„Dann sind wir uns ja einig", schloss ich beherzt, obwohl mir die Reaktionen der Anwesenden ein flaues Gefühl in der Magengegend bescherten. Es half alles nichts. Ich musste mir erst ihren Respekt und ihr Vertrauen verdienen, und das würde mir am ehesten gelingen, indem ich diesen Deal mit Gavanor Industries einsackte.

Ich verließ die Umkleide. Am Ende der Schleuse schickte ich Ty, Sam, Kev, Drew, Klay und Jack voraus aufs Eis und begab mich durch die Seitentür hinter die Bande. Ich wollte um jeden Preis vermeiden, dass die Lager so kurz vor unserer Präsentation erneut aneinandergerieten und damit alles zunichtemachten, bevor wir die Chance gehabt hatten, uns als starke Mannschaft zu zeigen.

Glücklicherweise ging mein Plan auf, und das Timing hätte nicht präziser sein können. Während sich die Dynamites zu meiner Rechten wie eine schwarz-orange

Kaskade aufs Eis ergossen, führte Thia, Onkel Cams Assistentin, wie besprochen Peter Mallanstein in die Halle.

„Clarissa Clark." Peter streckte mir mit einem gewinnenden Lächeln die Hand entgegen. „So schön wie eh und je. Und mir scheint, du hast dich von einem aufstrebenden Ast zum anderen gehangelt." Hatte er mich gerade mit einem Affen verglichen?

„Peter, charmant wie immer", erwiderte ich. „Danke, dass du dir für uns Zeit genommen hast."

„Ist doch selbstverständlich. So, und jetzt genug der Höflichkeiten. Zeigt mir, wofür ich hier bin."

Das war Peter Mallanstein, wie er leibte und lebte. Niemand kam derart schnell auf den Punkt. Mir sollte es recht sein. Ich war aufgeregt genug, ohne dass wir uns mit weiteren Floskeln aufhielten.

„Danke, Thia." Ich entließ Onkel Cams Assistentin, die ich für diese Gelegenheit um Hilfe gebeten hatte, und wandte mich wieder Peter zu, als sich die Spieler näherten. „Die Dynamites waren in den letzten Jahren trotz aller Anstrengungen nur mittelmäßig erfolgreich. Das wird sich mit Trainer Paxton und den neu besetzten Nummern ändern."

Hudson erreichte die Bande als Erster, dicht gefolgt von Greg. Einer nach dem anderen reihte sie sich am Rand der Eisfläche auf.

„Schicke Aufmachung", bemerkte Peter und folgte mir.

„Ich habe dich hergebeten, damit du unsere neuen Spieler kennenlernst. Gavanor Industries wird das Segel sein, das gemeinsam mit dem frischen Wind in diesem Team die Dynamites auf Kurs bringen wird."

Wir waren an der Spitze der Reihe angelangt, bei Jack und den anderen. Ich stellte sie Peter vor, was mit der dicken Plexiglasscheibe zwischen uns eine gewisse Distanziertheit mit sich brachte.

„Diese sechs sollen also das Aushängeschild der Kampagne werden, habe ich das richtig verstanden?"

„Das ist der Plan." Ich bot Peter einen Platz in der vordersten Tribünenreihe an.

Paxton startete in unserem Beisein das Training, und eine Weile sahen wir schweigend zu, wie er die Gentlemen übers Eis scheuchte.

„Okay, leg los", sagte Peter irgendwann und gab damit den Startschuss für unsere Verhandlungen.

Das war meine Chance, ihn von uns zu überzeugen. Ich zögerte keine Sekunde, hielt ihm das für diesen Zweck bereitgelegte Tablet vor die Nase. Zuerst fasste ich die Stärken der einzelnen Spieler zusammen, die ich in den Portfolios vorbereitet hatte, anschließend klickten wir uns durch die Fotos von Crane. Ich war überrascht und vor allem erleichtert, dass mir die Präsentation so gut von der Hand ging, ohne ins Stocken zu geraten oder den Faden zu verlieren. Am Ende war ich richtig begeistert. Von mir und von dem Konzept an sich. Es fühlte sich unglaublich an. Als wäre ich ganz und gar in meinem Element. Nur dass ich weder Kufen noch Eis unter den Füßen hatte.

„Das hast du wirklich gut ausgearbeitet, Clarissa. Gavanor Industries wäre mehr als bereit, die Segel für diese aufregende Reise zu spendieren, um deine Metapher aufzugreifen."

Wäre. Alles, was er sagte, war Musik in meinen Ohren und ließ mein Herz höherschlagen. Bis auf diese vier

Buchstaben. Ich wusste, dass ich verloren hatte. Und mein Hochgefühl machte einer absoluten Flaute Platz. Dieses Schiff würde wohl im Hafen bleiben.

„Aber?"

Peter griff nach meiner Hand, gab mir mit dieser väterlichen Geste das Gefühl, ein kleines Mädchen zu sein. Ich ließ es über mich ergehen, weil ich es mir nicht leisten konnte, ihn in die Schranken zu weisen.

„Alles, was du mir präsentiert hast, klingt durchaus profitabel für beide Seiten. Aber nur, wenn diese sechs auch siegen."

Wie hatte ich nur glauben können, mit einem Team, das sich noch nicht auf dem Eis bewährt hatte, einen großen Deal einzufahren? Mochte sein, dass uns Phil im Gegenzug für ein paar nette Plakatfotos in seiner Auslage die neue Ausrüstung gesponsert hatte, Gavanor Industries ließ sich nicht so leicht um den Finger wickeln.

Obwohl ich wusste, dass es aussichtslos war, wagte ich einen letzten Versuch. „Genau aus diesem Grund sind sie hier – um zu siegen."

Wie befürchtet ließ sich Peter nicht davon beeindrucken. „Dann sieh uns als zukünftige Geschäftspartner."

„Rozsa!"

Finch, der uns gerade in allen Details erklärt hatte, was er sich zum Abendessen auf seinen Teller schaufeln wollte, verstummte.

Ich drehte mich nach der Stimme um. Hudson Bolder stand im Korridor neben einer geöffneten Tür in Angriffshaltung. Hatte er uns aufgelauert?

„Was willst du?", mischte sich Ty sofort ein, dem Hudsons offensives Gehabe anscheinend genauso missfiel wie mir.

Bolders Blick huschte von mir zu einem Punkt über meiner rechten Schulter, seine Augen verengten sich.

„Heißt du Rozsa?" Geringschätzung schwang in jeder Silbe mit.

Ohne Bolder den Rücken zu kehren, hob ich die Hand, damit Ty gar nicht erst auf die Idee verfiel, sich mit diesem Schwachkopf anzulegen. „Was willst du?"

„Ich habe etwas mit dir zu klären." Er nickte zur offenen Tür.

Schön. Vielleicht war es tatsächlich an der Zeit, die Fronten zu klären. Schließlich konnten wir kaum im Team Fuß fassen, wenn uns der Großteil der alten Spieler feindlich gesinnt war. Das Unterfangen erschien mir wenig aussichtsreich, doch einen Versuch musste ich wagen, das war ich meinen Jungs schuldig. Sie waren mir voller Tatendrang und Enthusiasmus hierher gefolgt. Nur seit wir in Banff angekommen waren, hingen wir wesentlich mehr in der Luft, als auf dem Eis zu stehen.

Also setzte ich mich in Bewegung und reagierte auf den ersten hörbaren Atemzug hinter mir. „Geht schon mal vor. Aber lasst mir was über."

Ehe Ty oder einer der anderen protestieren konnte, hatte ich die Tür erreicht und ging, ohne zu zögern, ins Zimmer. Der Grundschnitt glich dem unserer

Unterkünfte, nur teilte sich Hudson sie nicht mit einem anderen.

Auch die Einrichtung erkannte ich wieder, mit dem Unterschied, dass auf der langen Ladenkommode kein Potpourri thronte wie bei mir, sondern eine Reihe Bilderrahmen, die allesamt Fotos von Hudson enthielten. Überhaupt nicht selbstverliebt, der Kerl. In der Mitte der Bolder-Galerie entdeckte ich einen weißen Schlittschuh, dessen Kufe in einem Teakholzsockel steckte. Es war eindeutig ein Damenschuh und wirkte zwischen all der Selbstbeweihräucherung fehl am Platz.

„Er hat Clary gehört." Die Tür klackte leise, als Hudson sie ins Schloss drückte.

Das überraschte mich in zweierlei Hinsicht. Erstens weil in seiner Stimme kein Fünkchen Bedauern lag, obwohl er zweifelsfrei wusste, was ihr widerfahren war. In meinen Ohren klang es eher so, als wäre er der stolze Besitzer einer seltenen Trophäe. Zweitens weil dieser Schlittschuh nun ihm gehörte. Sie hatte ihn Bolder gegeben? Warum? Bei der Frage breitete sich ein Gefühl in meinem Bauch aus, das ich nie zuvor verspürt hatte. Es war unerwartet stark, brannte sich durch meine Eingeweide und ließ meinen Nacken prickeln.

Ich war nicht in der Lage, mich von dem Schlittschuh abzuwenden, während Hudson mich in aller Ruhe umrundete und schließlich neben mich trat.

„Du wusstest es nicht? Dass Clarissa früher selbst gelaufen ist? Sie war fantastisch. Die Beste, die ich je zu Gesicht bekommen habe." Wieder kein Bedauern, keine Trauer oder sonst eine in solch einer Situation angebrachte Empfindung.

Wie konnte es sein, dass Bolder dem Ende ihrer Karriere mit einer derartigen Gleichgültigkeit gegenüberstand?

„Hast du mich hergebeten, um mit mir über unsere Managerin zu sprechen?" Es gelang mir, ruhig zu bleiben, obwohl sich das ungewohnte brennende Gefühl in meinen Bauch langsam, aber sicher zu kochender Wut entwickelte.

„In gewisser Weise, ja." Er deutete auf die gepolsterte Sitzgruppe.

Ich ignorierte die Geste. „Dann rede."

In Bolders Augen blitzte Zorn auf, und die Abscheu, die er eindeutig für mich empfand, sickerte allmählich durch seine Fassade.

„Weißt du, ich habe mich gefragt, wie es sein kann, dass Clarissa ausgerechnet dich und deine Truppe für die Präsentation ausgewählt hat. Welchen Grund sollte sie gehabt haben, um solch eine fatale Entscheidung zu treffen, die uns den Deal gekostet hat?"

Damit hatte er mich eiskalt erwischt. Ich konnte nicht einmal sagen, was davon mich mehr schockierte – seine zum Himmel schreiende Arroganz oder die Tatsache, dass wir offenbar ohne unser Wissen an irgendeinen Werbetypen hatten verkauft werden sollen. Womöglich wollte Hudson mich nur aufs Glatteis führen und nichts, was er gesagt hatte, entsprach der Wahrheit.

Ich bemühte mich, gelassen auf seine fragwürdige Offenbarung zu reagieren. „Das wirst du sie schon selbst fragen müssen."

Bolder missfiel meine Antwort. Seine Augen wurden größer, nur um sich gleich darauf wieder zu Schlitzen zu verengen. Seine Kiefermuskeln traten hervor, und seine ganze Haltung zeugte davon, wie sehr es ihn anstrengte, seinen Ärger im Zaum zu halten.

„Für dich ist das alles nur ein Spiel, nicht wahr? Hast dir gedacht, du machst eben mal dein Hobby zum Beruf. Du und deine Loser werdet nie mit uns mithalten können. Die paar Tricks, die ihr draufhabt, habt ihr uns ja schon gezeigt, dann ist euch ziemlich schnell die Luft ausgegangen. Ich will dir eines mit aller Deutlichkeit sagen, Rozsa: Das ist mein Team!" Mittlerweile bebte er vor Rage. „Du und deine Möchtegernfreunde werdet euch schön brav im Hintergrund halten und das tun, wofür Paxton euch hergeholt hat, nämlich den Kader zu vervollständigen. Und lass gefälligst deine Finger von Clarissa!"

Ich spannte mich instinktiv, was Bolder nicht verborgen blieb.

„Ganz recht. Sie gehört mir! Egal was du glaubst, hier zu machen, du wirst nicht der neue Star des Teams und lässt deine dreckigen Yankeehände von meinem Mädchen!"

Ich hatte schon vielen Arschlöchern gegenübergestanden, aber niemals zuvor wollte ich einem so dringend das Maul stopfen wie Bolder in diesem Augenblick. Während ich mein letztes bisschen Selbstbeherrschung zusammenkratzte, um nicht auf ihn loszugehen, fand er allmählich seine Fassung wieder. Wahrscheinlich waren die Nerven mit ihm durchgegangen, und er hatte mehr gesagt, als er vorgehabt hatte. Die gebleckten Zähne wichen einem Lächeln, das vom Teufel höchstpersönlich hätte stammen können.

„Früher oder später werden alle erkennen, was ich längst weiß. Paxton, Clarissa, Cameron, sie werden einsehen, dass es ein Fehler war, auf euch zu setzen, und dann wird euer Auftritt Geschichte sein." Er nickte bekräftigend. „Und jetzt raus hier!"

High voltage

Clary

Das Steak auf meinem Teller schnitt sich zwar wie Butter, schmeckte allerdings fad. Mechanisch aß ich weiter und überlegte zum tausendsten Mal, was ich bei Peters Besuch vor drei Tagen anders hätte machen können. Sein Argument, den Deal erst einzugehen, wenn sich die Dynamites in ihrer neuen Aufstellung als siegreich erwiesen hatten, war nachvollziehbar. Immerhin war er ein Geschäftsmann. Es wäre waghalsig von ihm gewesen, sich darauf einzulassen, ohne Resultate gesehen zu haben. Trotzdem verfluchte ich mich selbst dafür, nicht mehr gekämpft zu haben. Wenn ich vehementer aufgetreten wäre oder bessere Argumente gehabt hätte oder …

Aufgeregtes Gemurmel unterbrach meine wirren Gedanken und die daraus resultierenden Selbstzweifel.

Drew und Ty betraten den Speiseraum. Sie hatten die Köpfe zusammengesteckt und waren die Quelle des Gemurmels. Hinter ihnen blitzten mir Sams blaue Haarspitzen entgegen.

„Das war nicht in Ordnung von uns. Wir hätten ihn nicht allein da reingehen lassen sollen", sagte er gerade aufgebracht zu Klay, der ihm durch die Tür folgte.

Ty unterbrach sein Gespräch mit Drew und wandte sich genervt zu Sam um. „Er schafft das schon, Finch. Er ist ein großer Junge."

Was, zur Hölle, war denn mit ihnen los? Als Nächstes trat Kev ein. Er war der Einzige, der nicht aufgeregt schnatterte. Und nach ihm nichts. Nada. Gähnende Leere. Wo war Jack?

„Hi, Clary." Sam winkte mir zu und steuerte schnurstracks das Büfett an.

Da war eindeutig etwas faul. Am liebsten hätte ich das Abendessen abgeblasen und die Bande zur Rede gestellt. Wo war ihr Leitwolf abgeblieben? Ich unterdrückte den Impuls, konnte jedoch nicht verhindern, dass mir tausend Überlegungen durch den Kopf schossen und nach einer logischen Erklärung für Jacks Abwesenheit suchten. Womöglich hatte er sich beim Training verletzt. Oder er war krank. Oder er hatte Kopfschmerzen. Vielleicht telefonierte er mit seiner Freundin zu Hause. Nur weil er nicht wie Drew ständig mit dem Handy am Ohr herumlief, musste das noch lange nicht heißen, dass er keine Freundin in Missoula zurückgelassen hatte, die früher oder später von ihm hören wollte. Ich ärgerte mich, dass mich der letzte Gedanken am meisten aus dem Konzept brachte. Ich schüttelte den Kopf über mich selbst.

Sam hatte sich in der Zwischenzeit den Teller vollgeladen und stand verloren zwischen der Essenstheke und meinem Tisch. Er wusste offenkundig nicht, ob er sich zu mir setzen sollte. Hilfe suchend sah er zu Ty, der die Augen verdrehte und dann mit seiner Portion in Händen auf mich zukam. Nach einer knappen Begrüßung ließen sie sich neben mir nieder und hatten die Dreistigkeit, einfach mit dem Essen zu beginnen. Kein Ton zu Jacks Abwesenheit. Nur Sam schien unter dem Druck der unausgesprochenen Worte zu leiden. Immer wieder blickte er zu mir auf, und das, obwohl er normalerweise von seinen Mahlzeiten vollkommen in den Bann gezogen wurde. Wollten die mich verarschen?

Ich hörte auf, so zu tun, als würde ich das Fleisch auf meinem Teller schneiden, legte geräuschvoll das Besteck auf den Tisch, lehnte mich auf dem Stuhl zurück und verschränkte die Arme vor der Brust. Klay, Drew und Sam schauten rasch auf ihre Teller. Wenn nicht gleich einer dieses schlechte Schauspiel aufgab und mit der Wahrheit herausrückte, dann würde ich …

Schritte waren vom Flur her zu hören, synchron drehten sich unsere Köpfe zur Tür. Da war er. Jack schneite herein wie ein Wintersturm. Er scannte in Sekundenschnelle den Raum und saugte sich an meinem Gesicht fest. In seinen dunklen Augen blitzte es. Er war sauer. Und wie er das war. Warum? Was war passiert? Wahrscheinlich würde ich das demnächst herausfinden. Jack machte nicht einmal den Anschein, als wäre er hergekommen, um zu Abend zu essen. Er setzte sich auf den freien Platz mir gegenüber. Nie zuvor war ich glücklicher über den privaten Speisesaal gewesen.

„Warum wir?", zischte er.

Ich hatte keinen Schimmer, wovon er sprach. Und obwohl alle Zeichen auf Krieg standen, war ich nicht bereit, mich hier von ihm wegen was auch immer zur Schnecke machen zu lassen. Also verschränkte ich die Arme noch fester und zog fragend eine Braue hoch.

„Warum stehen ausgerechnet wir im Zentrum deiner beruflichen Ambitionen?"

Berufliche Ambitionen? War das sein Ernst?

Mir lagen unzählige Erwiderungen auf der Zunge. Keine davon besonders sachlich.

„Wie meinst du das, Jack?", fragte Sam von der Seite.

Ja, wie meinst du das, Jack?, wiederholte ich Sams Frage im Geiste, jedoch wesentlich weniger vorsichtig und zurückhaltend. Alle Augen waren auf uns gerichtet.

„Ich meine, dass du uns an Peter Mallanstein verkaufen wolltest, Clarissa", antwortete Jack.

Ein Lachen stieg mir die Kehle hoch und erstarb auf halbem Weg nach oben.

„Also noch einmal, warum wir und nicht Bolder und die anderen? Womöglich wärst du erfolgreicher, wenn du dich weiterhin an ihn halten würdest."

Das war ein Schlag unter die Gürtellinie. Und was mich am härtesten traf, war das Wort weiterhin. Wusste er, dass ich mit Hudson eine Vergangenheit hatte? Woher? Ich ahnte Böses.

„Was ist los, Jack? So kenne ich dich gar nicht." Sams Stirn lag in Falten, und er wirkte tatsächlich besorgt um seinen Freund.

Ich musste endlich den Mund aufmachen, irgendetwas sagen, das die Lage entspannte, bevor sie endgültig eskalierte. Jack sah mich derart intensiv an, dass mir ganz anders wurde, gleichzeitig hatte er mich verletzt. Womöglich mehr, als er beabsichtigt hatte. Ich war kurz davor, brüllend vom Tisch aufzuspringen.

„Auch auf die Gefahr hin, dass ich mich wiederhole", setzte ich mit mühsam beherrschter Stimme an, „wir brauchen Sponsoren. Und die allermeisten stecken ihr Geld nicht aus Nächstenliebe in ein Team. Um den Deal mit Gavanor Industries einzugehen und dadurch weitere Sponsoren anzulocken, müssen sich die Dynamites erst beweisen. Ihr müsst euch beweisen. Und um deine Frage zu beantworten, natürlich habe ich bei der Präsentation auf euch gesetzt. Ihr seid die neuen Zugpferde des Teams. Ohne euch gäbe es gar kein Team."

Nachdem ich geendet hatte, war es still am Tisch. Ich war mir nicht sicher, ob das ein gutes oder ein schlechtes Zeichen war.

„Wie schmeichelhaft." Ty grinste schief.

„Nur kein Druck." Klay war etwas grün um die Nase.

„Wenn das so ist, sollten wir trainieren", fügte Drew hinzu.

„Noch mehr trainieren? Paxton scheucht uns doch schon Tag und Nacht übers Eis." Ty sah Drew mit großen Augen an.

„Mag sein. Aber es reicht nicht", erwiderte Drew.

„Richtig." Ich erntete dafür irritierte Blicke. Jetzt bloß nichts Falsches sagen! „Wenn man euch beobachtet, kann man fühlen, wie viel euch das Spielen bedeutet."

„Aber?" Jacks tiefe Stimme erzeugte eine eigenartig flaue Empfindung in meiner Magengegend.

„Aber", wiederholte ich außer Atem und sog gierig Luft in meine Lungen. Dieses Gespräch kostete mich mehr Nerven als ein dreifacher Lutz. „Es fehlt euch an Technik und an Anerkennung im Team. Zweiteres könnt ihr ohne das Erste nicht erlangen. Und eure Technik könnt ihr nur durch hartes Training verbessern. Ich weiß, wovon ich spreche. Ich stand vor ein paar Jahren selbst auf dem Eis. Bis ..."

Hilfe! Was redete ich da? Ich war nicht bereit, meine tragische Vergangenheit offenzulegen, aber jetzt war es zu spät, um einen Rückzieher zu machen. Etwas in Jacks Blick veränderte sich. Er wusste, welche Worte mir im Hals steckten, und mit ziemlicher Sicherheit auch, wie schwer es mir fiel, sie auszuspucken. Schlagartig gab er seine offensive Haltung auf und tat etwas, mit dem ich nicht gerechnet hätte.

„Auch wenn ich es nicht gern zugebe, ich weiß, worauf du hinauswillst. Wenn wir uns verbessern – und ich meine, schnell –, werden uns die anderen Spieler vielleicht positiver gesinnt sein, wir gewinnen und bekommen den Sponsor.“

Ich konnte nur nicken. Zu mehr war ich nicht imstande. Indem Jack die Sache, so schmerzlich sie auch war, auf den Punkt gebracht hatte, hatte er mich davor bewahrt, meinen unüberlegt begonnenen Satz beenden zu müssen. Ich war ihm unglaublich dankbar, doch ich verstand nicht, warum er für mich in die Bresche gesprungen war.

„Klingt nach einem Plan“, sagte Ty, obwohl er aussah, als hätte er in eine Zitrone gebissen.

„Dann lasst uns trainieren“, meinte Klay.

„Meine Rede“, bestätigte Drew.

Sam rieb sich die Hände. „Wann geht's los?“

„Sofort, wenn ihr wollt.“ Wieder war mein Mund schneller, als ich denken konnte.

„Was, jetzt gleich?“, fragte Sam.

Diesen Schritt zu wagen, den ich da unweigerlich ansteuerte, hieß, mich einem großen Teil meiner Ängste zu stellen. Ich schluckte schwer und spürte, wie entschlossen ich auf einmal war. „Ich werde mit euch trainieren.“

So sehr ich es versuchte, ich konnte diese Frau einfach nicht verstehen. Seit sie mir auf der Zufahrtsstraße zum Clark Center vors Auto gelaufen war und mir gegen die Stoßstange getreten hatte, was noch gar nicht so lange her war und dennoch in weiter Ferne zu liegen schien, gab sie mir ein Rätsel nach dem anderen auf. Gleichzeitig hatte ich das Gefühl, sie besser zu verstehen, mehr hinter ihre Fassade aus Kühnheit blicken zu können als manch ein anderer. Dieser Umstand war unsagbar verwirrend. Etwa die Tatsache, dass sich meine Nackenhaare kerzengerade aufrichteten, wenn sie so dicht neben mir ging wie in diesem Augenblick.

Wir waren auf dem Weg vom Speiseraum zu den Umkleiden. Meine Jungs waren voll motiviert und fest entschlossen, das Extratraining durchzuziehen. Ich hingegen hätte eine Pause von ihnen, von allem und besonders von Clarissas verstörender Anwesenheit gebraucht. Da ich aus dieser Nummer so schnell nicht mehr herauskommen würde, begnügte ich mich damit, weiter darüber nachzugrübeln, warum sie tat, was sie tat. Ihr musste klar sein, dass sie mit dieser Aktion eher früher als später wieder in die Situation geraten würde, allen erzählen zu müssen, warum sie nicht mehr auf dem Eis stand. Wahrscheinlich würde es keine fünf Minuten dauern, bis einer …

„Jetzt sag mal, Clary. Du hast vorhin gemeint, dass du selbst gelaufen bist. Warum jetzt nicht mehr?" Finch.

Das Unheil war noch schneller über uns hereingebrochen, als ich angenommen hatte. Clarissa versteifte sich in der Sekunde, und ich wusste, dass ihr der Schweiß auf die Stirn trat. Erneut wollte ich sie aus einem Impuls heraus in Schutz nehmen. Ich hatte die Geschichte schon gehört und erlebt, wie sie auf die Offenbarung reagiert hatte. Der Schmerz, ihr Schmerz, war in diesem Moment auch für mich überwältigend gewesen. Denselben Impuls hatte ich erst vor knapp einer Stunde im Speiseraum gehabt, und ich konnte ihn mir genauso wenig erklären wie so vieles andere, das mit dieser Frau zusammenhing. Sie hatte auf mich unglaublich erleichtert gewirkt, als ich das Gespräch in andere Bahnen gelenkt hatte. Auch jetzt suchte ich fieberhaft nach Worten, um ihr diesen Gefallen zu erweisen. Nicht einmal der tief in mir brodelnde Zorn, den ihr Plan, uns als Aushängeschild für irgendeine Firmenkampagne herzunehmen, ausgelöst hatte, konnte mich davon abbringen. Diesmal war sie schneller als ich.

„Ich hatte einen Autounfall und wurde schwer verletzt. Das hat meine Karriere beendet." Ihre Stimme war dünn wie Papier.

„Das tut mir sehr leid für dich. Das muss schrecklich gewesen sein. Aber ich bin froh, dass du dadurch jetzt in unserem Team sein kannst."

Clarissa blieb stehen.

O Mann, Finch! Ich war ja prinzipiell ein Fan seiner direkten Art, das war …

„Ja, eine neue Herausforderung. Für mich und für euch." Sie klang heiser und hatte sich Finch so zugewandt, dass ich ihr Gesicht nicht sehen konnte. Dafür Finchs, in dem sich ein warmes Lächeln ausbreitete.

Sie setzte sie sich wieder in Bewegung, und Finchs Lächeln spiegelte sich in ihren Zügen wider. Es war das erste Mal, dass ich Clarissa Clark auf diese Weise lächeln sah. Zuversichtlich und aus vollem Herzen, wenn auch mit einem Anflug von Traurigkeit.

„Und jetzt legt mal einen Zahn zu, sonst stehen wir um Mitternacht noch auf dem Eis“, sagte Clary.

Clary

„Also, passt auf.“ Das Herz klopfte mir bis zum Hals. „In meinen ersten Jahren hatte ich eine Trainerin aus Russland.“ Was tat ich hier eigentlich? „Sie hatte schrecklichen Mundgeruch.“ War ich komplett bescheuert? „Doch sie hat mir etwas Essentielles mit auf den Weg gegeben.“ Ich war tatsächlich auf dem Eis. „Es gibt einen magischen Punkt.“ Und das nicht barfuß. „Jeder hat einen magischen Punkt.“ Sondern in Schlittschuhen. „Er ist die perfekte Achse.“ Wenn dieses Manöver schiefging … „Die Position, in der alles möglich ist.“ Wenn ich stürzte … „Es geht um Balance.“ Dann war alles vorbei.

Ich schaltete mein Denken aus. Sperrte alle negativen Gedanken weg. Ignorierte den Schmerz und alle Befürchtungen. Sah Jack, umringt von den anderen, direkt ins Gesicht. Und fuhr rückwärts los.

Es war furchteinflößend. Aber ich machte weiter. Lehnte mich dieses bestimmte bisschen mehr nach vorne, als es meine Instinkte für gut befanden, und da war er. Mein magischer Punkt. Er war noch da. Nach allem, was geschehen war. Mit einem Schlag fiel die Anspannung von mir ab. Ich musste die negativen Gedanken nicht mehr aussperren, die Schmerzen nicht ignorieren, denn sie waren einfach weg. Ich fühlte nichts mehr, nur diesen unbeschreiblichen Rausch.

Nach einem Bogen rückwärts hielt ich neben ihnen. Der Rausch ebbte ab, und ich registrierte, dass ich schwerer atmete, als es die geringe Anstrengung rechtfertigte. Trotzdem fühlte ich die Euphorie bis in die Knochen.

„So, und jetzt seid ihr dran."

Sam grinste bis über beide Ohren und startete als Erster, dicht gefolgt von Drew. Auch die anderen ließen sich nicht lange bitten. Nur Jack verschwendete ein paar Sekunden länger dafür, mich mit seinem gewohnt forschen Blick zu mustern, ehe er sich in Bewegung setzte und zu den anderen aufschloss.

„Das ist es noch nicht. Ihr seid zu sehr mit dem Kopf dabei. Ich kann euch ja regelrecht zusehen, wie ihr darüber nachdenkt!", rief ich ihnen nach einer Weile zu. So ging das nicht. Ich musste anders an die Sache herangehen. „Ein Freiwilliger?"

Vielleicht hatte ich zu harsch geklungen, denn der Andrang hielt sich in Grenzen. Ich wäre mit jedem zufrieden gewesen – sogar mit dem schweigsamen Hünen Kevin O'Hara, der mir nach wie vor nicht geheuer war –, nur wollte ich nicht unbedingt, dass es Jack war. Darum sah ich alle mit Ausnahme von ihm an. Bis er sich nach vorne bewegte. War ja so was von klar! Für das, was ich vorhatte, musste er mich berühren und mir ziemlich nahe kommen. Mir war die letzte Situation, in der wir uns berührt hatten, nur allzu lebhaft im

Gedächtnis, und allein der Gedanke daran schickte ein Kribbeln durch meine Glieder. Na gut. Da musste ich jetzt durch. Ich stellte mich seitlich zu unseren Zuschauern und winkte Jack heran.

„Leg die Hände auf meine Hüften." Ich konnte nicht verhindern, dass ich meine Stimme dämpfte, als wäre es etwas Anrüchiges, das ich da von ihm verlangte. Wahrscheinlich war für ihn nichts dabei, also sollte ich meinen flatternden Herzschlag lieber wieder unter Kontrolle bringen, ansonsten würde er rasch merken, wie nervös mich seine Präsenz machte. Sein Zögern ließ meinen Puls ein weiteres Mal höherschlagen. War es ihm doch unangenehm? Um mich selbst zu beruhigen und Jack gleichzeitig Dampf zu machen, erhob ich die Stimme. „Das ist eine Übung aus dem Paarlauf. Es geht darum, seinen Schwerpunkt so zu verlagern, dass man als Einheit funktioniert und ..."

In diesem Moment fühlte ich Jacks Hände auf mir und verlor den Faden. Seine Berührung war warm. Ich spürte die Hitze durch den Stoff meiner Trainingssachen und musste mich zwingen, meine Aufmerksamkeit wieder auf das zu richten, was ich vorhatte.

„Ihr werdet es schon sehen." Ich nahm meine Haltung ein. „Du beginnst, Jack." Ich schob ihm den Hintern entgegen, damit er endlich anfuhr.

Der Druck seiner Hände verstärkte sich, und er zog mich mit, als er rückwärts loslief. Ein, zwei Yards brauchten wir, um einen gemeinsamen Takt zu finden, dann beugte ich den Oberkörper weiter nach vorne, damit Jack es mir gleichtun musste. Wir wurden schneller, gleichzeitig fühlten sich unsere Bewegungen fließender an. Es fehlte nur noch ein kleines Stück und ...

„Du hast es!", rief ich in vollem Lauf über die Schulter.

Ein verblüfftes Lachen war die Antwort. Wir waren schnell. Wesentlich schneller, als ich gedacht hatte. Wir fuhren in weiten Bögen um die anderen herum. Es fühlte sich fantastisch an. Auf dem Eis, mit Jack. Ich vergaß alles und jeden und gab mich dem Lauf hin.

Erst als wir keuchend zum Stillstand kamen, kehrte mein Verstand in die Realität zurück. Lauren stand unweit von uns am Rand der Eisfläche in ihrer Trainingsmontur und sah fassungslos aus.

Jack ließ mich los, und ich vermisste die Wärme seiner Berührung sofort. Schlagartig spürte ich den Schmerz in meinem Bein, doch das war gerade mein geringstes Problem.

„Macht ohne mich weiter", sagte ich und fuhr mit einem Stechen im Rückgrat Lauren entgegen.

An der Bande angekommen, musste ich mich abstützen, um Gewicht von den Füßen zu nehmen. Ich hatte übertrieben, und die Strafe folgte unweigerlich.

„Bist du vollkommen verrückt geworden!" Laurens aufgebrachtes Zischen war laut und überraschend schrill.

Dass sie so außer sich war, verdeutlichte mir, wie dumm ich gewesen war. Aber das würde ich bestimmt nicht zugeben.

„Im uneingeschränkten Besitz meiner geistigen Fähigkeiten", sagte ich deshalb und warf einen Blick über die Schulter.

Statt zu üben, beobachteten Jack und die anderen uns. Wunderbar.

„Du bist gelaufen." Laurens Tonfall machte klar, dass dieser Umstand allein meine Behauptung eindeutig widerlegte, im uneingeschränkten Besitz meiner geistigen Fähigkeiten zu sein.

„Jup." Keine besonders geistreiche Antwort.

„Ich fasse es nicht, Clary. Wie kannst du das nur tun? Wenn du …" Mit jeder Silbe wurde sie lauter.

Mir blieb nichts anderes übrig, als sie zu unterbrechen, wenn ich verhindern wollte, dass jeder in der Halle ihre Gardinenpredigt hörte. Und das wollte ich unbedingt, weshalb ich meine Stimme demonstrativ senkte. „Jaja, ich weiß das alles, Lauren. Es ist ja nicht so, als würde ich einen Flip nach dem anderen springen. Ich zeige den Jungs nur ein paar Feinheiten. Grundlegendes. Nichts, bei dem ich …"

„Stürze?" Nun unterbrach sie mich in einer Lautstärke, die mir äußerst unangenehm war.

„Verdammt, Lauren!", donnerte ich zurück. Langsam, aber sicher verlor ich die Beherrschung.

Ihr Kopf zuckte zurück, als hätte ich ihr eine verpasst. Ich konnte ihr ansehen, dass meine Schroffheit sie verletzt hatte. Trotzdem ließ sie nicht locker.

„Ich mache mir Sorgen um dich." Endlich sprach sie in gemäßigtem Ton.

Ich erwiderte nichts. Wenn sie mir auf die Tour kam, war es wesentlich schwieriger, ihr Paroli zu bieten.

„Du hast Schmerzen, das sehe ich. Und das ist nicht gut. Ich will nicht, dass du …" Ihr Satz blieb unvollendet, ich wusste auch so, was sie sagen wollte.

Lauren wollte nicht, dass ich wieder im Krankenhaus landete, operiert werden musste, im Rollstuhl saß, die Reha und die Schmerzen durchstehen musste. Mehr Medikamente nahm, als gut für mich war. Trank. Und so weiter und so fort. Das wollte ich auch nicht. Doch sie vergaß, dass ich es durchgestanden hatte. Ich hatte mich aus eigener Kraft aus diesem Mist herausgekämpft. Niemand wusste besser als ich, was ich riskierte. Und es war einzig meine Entscheidung.

„Ich weiß, wie weit ich gehen kann." Dieser Satz. Ich hatte ihn lange nicht mehr ausgesprochen. Viele Male in meiner Vergangenheit hatten mir diverse Leute gesagt, ich solle aufpassen, dass ich nicht über meine Grenzen gehe, über die Grenzen des Machbaren, wenn ich auf dem Eis sei. Ich hatte sie alle mit diesem Satz zum Verstummen gebracht und meine eigenen Maßstäbe gesetzt. Ihnen bewiesen, dass es stimmte. Ich hatte immer gewusst, wie weit ich gehen konnte, und ich hatte gesiegt. Genau dasselbe würde ich auch jetzt tun.

Ich wartete Laurens Reaktion nicht ab, sondern fuhr zurück zu Sam, Ty, Klay, Drew, Kev und Jack, um ihnen endlich Beine zu machen.

Adrenaline

Jack

Es war spät, und die anderen hatten sich nach gegähnten Gutenachts getrollt. Sam war gerade durch die Tür zu unserem Zimmer gewankt und hatte sich mit einem Ächzen ins Bett fallen lassen. Ich sagte ihm, dass ich noch eine Runde drehen wolle. Als Reaktion darauf brummte er ins Kissen. Also schloss ich die Tür und wandte mich an Clarissa, die langsam und bedächtig den Flur entlang zu ihrem Zimmer lief. Sie hatte Schmerzen, da war ich mir sicher.

„Clary, hast du einen Moment?"

Clarissa stoppte und zuckte zusammen, als sie sich zu mir umdrehte. Fast bereute ich es, sie nach dem Training davon abzuhalten, sofort ins Bett zu kriechen, aber ich musste mit ihr reden. Daran führte kein Weg vorbei.

Sie unterdrückte ein Seufzen, winkte mich heran und setzte sich wieder in Bewegung. Schweigend folgte ich ihr in ihr Zimmer.

„Gib mir eine Minute." Sie verschwand im Bad.

Auch hier standen gerahmte Bilder auf der Kommode, auf keinem war Clarissa zu sehen. Ich erkannte Cheston und Cameron Clark, Lauren und Rita. Keine Trophäen, Pokale, Medaillen oder sonst irgendetwas, das auf ihre erfolgreiche Vergangenheit als Läuferin schließen ließ. Es stimmte mich traurig. Ich konnte mir zwar denken, dass es Clarissa zu sehr schmerzen musste, als dass sie täglich damit konfrontiert werden wollte, was sie verloren hatte, dennoch war es schade, damit auch die schönen Erinnerungen auszublenden.

„Setz dich", sagte sie müde.

Ich wandte mich von den Bilderrahmen ab. In ihrem Zimmer gab es anders als in unseren oder dem von Bolder keine Sitzgruppe. Es war ein wenig kleiner und nur für eine Person bestimmt. Da die Anlage ihrer Familie gehörte, hätte Clary ohne Weiteres ein Studio bewohnen können. Doch sie gab sich mit einem einfachen Zimmer zufrieden.

Ich lief zum Schreibtisch und stellte fest, dass neben der Arbeitsfläche auch der Stuhl mit Büchern und Papieren belegt war. Zögerlich betrachtete ich den Titel des obersten Werks auf dem Stapel. Eishockey Guide. Gut möglich, dass sie keine Ahnung von der Materie hatte, immerhin war Clarissa bemüht, diese Wissenslücken zu füllen.

„Warte, ich räume das weg." Sie war neben mich getreten und sah mich verlegen an. Eine gänzlich neue Seite an ihr.

„Schon gut. Ich werde dich nicht lange aufhalten und kann stehen bleiben."

„Sei nicht albern, Jack. Du musst genauso erledigt sein wie ich. Wir nehmen das Bett."

Gesagt, getan. Ich würde mich hüten, irgendwelche Einwände zu erheben. Und ja, sie hatte recht, ich war erledigt. Es war ein langer, anstrengender Tag gewesen.

„Danke." Ich hatte mir zwar ein paar Sätze zurechtgelegt, aus unerfindlichen Gründen fielen sie mir, jetzt da Clarissa abwartend neben mir saß, nicht mehr ein.

„Wofür?“ Skepsis lag in ihrem Blick, was die Falte unterstrich, die zwischen ihren Brauen aufgetaucht war.

„Dass du mit uns trainiert hast.“ Sie hätte das nicht tun müssen. Es war nicht ihr Job, sondern Paxtons.

„Du meinst, dass ich mit euch trainiere. Wir sind bei Weitem noch nicht fertig.“ Ein schwaches Lächeln folgte.

Mein Magen hob sich, als würde ich mit ihr in einer Achterbahn sitzen und nicht auf einem Bett. Womöglich war es gerade das Bett, das dieses Gefühl noch verstärkte.

„Warum machst du das?“ Ich klang schroffer, als ich beabsichtigt hatte.

„Weil es notwendig ist.“ Das Lächeln war aus ihrem Gesicht verschwunden.

„Das mag schon sein. Dennoch verstehe ich es nicht. Du hast Schmerzen und dein Disput mit Lauren lässt mich annehmen, dass es nicht die beste Idee für dich ist, aufs Eis zu gehen.“

Clarissa erdolchte mich mit ihrem Blick, und es hätte mich nicht gewundert, wenn plötzlich Raureif über die Tagesdecke unter uns gekrochen wäre, so frostig war die Stimmung jetzt.

„Was willst du von mir hören?“, zischte sie.

Sie leugnete ihre Schmerzen nicht, ebenso wenig irgendetwas von dem, das ich ihr an den Kopf geworfen hatte.

„Die Wahrheit.“

„Wie viel Ehrlichkeit schulde ich dir denn?“

„So viel, dass ich dir uneingeschränkt vertrauen kann.“

Sie lachte auf. Hart und vollkommen humorlos. Ich war darauf gefasst, dass sie mich hochkant aus dem Zimmer werfen würde.

„Wir müssen gewinnen. Ihr müsst gewinnen. Und wenn ich sonst schon nichts dazu beitragen kann, will ich auf diese Weise helfen." Erschöpft ließ sie sich ins Bett zurücksinken, begleitet von einem scharfen Einatmen, das bewies, wie viel sie diese Hilfe kostete.

Ich handelte, ohne darüber nachzudenken, was in Clarissas Gegenwart anscheinend zur Gewohnheit wurde, schob einen Arm unter ihre Knie, den zweiten unter ihren Rücken und hob sie vorsichtig weiter im Bett hinauf. Sie sah mich aus großen Augen an, wehrte sich aber nicht dagegen. Ich reichte ihr eines der Kissen und setzte mich seitlich aufs Bett, damit wir wieder auf Augenhöhe waren. Erst dann ließ ich geräuschvoll die angestaute Luft aus den Lungen entweichen. Mit einem Mal fühlte es sich fürchterlich intim an, mit ihr hier zu sein, allein in ihrem Zimmer, in ihrem Bett, nachdem ich sie in den Armen gehalten und ihren Duft eingeatmet hatte.

„Wir dürfen das nicht tun." Ihre Augen leuchteten hell wie die Sterne am Firmament.

„Was dürfen wir nicht tun?" Plötzlich war mein Mund trocken, und der Drang, sie noch einmal zu berühren, und sei es nur, um ihr die Haare hinters Ohr zu streichen, wurde immer stärker.

„Uns streiten. Wir müssen zusammenarbeiten, Jack."

Ich hätte schwören können, dass sie etwas anderes hatte sagen wollen. Natürlich hatte sie recht. So sehr mir der Gedanke missfiel, dass die Jungs und ich für irgendwelche Werbeaktionen herhalten sollten, war mir klar, es gehörte zum Job. Genau wie Clarissa. Sich dagegen zu sträuben, brachte niemandem etwas.

„Wir werden zusammenarbeiten."

Das Glimmen in ihrem Blick intensivierte sich und machte es mir fast unmöglich, einen vernünftigen Gedanken zu fassen.

„Heißt das, du vertraust mir?" Ein zögerliches Lächeln umspielte ihre Lippen.

„Ja." Das tat ich wirklich, auch wenn ich genügend Gründe gehabt hätte, die dagegen sprachen.

„Und vertraust du mir?" Ich musste es wissen.

Clary

Seine Stimme war tief und rau, hallte in mir wider und hinterließ ein Prickeln auf meiner Haut.

Er wollte wissen, ob ich ihm vertraute? Womöglich hätte ich schlichtweg Ja sagen können, was nicht gelogen gewesen wäre, aber die Frage war nicht so einfach zu beantworten. Zumindest nicht für mich.

Ich konnte fühlen, wie mein Lächeln erlosch, und bemerkte, was meine Reaktion in ihm auslöste. Er verschloss sich wieder vor mir, nachdem ich endlich hinter die eloquente Fassade von Jackson Rozsa hatte sehen können.

„Wurdest du schon einmal in deinem Leben so sehr enttäuscht, dass Vertrauen für dich unmöglich erscheint?"

„Als ich sieben war, ist mein Vater von einem auf den anderen Tag verschwunden. Er hat unser gesamtes

Geld und alles mitgenommen, was in irgendeiner Form von Wert war. Wir hatten nichts mehr. Das Schlimmste waren nicht die Geldsorgen, sondern das Wissen, dass wir ihm egal waren." Jack schluckte und wandte sich von mir ab.

Meine Hand schnellte nach vorne, legte sich auf seine Wange und brachte ihn dazu, mich wieder anzusehen. Ich fühlte seine Traurigkeit und erkannte, dass sie meiner eigenen bis aufs Haar glich.

Mein Hals brannte, als ich sprach, doch Jacks Gegenwart, sein Geständnis machten es leichter für mich.

„Nach dem Unfall, nach dem Ende meiner Karriere hat sich meine Mutter von mir und Dad abgewandt. Sie ist gegangen, weil sie es nicht ertragen konnte." Meine Finger lösten sich von seiner Wange, strichen sanft über die Biegung seines Kinns. „Ich vertraue dir."

***

„Sag ihr, dass sie vollkommen bescheuert ist, Anna!"
Ich biss die Zähne zusammen und erwiderte Laurens giftigen Blick. In diesem Moment fiel es mir schwer, ihre gute Absicht zu erkennen, denn es war reine Schikane.
Ich war ins Krankenzimmer gekommen, um mir von Anna eine Injektion abzuholen. Zugegeben, es war schon meine dritte diese Woche, doch solange sich die Ärztin nicht beschwerte, sollte es Lauren auch nicht tun. Nur hatte ich Anna bislang verschwiegen, dass ich wieder fuhr, wenn auch nur in geringem Ausmaß. Ich trainierte mit Jack und den anderen seit knapp zwei Wochen, und es zeigten sich erste Erfolge, daher würde

ich den Teufel tun und jetzt aufgeben. Egal, was Lauren davon hielt.

Anna sah zwischen Lauren und mir hin und her und betrachtete anschließend das leere Injektionsbesteck, das auf dem rollbaren Behandlungstisch lag.

Nachdem Lauren hereingeplatzt war und mich bei Anna eiskalt verpetzt hatte, war die medizinische Unterstützung für mein Vorhaben ungewiss.

„Na ja, wenn sie es nicht übertreibt, spricht grundsätzlich nichts dagegen, dass Clarissa wieder läuft", sagte Anna an Lauren gewandt und richtete sich anschließend an mich. „Aber du weißt, dass ein Sturz der Verschraubung zusetzen könnte und …"

„Danke, Anna. Für die Injektion, für deine fachliche Meinung, die Laurens Bedenken ausgeräumt hat, und für den Ratschlag, mich nicht aufs Eis zu legen. Ich werde ihn beherzigen." Ich rutschte von der Behandlungsliege und zog meine Hose hoch.

„Du wirst es nicht lassen, richtig?" Lauren klang verbittert, wenigstens hoben sich ihre Mundwinkel ein wenig.

„Vollkommen richtig. Also bleibt dir gar nichts anderes übrig, als mich dabei zu unterstützen."

Wir winkten Anna zum Abschied und machten den Behandlungsraum frei.

„Du meinst jetzt nicht, dass ich mit euch trainieren soll. Mit diesem Finch, der mir die ganze Zeit hinterhersabbert."

Ihre schockiert aufgerissenen Augen brachten mich zum Lachen. Immerhin hatte sie sich Sams Namen gemerkt, und das, obwohl sich Lauren meist schwertat, neue Namen zu behalten. Offensichtlich hatte Sam genug Eindruck bei ihr hinterlassen, wenn auch keinen positiven.

„Lass mich dich lieber auf andere Weise unterstützen."

Mir war von vorneherein klar gewesen, dass sich Lauren nicht mit uns aufs Eis begeben würde. Und Sam war da das geringste Hindernis. Laurens Vater würde ihr die Hölle heiß machen, wenn sie eine Millisekunde ihrer kostbaren Trainingszeit an so etwas verschwendete. Denn sie arbeitete gerade auf den nächsten Pokal hin.

„Schieß los." Jetzt war ich wirklich gespannt. Da Lauren noch vor wenigen Augenblicken alles versucht hatte, um mich vom Eis fernzuhalten, erschien mir ihre Unterstützung nun fragwürdig.

„Erstens, ich werde dich nicht mehr daran hindern, mit den Jungs zu trainieren." Ihr drohender Tonfall und die gerunzelte Stirn schrien geradezu nach einem Aber. Und zwar nach einem fettgedruckten, rot leuchtenden, mit blinkenden Ausrufezeichen davor und dahinter. „Aber ... ich werde dich im Auge behalten. Und wenn ich den geringsten Eindruck gewinne, dass du dir zu viel zumutest oder waghalsige Dinge anstellst, ist sofort Schluss mit dem Unsinn. Haben wir uns verstanden?"

Das werden wir sehen, wenn es so weit ist, dachte ich und sagte: „Verstanden."

Lauren nickte bedächtig. „Zweitens, ich besorge dir ein 1-A-Interview für die Dynamites."

Ein Interview! Das war eine ausgezeichnete Idee, und ich hätte mir eine dafür verpassen können, nicht selbst darauf gekommen zu sein. Allerdings benutzte Lauren nie Ausdrücke wie 1 A. Die Sache musste einen Haken haben.

„Mit wem?"

Sie zögerte. Lange genug, um meine Annahme, dass irgendetwas faul daran war, zu bekräftigen.

„Lee Chen."

Der Name sagte mir etwas.

„Sie ist Reporterin in zweiter Generation", erklärte Lauren.

Jetzt fiel mir ein, woher ich den Namen kannte. „Chen. Wie Bo Chen, der berühmte Kriegsberichterstatter?"

„Genau." Lauren grinste breit. Zu breit.

„Und woher hast du Kontakt zu Lee Chen?"

„Anders als ihr Vater hat sich Lee auf Sportjournalismus spezialisiert. Ziemlich schlau, wenn du mich fragst. Ich an ihrer Stelle würde auch nicht in umkämpfte Gebiete reisen und dort mein Leben riskieren."

„Du hast meine Frage nicht beantwortet." Lauren redete um den heißen Brei herum. Kein gutes Zeichen.

„Dad hat sie für mich organisiert." Sie nahm sich ein paar Sekunden, ehe sie weitersprach. „Sie ist wirklich gut."

Da war wieder das große, leuchtende Aber.

„Aber … sie ist hartnäckig. Sie stellt unangenehme Fragen. Persönliche, nein, sehr persönliche Fragen. Und …"

„Du willst sie loswerden", beendete ich Laurens Satz.

„So würde ich das nicht formulieren … im Grunde … ja, ich will sie loswerden." Sie schloss mit einem verhaltenen Seufzen.

Das klang eher so, als würde ich sie und nicht sie mich unterstützen. Jack und die anderen wären sicherlich nicht besonders begeistert über intime Fragen, die sich auf ihr Privatleben fokussierten. Andererseits war es eine fantastische Möglichkeit für die Dynamites, Bekanntheit zu erlangen und nach den Jahren, in denen sie nur mit Partyexzessen in den Schlagzeilen gelandet waren, ihr Image glatt zu bügeln.

„Ich rede mit ihr.“

Zuerst musste ich mit Jack darüber sprechen. Ich hatte ihm versprochen, ihn in all meine Schritte einzubeziehen. Und er im Gegenzug, dass er nicht mehr querschießen würde. Also sollte das nur ein Pro-forma-Gespräch werden. Easy.

„Du bist die Beste, Clary!“ Lauren strahlte und drückte mich.

„Du auch. Vor allem, weil du mir nicht mehr bei meinen Besuchen im Krankenzimmer – oder sonst wo – auflauern und mich vor meiner Ärztin – oder sonst wem – blamieren wirst“, sagte ich mit Nachdruck.

Lauren zog den Kopf ein und grinste gleichzeitig noch breiter. „Versprochen.“

Die Zeit würde zeigen, wie viel ich auf ihren Schwur würde geben können. Wenigstens für den Moment schien die Krise abgewendet.

Jack

„Kopf hoch. Die steckt bestimmt knietief in den Vorbereitungen für die nächste Prüfung. Kein Grund zur Sorge."

Ich hatte Ty selten so einfühlsam erlebt, was verdeutlichte, wie mies es Drew ging.

„Du hast sicher recht." Drew klang aufgesetzt, wohingegen der starre Blick auf sein Smartphone das volle Ausmaß seiner Qualen offenbarte. Anscheinend reagierte seine Freundin Camille seit Neuestem nur schleppend auf seine Nachrichten, und sie telefonierten wesentlich seltener miteinander als gewöhnlich.

Während Drews Handy stumm blieb, fühlte ich meines in der Hosentasche summen. Ich trat ans Fenster, sodass ich mit dem Rücken zu den anderen stand, und zog es hervor. Eine Nachricht von Clarissa.

Hast du nach dem Training Zeit? Lauren hat mich auf eine Idee gebracht, die ich mit dir besprechen möchte.

Ich überlegte, sie einfach herzubitten. Ein wenig Ablenkung würde Drew bestimmt nicht schaden. Da Lauren in die Sache involviert war, verwarf ich den Gedanken wieder. Denn keiner von uns wollte schlafende Hunde wecken. Oder, besser gesagt, den liebestollen Finch.

In der Schwimmhalle. Mit oder ohne Schuhe?
schrieb ich daher zurück.

Clarissas Antwort folgte prompt und brachte mich zum Grinsen.

Schwimmhallenregelkonform ohne Schuhe.

Und gleich darauf poppte eine weitere Nachricht von ihr auf.

Aber mit Kleidung.

Diese drei Worte lenkten meine Gedanken in Bahnen, in denen sie absolut nichts zu suchen hatten. Hitze durchströmte mich, und ich sah Clarissa im Wasser vor mir. Ohne Schuhe. Und ohne ...

„Ja-ack!"

Mist!

„Ja?" Eilig sperrte ich den Bildschirm meines Handys, ließ es zurück in die Tasche gleiten und drehte mich um.

„Träumst du oder was? Wir müssen los. Paxton wartet auf uns", sagte Finch.

Kevs wachsamer Blick traf mich, auch die anderen sahen mich abwartend an.

„Wem hast du da geschrieben?" Tys Mundwinkel zogen sich von einem Ohr zum anderen. „Sag bloß, du hast dir die Nummer von einer der Läuferinnen geholt."

Ein verrückter, dunkler Teil meiner Selbst wollte Ty die Wahrheit sagen. Ihm schildern, was für Bilder mein Geist produzierte, wenn ich an Clarissa dachte. Der Rest meines Verstands hielt mich glücklicherweise davon ab, diese riesige Dummheit zu begehen. Eines konnte ich aber nicht abstreiten. Clarissa gefiel mir. Sehr. Mehr als irgendeine Frau vor ihr. Dieses Gefühl, das sie in mir auslöste, war fantastisch, aufregend und erschreckend zugleich. Und es stank nach Ärger.

„Das würde dir gefallen. Lasst uns gehen!"

***

166

Der schwere Dunst empfing mich wie ein alter Freund. Sie war bereits da. Saß auf einem der Startblöcke und ließ die Beine im Wasser baumeln. Ob sie diese Sitzgelegenheit mit Absicht gewählt hatte? Ich trat an den Sockel neben ihr heran und positionierte mich mit dem Rücken zum Schwimmbecken darauf. Ihr Kopf neigte sich mir zu. Ich sagte nichts, genoss die Stille, die lediglich von den leisen Geräuschen des Wassers durchzogen war. Es musste seltsam anmuten, wie wir schweigend dasaßen. Doch es fühlte sich nicht eigenartig an. Wir beobachteten uns. Ich nahm jede ihrer Regungen in mich auf und verfluchte mich selbst für den Wunsch, der in mir aufkeimte. Der Wunsch, ihr näher zu sein, als es unsere Sitzplätze zuließen. Der Wunsch, sie zu berühren. Der Wunsch, dass es ihr ebenso gehen möge.

Clarissa lächelte schief. Ich zwang mich, etwas zu sagen, den Bann zwischen uns zu brechen, anstatt meinen Wünschen Taten folgen zu lassen.

„Was für eine Idee ist das, über die du mit mir sprechen wolltest?"

Ihr Lächeln ließ kaum merklich nach, ihr Blick huschte zum Wasser.

„Ich will ehrlich zu dir sein." Ein guter Anfang, dennoch klang das in meinen Ohren vielmehr alarmierend als aussichtsreich. „Laurens Vater hat für sie eine Journalistin organisiert. Lee Chen. Sie ist Sportreporterin und anscheinend eine ziemliche Nervensäge."

„Inwiefern?"

„Sie soll Lauren interviewen, und ihre Fragen sind, na ja, sehr persönlich. Die Idee ist, dass Chen das Interview nicht mit Lauren, sondern mit euch führt."

Das war eine grässliche Idee. Wer wollte schon von einer Reporterin mit bohrenden Fragen heimgesucht werden? Doch Clarissa würde das nicht zur Sprache bringen, wenn sie darin keinen Nutzen für uns sehen würde.

„Und du denkst, dass uns das hilft?" War ich durchgeknallt? Ich sollte lieber sofort Nein sagen, anstatt das Interview überhaupt in Erwägung zu ziehen.

Diesmal hielt sie meinem Blick stand und nickte. „Ich kann mir Angenehmeres vorstellen, als dass jemand in meinem Privatleben herumwühlt. Ich durfte diese Erfahrung bereits einige Male machen."

„Aber?"

„Es hat sich gezeigt, dass Publicity einen durchaus voranbringen kann. Im besten Fall gute Publicity."

„Und wie gewährleisten wir, dass es gute Publicity ist?"

Jetzt trat das Lächeln wieder auf Clarissas Lippen und brachte all meine Überlegungen zum Erliegen.

„Die Dynamites waren bislang hauptsächlich mit Bildern von betrunkenen Mitgliedern in Klubs und auf privaten Partys in den Medien vertreten. Letztes Jahr gab es sogar einen Skandal wegen des Missbrauchs von unerlaubten Substanzen. Egal welche Leichen ihr im Keller habt, das könnt ihr vermutlich nicht so leicht toppen."

Da sollte sie sich vielleicht nicht so sicher sein. Gut, wir konnten womöglich nicht mit Saufeskapaden oder Drogenkonsum aufwarten, doch jeder von uns hatte Dinge, die er lieber nicht in der Presse breitgetreten sehen wollte.

„Es ist eine Chance, bekannter zu werden. Das Augenmerk der Branche auf euch zu lenken und womöglich Sponsoren auf die Dynamites aufmerksam zu machen“, fügte sie hinzu.

„Gibt es keine andere Möglichkeit?“ Ein wenig wollte ich sie noch zappeln lassen, die Zeit mit ihr in unserer Blase aus Zweisamkeit und feuchter Luft ausdehnen. Meine Frage wischte jedoch den letzten Rest des Lächelns, das ich so genossen hatte, aus ihrem Gesicht.

„Ja, es gäbe da noch eine Möglichkeit.“ Sie hielt inne und focht offenbar einen inneren Kampf aus. „Ich habe ein Angebot von einem alten Freund meines Vaters bekommen.“ Sie spuckte die Silben aus, als wären sie Gift, was mich annehmen ließ, dass weder die Freundschaft zwischen diesem Kerl und Cheston Clark noch das fragliche Angebot besonders gut waren.

Ich erwiderte nichts, wartete, obwohl ich am liebsten in der Sekunde gewusst hätte, was dahintersteckte.

„Er würde womöglich schneller einen Deal für die Dynamites einfahren können als ich.“ Die Sache war ihr eindeutig zuwider. „Aber dafür musste ich ihm einen Gefallen tun.“

Ich spürte, wie mir das Blut aus dem Gesicht wich, nur um gleich darauf mit einem Affenzahn durch meine Adern zu schießen und meine Wangen zum Glühen zu bringen. Meinte sie etwa das, was ich glaubte? Das Naheliegendste, das irgendein Kerl von ihr wollen würde? Erneut überfielen mich ungewohnte Gefühle, wild wie ein verrückt gewordener Axtmörder, und diesmal wusste ich auf Anhieb, was es war: schiere Eifersucht. Niemand würde sie anfassen! Nicht, wenn sie es nicht wollte, und schon gar nicht, um für uns einen

Deal herauszuholen. Wie konnte sie über solch eine Option nachdenken?

Unwillkürlich ballte ich die Hände zu Fäusten und atmete hörbar, was mir einen irritieren Blick und eine gerunzelte Stirn von Clarissa einbrachte. Hatte der Axtmörder, ähm, die Eifersucht mich womöglich zu viel in ihre Worte hineininterpretieren lassen und es ging bei diesem Gefallen in Wirklichkeit um etwas ganz anderes? Ich musste es wissen. Und schnellstmöglich meine Besonnenheit zurückgewinnen.

„Was für einen Gefallen?" Ich klang wie ein tollwütiger Hund. Von wegen besonnen.

Clarissa hob verwundert die Brauen, was ich ihr kaum verübeln könnte. Ich wirkte auf sie bestimmt vollkommen durchgeknallt.

„Nichts, das mit Sex zu tun hätte." Der Ausdruck in ihrem Gesicht zeigte eine Mischung aus Abscheu, Ärger und Belustigung. „Verdammt, Jack! Denkst du wirklich, ich würde mich für euch prostituieren?"

Scheiße. Jetzt bloß nicht Falsches sagen!

„Der Gedanke allein bringt mich dazu, jemanden töten zu wollen." Hirn an Mund – hast du sie noch alle?

Sie starrte mich entgeistert an. Na prima. Mit dieser unüberlegten Äußerung hatte ich zugegeben, dass ich genau das gedacht hatte. Obendrein gestand ich damit ein, wie sehr mir dieser Gedanke missfiel, um es gelinde auszudrücken.

„Ich lasse das jetzt mal so stehen", sagte sie nach quälenden Sekunden.

Ja. Bitte.

„Auch wenn es nicht darum geht, mit Mark Graham zu schlafen oder mit sonst wem. Ich würde mich an ihn verkaufen. Auf andere Weise." Sie atmete geräuschvoll aus.

Ich hatte die Luft angehalten, also tat ich es ihr gleich.

Ich war ein Idiot, Clarissa schien es mir zu verzeihen.

„Was will er von dir?" Endlich hörte ich mich wieder an wie ein Mensch und nicht mehr wie ein Höhlenbewohner.

Ihr Schmunzeln ging in ein Seufzen über. „Er will einen Exklusivvertrag mit mir. Bevor ich das Management der Dynamites übernommen habe, stand ich vor der Kamera und habe mein Geld mit Modeln und Werbeauftritten verdient. Tragödien verkaufen sich gut, weißt du?"

Sollte heißen, dieser Kerl wollte Profit aus ihrer Geschichte schlagen. Aus ihrem Schmerz. Das würde ich nie im Leben zulassen!

„Das ist keine Option. Wir machen das Interview, wir gewinnen und bekommen den Deal mit Gavanor Industries", sagte ich entschieden.

Und wir zeigen der Welt, dass wir mehr sind als unsere Vergangenheit, fügte ich in Gedanken hinzu. Schloss damit alle ein, die mir am Herzen lagen, also auch Clarissa.

Ich hatte mit vielem gerechnet. Vielleicht, dass sie mir beherzt zunickte. Oder ebenso gut widersprach. Mich verrückt nannte, mir ein Lächeln schenkte, lachte. Dass der Erdball aufhörte zu rotieren. Doch Clarissa Clark überraschte mich mit ihrer Reaktion, und das nicht zum ersten Mal. Sie erhob sich vom Sprungblock, ergriff, ohne zu zögern, meine Hände und zog mich auf die Beine, sodass ich mit kaum einer Handbreit Luft zwischen uns vor ihr zum Stehen kam. Und dann schlang sie ihre Arme um mich.

Ich fühlte ihren flatternden Herzschlag in meinem Magen – vielleicht war es auch mein eigener –, die Hitze ihrer Wange an meinem Hals und ihren warmen Atem, der über mein Schlüsselbein strich.

Als wäre es das einzig Richtige auf der Welt, erwiderte ich ihre Umarmung, versank in der Nähe zu ihr.

Ich konnte nicht sagen, wie lange wir so dastanden. Irgendwann löste sie sich ein wenig von mir, und ich fing ihren Blick ein. Sah ihre leuchtenden Augen, die Tränen, die darin glitzerten, die Dankbarkeit und das Vertrauen, das mir entgegenstrahlte.

„Hat dir schon mal jemand gesagt, dass du wunderschön bist? Nicht die Frau auf den Covern und auch nicht das Mädchen mit den Schlittschuhen, sondern du."

Under pressure

Clary

Mein Herz stoppte für einen Schlag, nur um seine Arbeit in doppelter Geschwindigkeit fortzusetzen. Gleichzeitig erfasste mich Hitze, durchströmte mich und brachte jede Zelle in mir zum Summen. Ich hatte noch nie erlebt, dass Worte so etwas in mir auslösten. Sie konnten verletzen, ja, das Gefühl geben, zu fallen und hart auf dem Boden der Tatsachen aufzuschlagen, doch mir war bis zu diesem Augenblick nicht klar gewesen, dass sie einen auch fliegen lassen konnten.

Dabei waren meine Knie schon davor weich gewesen.

„Impulse stehen dir im Weg", hatte meine Trainerin zu mir gesagt. Damit hatte sie jene Impulse gemeint, die mich daran hinderten, einen bestimmten Sprung auszuführen oder etwas zu tun, das meiner Karriere nicht half. Ich war eine Meisterin darin geworden, Impulse zu vernachlässigen.

Aber diesen, der mich dazu veranlasst hatte, Jack in den Arm zu nehmen, hätte ich unmöglich aufhalten können.

Und es bahnte sich auch schon eine weitere Regung ihren Weg, stark und unvermeidbar.

Ich senkte die Lider und lehnte mich Jack entgegen, überzeugt davon, dass er es mir gleichtun würde, hörte ihn stockend Luft holen und spürte seinen Atem auf meinen Lippen. Ich war vollkommen verrückt, aber kaum etwas in meinem Leben hatte sich je so richtig, so notwendig angefühlt wie der Wunsch, Jack zu küssen.

Er rückte näher, verdrängte den letzten Rest Platz, der zwischen uns gewesen war, bis sich sein Körper fest gegen meinen presste. Das heiße, erwartungsvolle Flattern in meiner Magengrube nahm zu, dann vibrierte es an meinem Bauch. Nein, an seinem Oberschenkel. Sein Handy summte leise zwischen uns. Jack hielt inne, schien durchaus bereit, alle störenden Faktoren zu ignorieren, führte eine Hand anstatt in seine Hosentasche an meinen Hinterkopf und vergrub die Finger in meinen Haaren.

Sein Handy verstummte und meldete sich gleich darauf wieder.

Ein Knurren stieg seine Kehle hoch. Er schloss widerwillig die Augen und lehnte die Stirn an meine.

„Wenn das nicht wichtig ist …“, sagte er mit tiefer Stimme, löste sich nur so weit von mir, dass er zwischen uns greifen und sein Telefon aus der Hosentasche befreien konnte.

Offenbar war Jack nicht bereit, mich gänzlich loszulassen. Mir war es recht. Meine Selbstbeherrschung lief ohnehin nur noch auf Sparflamme. Das änderte sich schlagartig, als er das Gespräch entgegennahm. Er war mir nach wie vor so nah, dass ich Klays aufgeregte Stimme deutlich vernehmen konnte.

„Jack! Du musst herkommen! Drew dreht gerade völlig durch. Er demoliert das ganze Hotelzimmer.“ Ein lautes Krachen war vom anderen Ende der Leitung zu hören, weshalb Jacks Hand mit dem Smartphone darin von seinem Ohr wegzuckte.

„Bleibt, wo ihr seid. Ich komme." Er löste die Finger aus meinen Haaren und umfasste stattdessen meine Hand, um mich mit sich zum Ausgang der Schwimmhalle zu ziehen.

Heilige Scheiße. Was war geschehen, dass Drew derart die Fassung verlor?

Gemeinsam rannten wir den Weg zum Ostflügel, hörten bereits von Weitem Klirren und laute Stimmen.

Jack ließ meine Hand los und griff nach der Klinke.

„Bleib hier." Er öffnete die Tür, ohne anzuklopfen.

Das würde ich ganz bestimmt nicht tun. Wenn die Möglichkeit bestand, wollte ich helfen. Also ignorierte ich Jacks Aufforderung und betrat hinter ihm das Hotelzimmer. Es sah aus, als wäre ein Tornado hindurchgefegt. Zu meinen Füßen lag ein Handy, höchstwahrscheinlich Drews. Das Display bildete ein Gitternetz aus gesprungenem Glas. Die Kerbe in der Wand neben der Tür musste der Einschlagpunkt des Telefons gewesen sein. Überall im Zimmer verteilte sich Kleidung, dazwischen Scherben einer Vase und die kläglichen Überreste der Trockenblumen, die darin gewohnt hatten. Klay stand mit dem Rücken zur Wand uns gegenüber, eine Nachttischlampe in den Händen, die er vermutlich vor Drews Tobsuchtsanfall in Sicherheit bringen wollte. Drew selbst trat und schlug unerbittlich auf die Kommode ein. Er war dunkelrot im Gesicht, atmete laut schnaufend wie ein Stier in der Arena, gleichzeitig rannen ihm Tränen die Wangen hinab. Sein Anblick war schaurig, und ich überlegte, ob es nicht klüger gewesen wäre, draußen vor der zu Tür warten. Jack dagegen ließ sich von Drews Erscheinung nicht abschrecken. Mit wenigen Schritten war er bei ihm und versuchte, ihn davon abzubringen, weiter die Kommode zu demolieren.

„Geh weg, Jack! Verschwinde!", schrie Drew und schlug in Jacks Richtung, wenn auch deutlich halbherziger.

Jack redete mit ruhiger Stimme auf ihn ein, während ich zu Klay hinüberlief, der das Schauspiel wie angewurzelt beobachtete.

„Was ist mit ihm, Klay?", fragte ich.

Seine Antwort wurde von einem Krachen übertönt.

„Drew!" Jack packte Drew, diesmal bekam er seine Arme zu fassen, schaffte es aber kaum, ihn ruhig zu halten, da sich Drew mit Leibeskräften wehrte.

Ich war drauf und dran, Jack zu Hilfe zu eilen, Klay reagierte schneller. Er drückte mir die Nachttischlampe in die Hände und stürzte sich auf Drews Beine. „Mann, hör auf!"

Das würde nicht lange gut gehen. Ich musste mir schleunigst etwas einfallen lassen, um Drew aus seinem Wahn zu reißen, damit er nicht sich, Klay oder Jack verletzte.

„Ihr müsst ihn rausbringen!", rief ich.

Klay, der Drews strampelnde Beine so gut es ging umklammert hielt, sah mich an, als wäre ich diejenige, die den Verstand verloren hatte. Das hielt mich nicht davon ab, meinen Plan in die Tat umzusetzen.

Ich lief zur Tür und öffnete sie, so weit es ging. „Los!"

Tatsächlich packte Jack Drew fester unter den Armen und hievte ihn hoch. Klay zog notgedrungen mit. Drew war davon so überrascht, dass seine Gegenwehr nachließ, sodass sie ihn unbeschadet hinaus auf den Flur manövrieren konnten. Leider hielt dieser Zustand nicht lange an.

„Nein! Lasst mich!", brüllte er und wand sich heftiger denn je.

„Hier rüber!" Ich deutete zum Notausgang am Ende des Korridors, eilte voraus und stemmte mich mit dem vollen Gewicht gegen den breiten Türriegel.

Das schmatzende Geräusch und die hereinströmende kalte Luft begleiteten meine Anstrengungen. Ein Ächzen drang aus meinem Mund, und meine Muskeln rebellierten, aber ich drückte und schob so lange weiter, bis die Tür offen war und sich Jack mit dem Rücken voran an mir vorbei ins Freie drängte. Der Fluchtweg führte direkt an den Rand der Piste. Schnee knirschte unter meinen nackten Fußsohlen. Die Kälte spürte ich bei all der Aufregung kaum.

„Da! Das sollte ihn abkühlen." Ich packte Drews Arm und zog alle drei mit mir zu einer nahe gelegenen Schneewechte.

„Lasst mich endlich los!", brüllte Drew.

Jack und Klay waren nur allzu bereit, ihm diesen Wunsch zu erfüllen, und warfen ihn in den angewehten Schneehaufen. Schreiend versank er darin, keuchte, ob vor Überraschung oder wegen der plötzlichen Kälte, konnte ich schwer sagen, doch es wirkte. Er hörte auf, um sich zu schlagen und auszutreten.

„Clary!"

Der Ruf kam von einiger Entfernung, und es dauerte einen Moment, bis ich seinen Ursprung ausmachen konnte. Vor allem deshalb, weil dieser Ursprung in engen Kurven und in halsbrecherischem Tempo die Piste hinab auf uns zuraste. Während Klay zu einem

Hechtsprung ansetzte und sich Jack vor mich warf, ja, sogar Anstalten machte, mich zur Seite zu schieben, wusste ich, dass uns keinerlei Gefahr drohte. Thia, Onkel Cams Assistentin, fuhr einen größeren Bogen, als sie uns fast erreicht hatte, und stellte dann die Skier quer. In einer Wolke aus aufgewirbeltem Schnee kam sie vor uns zum Stehen.

„Was macht ihr denn hier draußen?", wollte sie wissen, nachdem sie sich die verspiegelte Skibrille vom Gesicht gezogen hatte.

„Drew hatte einen mittelschweren Ausraster." Ich zeigte auf die Schneewechte und bemerkte, dass Drew nicht mehr wütete, dafür heillos zitterte.

O nein! Was war denn jetzt mit ihm los?

Thia schnallte die Skier ab und ging zu ihm. Wir folgten ihr. Jack kniete vor ihm nieder und versuchte vergebens, Drew dazu zu bringen, aufzustehen oder sich wenigstens aufzusetzen. Er reagierte nicht auf Ansprache, und seine Kleidung war mittlerweile dunkel vom geschmolzenen Schnee. Wir mussten ihn schleunigst wieder ins Warme bringen. Und ein Besuch bei Anna schien mir angebracht.

„Du sagst, er hat sich vorher aufgeregt?" Thias Blick pendelte zwischen Drews mittlerweile leichenblassem Gesicht und mir hin und her.

„Das ist die Untertreibung des Jahres", antwortete Klay an meiner Stelle.

Thia verzog den Mund und schien angestrengt nachzudenken.

„Zieh ihn hier rüber." Sie unterbrach Jacks Versuche, Drew endlich auf die Beine zu bringen, und packte ihn am Arm. „Na los! Wir müssen ihn dort hinlegen." Sie klang auf einmal alarmiert.

„Komm, Kumpel."

Gemeinsam mit Jack zog sie ihn aus der Schneewechte.

Was sie dann tat, hätte ich mir in meinen wildesten Träumen nicht ausmalen können. Thia sah Drew erst mit Bedacht an und legte sich dann der Länge nach auf ihn. Drew zitterte so heftig, dass auch Thia durchgerüttelt wurde. Wir starrten sie verblüfft an.

„Es reicht nicht", murmelte sie und lauter: „Helft mir, er braucht mehr Druck!" Sie rutschte von Drew herunter, der komplett weggetreten war und gleichzeitig immer heftiger zitterte, nur um sich erneut auf ihn zu legen, diesmal quer auf seine Körpermitte. „Los! Beeilt euch, oder wir brauchen demnächst den Heli!"

Das war mein Stichwort. Auf den Helikopter konnte ich verzichten. Abgesehen davon machte mir Drews Zustand allmählich wirklich Sorgen. Ich legte mich neben Thia auf seine Beine, die sich genauso kalt anfühlten wie der Schnee unter uns. Auch Jack zögerte nicht länger und deckte Drews Brustkorb ab.

„Hol Doktor Callahan. Wenn es vorbei ist, sollte er möglichst schnell wieder aufgewärmt werden", richtete sich Thia an Klay.

Er blinzelte verstört – kein Wunder bei dem, was wir hier veranstalteten –, befolgte aber umgehend ihre Anweisung und rannte zum Hoteleingang.

Ein Teil von mir war noch in der Schwimmhalle und wollte nichts lieber, als Jack zu küssen, doch der Großteil meines Verstands produzierte eine Frage nach der anderen, und die drehten sich alle um Drew und Thia.

Was, zur Hölle, war in ihn gefahren? Und was war jetzt mit ihm los? Dass sein Zittern nicht allein der Kälte geschuldet sein konnte, war mir klar. Es musste eine Art Schock sein, in den er geschlittert war. Thias Manöver zeigte allmählich Wirkung, und ich wollte unbedingt wissen, was das Wir-legen-uns-einfach-mal-auf-ihn genau sollte und woher sie das alles wusste.

„Warum machen wir das?"

„Großflächiger, tiefer Druck hat einen beruhigenden Effekt auf das Nervensystem. Deshalb wird zum Beispiel Schlachtvieh dicht gedrängt zum Schlachten geführt, weil sich die Tiere dann durch den Druck gegenseitig beruhigen", erklärte Thia mit einem Schulterzucken.

„Danke für den überaus charmanten Vergleich." Drews Beine unter mir regten sich.

Ich rappelte mich hoch, ebenso wie Jack. Drew klang erschöpft und völlig fertig mit der Welt.

„Bist du dir sicher, dass es wieder geht?", fragte Thia und ließ ihrerseits von Drew ab.

Mehr als ein knappes Nicken war ihm nicht zu entlocken. Er war blasser denn je.

„Ab ins Warme mit dir", sagte Jack und wandte sich zu mir um, bevor er Drew aufhalf. Dieser unnachahmlich intensive Blick ließ die Erinnerung an das, bei dem wir vorhin unterbrochen worden waren, wieder in mir aufflammen und brachte meine Wangen zum Glühen.

„Da tun sich Abgründe auf, Miss Clark", sagte Thia, als wir allein waren.

Ich hätte mich durchaus dumm stellen und fragen können, wie sie das meinte, aber ich kannte Thia gut genug, um zu wissen, dass das wenig aussichtsreich war. Schon des Öfteren hatte sie ein treffsicheres Gespür bewiesen, wer mit wem, na ja.

„Allerdings. So wie es aussieht, bist du die Heldin des Tages", erwiderte ich lässig.

Thia zwinkerte mir zu und machte eine wegwerfende Handbewegung. „Zur rechten Zeit am rechten Ort zu sein, ist eines meiner versteckten Talente."

„Anscheinend", stimmte ich ihr lachend zu.

***

Etwas war anders zwischen Jack und mir. Seit unserem Beinahekuss vor ein paar Tagen war es mir unmöglich, ihn länger als gefühlte drei Sekunden aus meinem Geist zu verbannen. Jedes Mal, wenn wir uns begegneten, sprühten Funken, und ich sehnte mich zurück in die Schwimmhalle, um dort weiterzumachen, wo wir aufgehört hatten.

Ebenso oft fragte ich mich, ob es Jack genauso ging oder ob ich mir dieses Knistern zwischen uns nur einbildete. Dann rief ich mir seine Worte ins Gedächtnis, und ein Prickeln kroch meinen Leib hoch wie Eiskristalle, die sich über eine Fensterscheibe zogen. Es brauchte nur einen Blick von ihm und ich fühlte mich vollkommen außer Gefecht gesetzt. Mein Mund wurde trocken, und es fiel mir schwer, einen klaren Gedanken zu fassen. Wie machte er das nur? Und was die weitaus wichtigere Frage war: Was musste ich tun, damit es aufhörte? Ich war nicht mehr Herrin meiner Sinne, und das durfte einfach nicht sein. Es durfte nicht sein, das Etwas mit Jack. Er war mein Klient, und ich hatte mich professionell zu verhalten. Ich durfte nicht träumen, wenn ich an ihn dachte, oder dahinschmelzen, wenn ich ihn ansah. Nein, ich musste mich zusammenreißen und mich auf die wesentlichen Dinge konzentrieren. Wie beispielsweise auf das Interview mit Lee Chen, das ich organisieren musste.

„Das wird schwierig", teilte sie mir in eben jenem Moment mit und tippte sich mit dem Ende ihres Touchpens gegen die beige getünchten Lippen. „Wir benötigen mindestens drei Stunden pro Interviewpartner. Am besten wäre vormittags, da sind noch alle frisch und munter."

Drei Stunden! Halleluja, das würden mir die Jungs nie im Leben verzeihen.

„Vormittags trainieren sie", erwiderte ich in dem Bestreben, mir mein Unbehagen nicht anmerken zu lassen. Ein Ding der Unmöglichkeit bei einem Gegenüber, das Journalismus studiert hatte. Reporter waren genauso gut wie Therapeuten darin zu merken, wenn einem eine Situation unangenehm war.

„Nachmittag? Später Abend?", schlug sie vor.

„Da trainieren sie auch."

Lee löste den Blick von ihrem Tablet und fixierte mich mit ihren jadegrünen Katzenaugen. Sie fühlte sich eindeutig von mir verascht.

„Mittagessen. Eine Stunde pro Spieler. Mehr ist nicht drin. Den Dynamites steht ein wichtiges Spiel bevor."

Sie verengte die Augen und sah drein, als würde sie mich jeden Augenblick mit ihrem Touchpen erdolchen. „Schön. Wir starten mit den ersten vier Interviews übernächste Woche, die anderen drei in der darauffolgenden. Der Artikel erscheint dann etwa drei Wochen später."

Hatte ich mich gerade verhört oder sprach sie von sieben Interviewterminen?

Nun war es an mir, die Augen zu verengen. „Das Team hat sechs neue Spieler.“

„Ja. Und eine neue Managerin. Mit einem sehr beeindruckenden Werdegang.“

Wie, zum Teufel, kam sie darauf, dass ich mit von der Partie war?

Offenbar konnte Lee Gedanken lesen. Oder mein Reh-vor-dem-Scheinwerfer-Gesicht, das ich zweifelsohne zur Schau trug, ließ sie die richtigen Schlüsse ziehen.

Sie grinste siegessicher. „Lauren war der Meinung, du würdest nicht begeistert von der Idee sein, es aber trotzdem tun.“

Ach, würde ich das?

„Du gehörst zum Deal. Wie sollte ich diesen Artikel schreiben, ohne dass du darin einen Platz bekommst?“

Anders ausgedrückt: mit mir oder gar nicht. Lee war zwar höflich genug, mir das Messer nicht an den Hals zu setzen, in der Hand hielt sie es allerdings längst, und ich stand mit dem Rücken zur Wand.

Tja, Clary, karma is a bitch, sagte ich mir selbst. Warum sollte ich das, was ich Jack und den anderen aufbürdete, nicht auch selbst erleiden? Auf eine äußerst schicksalshafte Weise erschien mir das nur fair.

„Du wirst nicht viel Zeit für mein Interview einplanen müssen. Immerhin benötigt es nur gute Recherche. Du findest alle Details zu meiner tragischen Vergangenheit breitgetreten und ausgeschlachtet im Internet.“ Ich schaffte es zwar, gute Miene zum bösen Spiel zu machen und den Kopf erhoben zu halten, doch den

Zynismus konnte ich nicht aus meiner Stimme verbannen.

„Ausschlachten und breittreten? Das ist nicht mein Stil", sagte Lee pikiert.

Na, wenn das mal keine Überraschung war.

„Ich bin gespannt." Nun war es mehr die Herausforderung, die aus mir sprach.

„Und ich erst."

Jack

Finch hatte sich auf den Weg in die Küche gemacht, in der Hoffnung, dort einen letzten Snack vor dem Zubettgehen abstauben zu können. Offenbar hatte er sich mit der Küchenchefin höchstpersönlich angefreundet, was die Sandwiches und Teilchen bestätigten, die er gestern und den Abend davor mit aufs Zimmer gebrachte hatte.

Ich nutzte seine Abwesenheit, um mit Mom und Nonna zu telefonieren, ausgiebig zu duschen und die letzten Tage Revue passieren zu lassen. Na gut, um ehrlich zu sein, spielte dabei Clarissa Clark die Hauptrolle.

Während ich mir die Haare mit einem Handtuch trocken rieb und es tunlichst vermied, allzu bildhaft über unsere letzte Begegnung in der Schwimmhalle nachzudenken, klopfte es an der Tür.

Finch konnte es nicht sein, denn der würde mit vollen Händen eher gegen die Tür treten. Mit der einen Hand rubbelte ich weiter das Handtuch über meine Haare, mit der anderen öffnete ich die Tür. Obwohl mehr als die Hälfte meines Sichtfelds von eisblauem Frottee verdeckt war, wusste ich sofort, wer da stand. Diese Beine hätte ich unter Hunderten erkannt.

„Hey."

Ich zog das Handtuch vom Kopf und registrierte, dass Clarissas Blick von meinen feuchten Haaren hinab über meinen nackten Brustkorb glitt, am Bund meiner Jogginghose hängen blieb und nur äußerst träge wieder den Weg zu meinem Gesicht fand. Mir wurde schlagartig heiß. Von ihr auf diese Weise betrachtet zu werden, schürte lodernde Begierde in mir und katapultierte mich zurück zu dem Moment, in dem ich kurz davor gewesen war, sie zu küssen.

Mein trockener Mund tat sich schwer, eine Begrüßung hervorzubringen. Ich ließ Clarissa ein und warf das Handtuch über die Lehne des Polsterstuhls. Dann trat ich zur Kommode und holte ein Shirt daraus hervor. Es hatte mir in meinem Leben noch nie so widerstrebt mich anzuziehen. Viel lieber hätte ich alles abgelegt, was ich am Leib trug, und mich direkt auf unsere Agentin gestürzt. Aber das Gebot der Stunde lautete, vernünftig zu bleiben.

„Warte", erklang es hinter mir.

Diese fünf Buchstaben führten dazu, dass sich die Hitze in mir exponentiell ausbreitete. Ich stand mit dem Rücken zu ihr, das Shirt in der Hand, kurz davor, jegliche Vernunft über Bord zu werfen.

Clarissa räusperte sich. „Ich meine, du musst nicht ... Ich bin nur hergekommen, um ..."

Ich wandte mich ihr zu. Sie schüttelte den Kopf, vermutlich über sich selbst, und lächelte schwach. Im krassen Gegensatz dazu der brennende Blick, mit dem sie mich bedachte. Es ging ihr wie mir, das fühlte ich überdeutlich. Ebenso wie ich wollte sie ...

„Drew war in den letzten Tagen ziemlich unkonzentriert auf dem Eis. Den gleichen Eindruck hatte Paxton bei euren Mannschaftstrainings. Ich mache mir Sorgen um ihn. Vielleicht sollten wir die Interviews absagen. Der Zeitpunkt ...“

„Nein. Drew schafft das. Er braucht nur etwas Zeit, aber er wird es verkraften und bald wieder in Topform spielen, glaub mir.“

Ja, Drew war völlig ausgetickt, als er das Foto von Camille mit einem anderen Typen auf ihrem Insta-Profil entdeckt hatte. Und ja, er zeigte deutlich weniger Biss auf dem Eis. Doch Ty hatte mir versichert, dass er sich um Drew kümmern würde, und ich wusste, dass ich mich in dieser Hinsicht auf ihn verlassen konnte.

„Alles klar. Also starten wir wie geplant morgen Mittag mit den Interviews“, erwiderte sie. „Dann lasse ich dich auch schon wieder in Ruhe.“

Ich wollte nicht, dass sie ging.

Zum ersten Mal seit Drews Ausraster war ich mit ihr allein, und alles in mir verlangte danach, diese Gelegenheit nicht ungenutzt verstreichen zu lassen.

„Ich will noch etwas anderes mit dir besprechen.“ Ich hatte keinen Schimmer, was ich als Nächstes sagen sollte. Nach meinem Mund machten sich auch meine Beine selbstständig und trugen mich näher zu Clarissa.

Sie hob den Kopf, um mir weiterhin ins Gesicht sehen zu können, und ihre Lippen öffneten sich.

„Was willst du mit mir“, sie schluckte, „besprechen?“

Scheiß drauf!

Ich streckte die Arme nach ihr aus, legte eine Hand auf ihren Rücken und zog sie zu mir, die andere vergrub ich in ihrem Haar. Unser Atem vermischte sich, der Druck ihres Körpers an meinem jagte Blitze durch mich hindurch.

„Ist das nicht offensichtlich?" Meine Stimme war kaum mehr als ein Flüstern.

„Wir sollten das nicht tun", sagte Clarissa stockend und schmiegte sich gleichzeitig noch enger an mich.

Es war anzunehmen, dass sie recht hatte, doch mein gesunder Menschenverstand hatte sich längst verabschiedet. An seiner statt beherrschte mich nur noch eines: Verlangen.

Meine Lippen strichen über ihre, gefolgt von meiner Zunge. Sie öffnete den Mund für mich, dann konnte mich nichts mehr halten.

Mein Griff verstärkte sich, ebenso wie der Druck meiner Lippen auf ihren. Ein heiserer Laut entfuhr Clary, ihre Hände fuhren meinen Bauch hinauf, über meine Brust, meine Schultern. Die Spur ihrer Fingerspitzen brannte sich förmlich in meine Haut und ließ mich aufstöhnen.

Ich zerrte an ihrem Shirt, als ein dumpfes Poltern von irgendwoher ertönte. Meine Lippen lösten sich von ihren, ich war jedoch nicht bereit, sie loszulassen. Ich atmete schwer, ebenso wie Clary. Erneut polterte es, diesmal wusste ich sofort, woher das Geräusch rührte. Die Tür.

„Jack, machst du mir mal auf? Ich hab die Hände voll." Finch war zurück von seinem Beutezug.

Ein grollendes „Nein" entfuhr mir, woraufhin Clarissa in meinen Armen leise kicherte.

„Was? Jack, hörst du mich?", kam es von der anderen Seite der Tür.

Ich wollte Finch einfach ausblenden und sie weiterküssen, aber unser viel zu kurzer Abstecher ins Paradies war beendet.

Ein letztes Mal legte ich die Lippen auf ihre, diesmal sanfter, wenn auch nicht weniger drängend. Als ich sie freigab, traf mich ihr Blick wie ein Eimer kaltes Wasser. Ich konnte Clarissa ansehen, dass sie es ebenso gewollt hatte wie ich, gleichzeitig wirkte sie wütend.

„Wir hätten das nicht tun dürfen. Es macht alles nur komplizierter."

Ja, sie war eindeutig wütend. Ob auf mich in persona, auf die Situation im Allgemeinen oder vielleicht sogar auf Finch, konnte ich schwer sagen. Doch das tat nichts zur Sache. Okay, es war sicher nicht ideal, wenn wir etwas miteinander anfingen, aber sie hatte so abweisend, so endgültig geklungen, dass sich mir der Magen umdrehte. War sie wirklich bereit, das, was zwischen uns entstand, beiseitezuschieben, nur weil es kompliziert werden könnte?

„Jack!"

Finchs flehender Ruf brachte Clarissa dazu, sich in Bewegung zu setzen. Auf dem Weg zur Tür zog sie ihr Shirt nach unten und fuhr sich durchs Haar, in dem erfolglosen Versuch, es halbwegs in Ordnung zu bringen.

Bevor ich einschreiten konnte, drückte sie den Türgriff nach unten und ließ Finch herein.

Wie vermutet war er vollbepackt mit Essen.

„Du errätst nie, was Betty mir diesmal mitgegeben hat! Diese kleinen braunen ..." Er hielt mitten im Satz inne, als er Clarissa bemerkte. „Oh, hi, Clary. Du musst diese Brötchen probieren. Die sind unglaublich.“

Das einzig Unglaubliche hier war, dass Finch offenbar wenig überrascht davon war, unsere Managerin im Zimmer anzutreffen.

„Ein andermal, Sam. Ich habe noch etwas zu erledigen.“ Damit war sie auf und davon.

„Bye, Clary!“, rief Finch ihr hinterher, schloss die Tür mit dem Fuß und balancierte das Essen bis zum Tisch, wo er es vorsichtig ablegte. „Mann, tut mir echt leid, dass ich euch unterbrochen habe.“ Er grinste breit.

Clary

Ich hechtete vollkommen kopflos aus dem Zimmer, vernebelt von dem, was Jack und ich eben angestellt hatten, erschrocken von Sams Auftauchen und heillos verwirrt. Sobald die Tür hinter mir ins Schloss fiel, blieb ich abrupt stehen und lehnte mich gegen die Wand. Das war auch dringend nötig, denn meine Beine fühlten sich an wie Wackelpudding. In mir herrschte Chaos. Noch nie in meinem Leben hatte ich etwas derart Intensives erlebt. Und das sollte etwas heißen! Das lag maßgeblich daran, dass sich das mit Jack mit nichts in meiner Vergangenheit vergleichen ließ. Meine Finger legten sich unwillkürlich auf meine Lippen, die immer noch heiß von unserem Kuss waren. Einen winzigen Augenblick erlaubte ich mir, dieses unglaubliche Gefühl auszukosten, und grinste wie eine komplette Vollidiotin vor mich hin. Gleichzeitig schrie mich der wohl einzig vernünftige Teil meiner Selbst lauthals an, wie dumm ich gewesen war, wie unüberlegt ich gehandelt hatte. Schon wieder. Nach unserem Beinahekuss in der Schwimmhalle hatte ich mir nämlich geschworen, es nicht weiter kommen zu lassen. Stark zu bleiben. Meine Gefühle auszublenden. Erfolglos.

Meine Hand sank hinab, und an die Stelle des wahnwitzigen Hochgefühls trat die Erkenntnis, dass sich das nicht wiederholen würde. Nicht wiederholen durfte!

Ich setzte mich in Bewegung und entdeckte Hudson am Ende des Flurs. Der letzte Rest Hitze in mir verpuffte, und das Blut in meinen Adern gefror blitzartig zu Eis. Wie lange stand er da schon? Hatte er gesehen, wie ich aus Jacks Zimmer gekommen war?

Ich bemühte mich redlich, alles, was in mir vorging, tief in mir einzuschließen, straffte die Schultern und ging auf ihn zu. Er grinste hämisch, in seinen Augen lag blanker Zorn. Da hatte ich meine Antworten.

„Du hast also mit mir Schluss gemacht, nur um es dann mit einem dieser Loser zu treiben, was? Oder vielleicht sogar mit mehr als einem?" Er klang ruhig, ja, richtig abgebrüht, aber es war ihm deutlich anzumerken, dass er innerlich tobte.

Der neutrale Gesichtsausdruck, den ich mit all meiner Anstrengung aufgesetzt hatte, verrutschte.

„Mach dich nicht lächerlich." Ich hörte mich leider wesentlich weniger ruhig an.

Hudson gab sein falsches Grinsen auf.

„Die Einzige, die sich hier lächerlich macht, bist du, Clarissa!" Er trat dicht vor mich und packte mich an den Schultern, fest, viel zu fest.

Ich war drauf und dran, ihn zu ohrfeigen, da lehnte er sich zu mir. Die plötzliche Nähe ließ mich den Atem anhalten.

„Glaubst du wirklich, ich werde einfach hinnehmen, dass er mir das Team wegnimmt und meine Freundin vögelt?"

Das war genug! Ich entwand mich Hudsons Griff und stieß ihm mit voller Wucht die Handballen gegen die Brust, damit er endlich von mir abrückte.

„Du kannst dir deine Drohungen in den Arsch schieben, Hudson!" Ich drängte mich an ihm vorbei.

„Ihr werdet noch sehen, was ihr davon habt!", rief er mir hinterher und lachte.

Sein Lachen kroch mir unter die Haut. Wäre es mir nicht schon davor bewusst gewesen, dann spätestens jetzt: Jack und ich hatten keine Zukunft. Wenn ich mich auf ihn einließ, würde das für uns und das Team in einem Desaster enden.

***

Meine Stimmung war auf dem Tiefpunkt. Ich hatte unterirdisch schlecht geschlafen. Genauer gesagt, hatte meine Nacht überaus schizophrene Tendenzen gezeigt. Heiße Träume, in denen Jack mich küsste, mich berührte, hatten sich mit Wachphasen der geistigen Selbstgeißelung abgewechselt.

Das, die Interviews und das langsam, aber sicher näher rückende Spiel, von dem der Deal mit Gavanor Industries abhing, hatte mich wertvollen Schlaf gekostet. Obendrein plagten mich Schmerzen. Obwohl ich mir regelmäßig Annas Wunderinjektionen abholte, forderten die Stunden auf dem Eis ihren Tribut.

Meine einzige Rettung war eine große Tasse Kaffee.

Ich wählte auf dem Display des Automaten das lebenserhaltende Brühprogramm aus, lauschte dem vertrauten Surren des Mahlwerks und verfolgte, wie sich der doppelte Espresso in zwei dünnen Rinnsalen aus der Maschine in meine Tasse ergoss. Als sie endlich fertig war, nahm ich die Tasse an mich und nippte daran, obwohl der Kaffee noch zu heiß war. Egal. Das einströmende Koffein war mir die verbrannte Zunge wert.

Viel zu früh, sollte heißen, dass der Kaffee bis dahin nicht annähernd eine Chance gehabt hatte, seine Wirkung zu entfalten, sah ich mich den Jungs aus Missoula gegenüber. Und damit Jack. Mein Magen machte einen Satz, und sofort flammte das Verlangen in mir auf, ihm nahe zu sein. Wie hatte ich nur hoffen können, es wäre anders? Oder wenigstens nicht so intensiv. Das Knistern, das die Luft zwischen uns erfüllte, war tausendmal aufputschender als der mickrige Espresso in meiner Hand. Mit einem Mal war ich hellwach, und meine Nerven waren zum Zerreißen gespannt.

Ich war so was von in Schwierigkeiten.

„Guten Morgen." Sam grinste mich an, wie nur er es konnte. Offen, freundlich und vollkommen unbedarft. Und das obwohl er gestern mit an Sicherheit grenzender Wahrscheinlichkeit seine Schlüsse aus der Szene in Jacks Hotelzimmer gezogen hatte.

Dankbarkeit und angenehm unkomplizierte Zuneigung erfasste mich und half mir dabei, einen kühlen Kopf zurückzugewinnen.

„Guten Morgen, Sam" erwiderte ich und ließ mich von ihm in ein unverfängliches Gespräch über Betty, die Küchenchefin des Centers, und ihre Kochkünste verwickeln.

Durch Sams Plauderei überstand ich das Frühstück, sogar Hudsons Auftauchen und seine messerscharfen, vielsagenden Blicke konnten mir wenig anhaben. Im Anschluss verabschiedeten sich die Jungs zum Training, und ich machte mich auf zu Anna. Vielleicht hatte sie ja auch eine Spritze in petto, die die Libido blockierte oder etwas ähnlich Hilfreiches, damit ich die Sache mit Jack ein für alle Mal ad acta legen konnte.

Anstatt mir einen solchen Dienst zu erweisen, überraschte Anna mich mit einem ganz anderen Problem.

Ich hatte ihr schon beim Betreten des Behandlungsraums angesehen, dass etwas nicht stimmte. Sie wirkte müde und besorgt, als hätten sie ebenso wie mich belastende Gedanken wach gehalten.

„Clary, da ist etwas, das ich mit dir besprechen muss", setzte sie an und hielt kopfschüttelnd inne. „Eigentlich darf ich es dir nicht sagen, aber ich sehe keine andere Möglichkeit, obwohl ich dadurch meine Approbation riskiere."

Wieder schwieg sie einen Moment, schien mit sich zu kämpfen. Was, zur Hölle, war denn los, das die souveräne Dr. Callahan dermaßen aus der Ruhe brachte?

Sie seufzte schwer.

„Aber ich habe geschworen, den Menschen zu helfen, auch wenn sich manche nicht helfen lassen wollen." Nun blitzte Ärger in ihren stahlgrauen Augen auf, und der Zug um ihren Mund wurde hart.

Noch immer hatte ich keine Ahnung, wovon sie sprach, und um ehrlich zu sein, hätte ich gut und gerne darauf verzichtet. Ich hatte weiß Gott genug um die Ohren.

„Es geht um einen der neuen Spieler. Mir ist von Anfang an etwas eigenartig an ihm vorgekommen.“

„Was genau meinst du damit?“, fragte ich sofort. Eigenartig war keine besonders präzise Zustandsanalyse für eine studierte Medizinerin.

Wieder seufzte Anna, am liebsten hätte ich es ihr gleichgetan.

„Die Angaben, die er zu seinem Gesundheitszustand gemacht hat, passen nicht ...“ Sie unterbrach sich selbst, suchte nach den richtigen Worten. „Sie passen nicht mit dem physischen Eindruck zusammen, den ich von ihm gewinnen konnte.“

Sie sah zur Seite, und eine zarte Röte nahm ihre Wangen in Besitz.

Ich musste ihr beipflichten. Die Sache war eigenartig. Allerdings nicht wegen dem, was sie sagte, sondern vielmehr wegen ihres Verhaltens.

„Und wie ist dein Eindruck?“

Anstatt die Frage zu beantworten, ging sie zu ihrem Schreibtisch und holte eine braune, unbeschriftete Akte. Mit Grabesmiene schlug Anna die erste Seite auf und reichte sie mir.

„Das sind Unterlagen aus dem Community Medical Center, die mir auf meine Anfrage hin übersandt wurden“, gestand sie.

Wow. Anna hatte sich auf Spurensuche begeben und offenbar alle Krankenhäuser in Missoula durchtelefoniert.

Mir war, als hielte ich die Büchse der Pandora in Händen. Ich stellte fest, dass jemand, vermutlich Anna selbst, den Namen des betreffenden Patienten geschwärzt hatte. Bestimmt durfte sie mir den Zugang zu diesen sensiblen Informationen nicht ermöglichen. Das Datum des Befunds verriet mir, dass er vor etlichen Jahren verfasst worden war. Mit dem Rest des Inhalts konnte ich wenig anfangen. Hauptsächlich medizinische Begriffe, die mir allesamt nichts sagten. Fragend sah ich zu Anna auf.

„Er hatte Knochenkrebs. Die Diagnose erhielt er, als er neun Jahre alt war. Es folgten Bestrahlungen, Chemotherapien, Operationen", erklärte sie und griff nach der Akte, um sie durchzublättern.

Ich war vollkommen geplättet von dieser Nachricht.

„Grundsätzlich war die Behandlung im Alter von sechzehn Jahren abgeschlossen."

Grundsätzlich? Das klang nach einem gewaltigen Aber!

„Aber es gibt nur zwei dokumentierte Kontrolluntersuchungen nach dieser Zeit. In der Krankengeschichte ist vermerkt, dass der Patient die Nachsorge laut eigener Angabe in einem anderen Krankenhaus durchführen wird."

„Lass mich raten, das hat er nicht."

Anna schüttelte den Kopf. „Ich denke nicht. Es gibt keine Dokumentationen zu ihm in einem der anderen Krankenhäuser in der Gegend."

„Wenn die Behandlung abgeschlossen wurde, war er dann nicht geheilt?" Ich hatte keine Ahnung von Krebs, trotzdem erschien mir Annas Sorge unlogisch.

„Ja und nein. Man macht diese Kontrollen aus gutem Grund. So kann ein Rezidiv schnell erkannt werden.“

Mittlerweile lagen meine Nerven blank.

„Könntest du bitte auf die Verwendung von Fachausdrücken verzichten?“, bat ich sie gereizt.

„Der Krebs kann wiederkommen.“

Aha. Mein erster Gedanke war, bitte lass da unter den geschwärzten Stellen nicht den Namen Jackson Rozsa stehen.

Ich schluckte schwer und verstand mit einem Mal den vollen Umfang von Annas Besorgnis.

Wer immer es war, er hatte den Großteil seiner Kindheit im Krankenhaus verbracht und mit Sicherheit Schreckliches durchgemacht.

„Ich habe ihn herbestellt, um mit ihm darüber zu sprechen, aber ...“

In diesem Moment klopfte es an der Tür. Nein! Hatte sie ihn tatsächlich herbestellt? Sie stieß mich gerade, ohne lange zu fackeln, ins kalte Wasser.

„Es ist wichtig, bitte versteh das.“ Anna sah mich flehentlich an, gleichzeitig wirkte sie wild entschlossen, die Wahrheit ans Licht zu bringen.

Mir blieb keine Zeit, mich auf das vorzubereiten, was gleich geschehen würde, da sagte Anna auch schon „Herein“, und die Türklinke senkte sich.

Jacks Gesicht erschien im Türrahmen. Nein, das durfte nicht wahr sein! Die Schmetterlinge in meinem Bauch, die ich so verflucht hatte, verwandelten sich schlagartig in Steine.

Speak up

Jack

Überraschenderweise war Dr. Callahan nicht allein. Clarissas bleiche Wangen und das sichtliche Entsetzen in ihrem Gesicht entfesselten einen Orkan an Gefühlen und Gedanken in mir.

Was war geschehen?

„Danke, dass Sie hergekommen sind, Mister Rozsa", sagte die Ärztin und wechselte einen Blick mit Clarissa.

„Jack", erwiderte ich. Was immer gleich folgen würde, ich wollte mich nicht mit Höflichkeiten aufhalten.

Dr. Callaghan nickte.

„Jack, ich habe dich und Clary hergebeten, weil ich eure Hilfe brauche", begann sie.

Clarissa gab einen erstickten Laut von sich.

„Dann ist er es nicht?" Sie klang erleichtert und besorgt zugleich, was meine eigene Unruhe vergrößerte. Langsam hatte ich eine vage Vermutung, wohin die Reise ging, und mein Puls beschleunigte sich.

„Nein", bestätigte Dr. Callahan, woraufhin Clarissa hörbar ausatmete.

Wenn ich mit meiner Vermutung richtig lag, steckten wir in ziemlich großen Schwierigkeiten, und diese verdammte Ärztin hatte nicht davor zurückgeschreckt, Clarissa in die Sache mit hineinzuziehen.

„Und wie soll diese Hilfe genau aussehen?" Es fiel mir zunehmend schwerer, meine Gelassenheit aufrechtzuerhalten, die ich nach außen zeigte.

„Einer deiner Freunde hat falsche Angaben zu seinem Gesundheitszustand gemacht", erklärte sie.

Mittlerweile war ich mir sicher, dass sie von Ty sprach. Ich hatte ihm von vorneherein gesagt, dass es kein gutes Ende nehmen würde, wenn er seine Erkrankung verschwieg.

Trotzdem bemühte ich mich, meine Antwort unverfänglich zu halten, für den unwahrscheinlichen Fall, dass es doch um etwas anderes ging. „Es bleibt jedem selbst überlassen, welche Angaben er macht."

„Nicht wenn es Auswirkungen auf seine Gesundheit hat und auf das Team", hielt Dr. Callahan dagegen. Sie konnte ihren Zorn nur schwer im Zaum halten.

Eines musste ich ihr lassen, sie nahm ihren Job verflucht ernst. Allerdings verstand ich nicht, was sie damit meinte.

„Meine Jungs sind alle fit", sagte ich überzeugt.

„Entweder du verstehst nicht, wie wichtig das ist, oder du hast keine Ahnung, worum es geht." Sie reichte mir eine Akte.

Oh, wie ich es hasste, recht zu haben. Ich blätterte durch die Befunde, und auch ohne den Namen des Patienten, zu dem sie gehörten, wusste ich, dass sie die schwärzeste Zeit in Tys Leben dokumentierten.

„Dann hat er es eben verschwiegen. Aber es geht ihm jetzt gut. Er ist gesund und ..."

„Das können wir nicht mit Sicherheit wissen", unterbrach Dr. Callahan mich. „Ich fürchte, er hat einiges verschwiegen."

Was, zum Teufel, sollte das bedeuten?

„Er", sagte sie betont, was mich annehmen ließ, dass Dr. Callahan ihr nicht verraten hatte, um wen es aus dem Team ging, „war seit Jahren nicht mehr bei den Nachuntersuchungen."

Was? Das konnte nicht sein. Wir stießen doch jedes Jahr, wenn er seinen Scan hinter sich hatte, gemeinsam an. Sie musste sich irren!

Ich schüttelte vehement den Kopf und blätterte die Akte bis zum Ende durch, nur um festzustellen, dass sie keine Befunde aus den letzten Jahren enthielt.

„Ty, du Vollidiot." Meine Stimme war kaum mehr als ein heiseres Keuchen und hörte sich in meinen Ohren trotzdem schneidend an.

„Jack, ich habe versucht, mit ihm zu reden, er hat sofort abgeblockt. Deshalb habe ich euch eingeweiht. Er muss einen Scan durchführen lassen. Wenn der Krebs zurück ist und er es einfach ignoriert …"

Dr. Callahan ließ den Satz unvollendet, aber ich wusste auch so, was sie sagen wollte. Es könnte ihn seine Karriere kosten und im schlimmsten Fall sogar sein Leben.

„Ich werde mit ihm sprechen, und er wird in die Untersuchung einwilligen", versprach ich. Wenn es sein musste, würde ich ihn bewusstlos schlagen und ihn höchstpersönlich ins Krankenhaus bringen.

„Ich kann innerhalb einer Woche einen Termin bekommen."

„Jetzt mal langsam. Zuerst müssen wir mit ihm reden. Es besteht immer noch die Chance, dass du nicht alle Befunde hast, und schlussendlich ist es seine Entscheidung", mischte sich Clarissa ein.

Ihre Meinung und die Inbrunst, mit der sie für Ty eintrat, überraschte mich.

„Das ist unwahrscheinlich“, gab die Ärztin zu bedenken und ließ den Rest unkommentiert, obwohl ich ihr ansehen konnte, dass sie gänzlich anders dazu stand.

Wir erhielten keine Gelegenheit, uns über die Details dieser Misere einig zu werden, denn vom Flur her ertönte eine aufgebrachte Männerstimme.

„Lassen Sie diesen Unsinn gefälligst sein, und holen Sie die Ärztin!“, schallte es donnernd zu uns herein, und im nächsten Augenblick klopfte jemand an die Tür.

Dr. Callahan warf uns einen Blick zu, der klar machte, dass wir noch nicht fertig waren, und eilte zur Tür, um sie zu öffnen. Dahinter kam ein offenkundig schwer eingeschüchterter und mit der Situation überforderter Hotelangestellter neben einem beleibten Mann im Anzug zum Vorschein. Sein Jackett war mit Blut bespritzt, und auch das Taschentuch, das er sich vor die Nase hielt, wies rote Flecke auf. Viel mehr konnte man von seinem Gesicht nicht sehen, da er sich mit der anderen Hand einen blauen Gelbeutel auf die Nasenwurzel und das rechte Auge drückte.

Clarissa atmete hörbar ein, und auch Dr. Callahan war der Schreck anzusehen. Wer immer der Kerl war, ich konnte spüren, dass sein Auftauchen nichts Gutes verhieß.

„Mister Tremblay, setzen Sie sich hierhin.“ Die Ärztin manövrierte ihren Patienten zur Krankenliege und half ihm, seinen ausladenden Hintern darauf zu wuchten.

Irgendwoher kannte ich den Namen, nur mir fiel ums Verrecken nicht ein, woher.

Dafür musste die Frage, was passiert war, gar nicht erst gestellt werden, denn Mr. Tremblay setzte kaum, dass er gelandet war, zu einer Tirade an.

„Diese stinkende Ratte hat mir aufgelauert und mich hinterrücks überfallen", sagte er näselnd in das Tuch.

Dr. Callahan hatte von irgendwo Tupfer und Desinfektionsmittel zutage gefördert und griff beherzt nach dem Coolpack, um Mr. Tremblays Auge freizulegen. Es hatte zwar auch etwas abbekommen, sah jedoch nicht mal annähernd so wild aus wie Klays damals. Das hielt den vor Wut schnaubenden Mann nicht davon ab, erst lautstark aufzujaulen und dann weiter seinen Unmut kundzutun.

„Hat mir eine verpasst, einfach so, ohne Vorwarnung. Irre! Der Kerl gehört eingesperrt! Doktor ..." Er legte eine Hand auf die der Ärztin, die ihm gerade das Tuch vom Gesicht nehmen wollte. „Sie müssen meine Verletzungen genauestens protokollieren. Ich werde den Angriff gegen mich zur Anzeige bringen!"

„Zuerst muss ich mir Ihre Verletzungen ansehen, Mister Tremblay", erklärte sie ruhig, aber bestimmt und wandte sich zu uns um. Ihr Kopf deutete zur Tür. Unsere Aufforderung zu verschwinden.

Clarissa trat vor mir hinaus auf den Korridor. Noch bevor ich die Tür hinter mir schloss, hatte sie ihr Telefon in der Hand, wischte mit dem Daumen über das Display und drückte es sich ans Ohr, als hinge unser aller Leben davon ab.

Sie entfernte sich einige Schritte vom Krankenzimmer, spähte am Ende des Flurs um die Ecke und blieb dort an die Wand gelehnt stehen.

„Hölle, nein!“, stieß sie hervor, wischte wieder übers Display und hielt sich das Handy erneut ans Ohr.

Wen immer sie versuchte zu erreichen, es kostete sie mehrere Anläufe, bis die gewünschte Person abhob. Dann kam sie zur Sache.

„Dein Vater wurde angegriffen. Anna versorgt ihn gerade“, teilte Clarissa ihrem Gesprächspartner mit.

Ich konnte nicht hören, was am anderen Ende der Leitung gesagt wurde, aber ich konnte sehen, was es in Clarissa auslöste. Ihre Augen wurden größer, und ihre ohnehin blassen Wangen verloren den letzten Rest an Farbe. Was sie gerade erfuhr, musste gravierend sein. Am liebsten hätte ich ihr das Telefon abgenommen und sie in meine Arme gezogen.

„Wo seid ihr jetzt?“ Pause. „Bleibt, wo ihr seid, wir kommen.“

Mir lag schon eine Floskel auf der Zunge. So etwas wie: Du musst jetzt stark sein, Jack, denn du hast nicht nur einen Freund, der seine Krebsnachsorgeuntersuchungen hat sausen lassen, sondern auch einen, der einem der reichsten Männer Banffs eine verpasst hat.

Ich schluckte die Worte herunter, steckte mein Handy zurück in die Hosentasche, nahm Jack an der Hand und zog ihn den Flur entlang. Erst als ich mir sicher war, dass uns niemand über den Weg laufen würde, hielt ich an. Jacks Hand ließ ich nicht los. Ich brauchte das jetzt und er wahrscheinlich auch.

„Der Mann bei Anna ist Laurens Vater. Es war Sam, der ihn geschlagen hat." Jacks Händedruck verstärkte sich, und der Schrecken in seinem Gesicht spiegelte meine eigenen Gefühle wider.

„Warum?", fragte er sofort. Jack wusste, dass es einen triftigen Grund geben musste.

„Mister Tremblay ist ein fürchterlicher Choleriker. Er und Lauren hatten Streit. Er ist ausgerastet und hat die Hand gegen sie erhoben." Meine Stimme zitterte. Wieder spürte ich den Druck von Jacks Hand. „Sam war zufällig da und ist dazwischengegangen. Er wollte Lauren nur beschützen."

Zig Male hatte ich in der Vergangenheit selbst erlebt, wie Lauren von ihrem Vater getadelt und angeschrien worden war. Dass er ihr gegenüber handgreiflich wurde, war in meinem Beisein allerdings nie vorgekommen. Trotzdem sagte mir eine vorwurfsvolle, vor

Verachtung triefende Stimme in meinem Kopf, dass es nicht das erste Mal gewesen war.

„Ich bin froh, dass er da war", sagte Jack, was mir Tränen in die Augen trieb.

Das war zu viel für mich. Doch ich hatte keine Zeit für meine eigenen Gefühle. Jetzt musste ich mich um Sam und Lauren kümmern und dann auch noch um die Sache mit Ty. Eines gestand ich mir jedoch ein, auch wenn es die Liste meiner Probleme nur verlängerte. Ich löste meine Hand aus Jacks und schlang die Arme um seinen Hals, legte das Gesicht an die Kuhle über seinem Schlüsselbein, in der Hoffnung, dass er merkte, wie sehr ich ihn jetzt brauchte. Er enttäuschte mich nicht. Im Gegenteil hob er im selben Moment die Arme und legte sie fest um mich, seine Brust weitete sich in einem tiefen Atemzug. Unter der Fülle an Dingen, die mich in diesem Moment beschäftigten, registrierte ich, dass es eindeutig mehr war als bloßes Verlangen, das uns verband.

„Er wird ihn anzeigen, Jack."

„Ich weiß."

Das durften wir nicht zulassen!

„Aber er wollte nur Lauren helfen", hielt ich dagegen, als könnte ich Sam dadurch vor irgendetwas bewahren.

Jack streichelte über meinen Rücken. „Das wird leider keinen interessieren, wenn Mister Tremblay erst einmal bei der Polizei war."

Er hatte recht, und die Erkenntnis war so bitter wie die aufsteigende Galle in meinem Hals.

Schlagartig löste ich mich aus seinen Armen. Aufregung durchflutete mich bei dem Gedanken, der mir gerade gekommen war.

„Was, wenn Lauren zuerst zur Polizei geht? Wenn sie erzählt, warum Sam ihren Vater geschlagen hat?"

Jacks Augen leuchteten auf. „Würde sie das machen?"

Das musste sie! Immerhin war Sam für sie eingestanden. Es war das Mindeste, das auch für ihn zu tun.

„Sie wird", erwiderte ich mit einer Überzeugung, die mehr Hoffnung als Gewissheit war, griff nach Jacks Hand und eilte mit ihm in die Küche, wo Sam und Lauren bereits auf uns warteten.

„Du lässt echt keinen Mist aus", sagte Jack und zog Sam in eine kurze Umarmung.

„Ich konnte das nicht zulassen." Sam wirkte ganz schön mitgenommen, ebenso wie Lauren.

„Ich weiß, und ich bin stolz auf dich. Es wäre nur wesentlich klüger gewesen, ihm nicht gleich eine zu verpassen."

Sams Mundwinkel hoben sich synchron mit seinen Schultern zu einem entschuldigenden Lächeln, das gleich wieder verblasste, als er zu Lauren hinübersah.

„Er hätte weitaus mehr als diesen einen Schlag verdient", meinte sie voller Abscheu.

Ich musste schlucken. „Lauren, dein Vater wird diese Sache nicht auf sich beruhen lassen. Du musst etwas unternehmen, sonst geht er damit zur Polizei."

„Das kann sie nicht", stieß Sam hervor.

Das überraschte mich. Auch Lauren, die auf der Unterlippe gekaut hatte, blickte Sam mit offenem Mund an.

„Sie braucht seine Unterstützung", erklärte er.

Es war nicht von der Hand zu weisen, wie rasend ihn dieser Umstand machte. Sam, die gute Seele der Gruppe, der immer ein Lächeln oder ein freundliches Wort für jeden übrig hatte, war nun voller Abscheu.

Lauren holte zittrig Luft. „Nein. Wir werden uns ihm nicht beugen. Ich lasse dich auf keinen Fall für meine Fehler bezahlen." Der Blick, mit dem sie Sam bedachte, sprach von wilder Entschlossenheit.

„Aber du hast gesagt ..."

„Ich weiß, was ich gesagt habe, Sam. Doch die Lage hat sich geändert."

Ich hatte keine Ahnung, wovon sie sprach, vermutete allerdings, dass Sam und sie schon vor diesem Vorfall miteinander zu tun gehabt haben mussten.

Von all den verrückten und erschreckenden Dingen, die heute auf mich eingeprasselt waren, erstaunte mich das seltsamerweise am meisten.

„Dann lasst uns jetzt zur Polizei gehen, damit dein Vater uns nicht zuvorkommt", wandte ich mich an Lauren.

Sie schüttelte den Kopf. „Das wird nicht nötig sein."

Kaum dass sie den Satz beendet hatte, glitt ihre Hand in ihre Hosentasche. Sie holte ihr Telefon hervor, zog die Unterlippe zwischen ihre Zähne – ein eindeutiges Zeichen dafür, wie aufgeregt sie sein musste – und tippte auf das Display.

Sogar über den recht hohen Geräuschpegel in der Küche hinweg hörte ich eine aufgebrachte Stimme aus dem Lautsprecher. Ich konnte zwar nicht verstehen, was ihr Gesprächspartner von sich gab, ich war mir jedoch ziemlich sicher, dass es Mr. Tremblay war, den Lauren am Apparat hatte.

Meine Annahme bestätigte sich nur wenige Herzschläge später.

„Dad!", rief sie ins Telefon, und die Stimme am anderen Ende der Leitung verstummte schlagartig. „Du wirst nichts dergleichen tun, außer du willst, dass ich meine Karriere hier und heute beende."

Mir blieb die Luft weg. Hatte Lauren völlig den Verstand verloren?

„Absolut, ja." Sekunden verstrichen, in denen ich Lauren entgeistert beobachtete und wartete, was als Nächstes geschehen würde. „Das ist mir bewusst."

Mr. Tremblay konnte es zwar nicht sehen, trotzdem reckte Lauren das Kinn und streckte den Rücken durch. Gleichzeitig stiegen ihr Tränen in die Augen, die sie rasch wegblinzelte. Dann ließ sie das Telefon sinken und starrte stur geradeaus. Der Erste, der sich bewegte, war Sam. Er machte einen Schritt auf Lauren zu und zog sie an sich. Es hätte mich wundern sollen, dass sie es sich gefallen ließ, ja, sogar ihren Kopf auf seine Schulter bettete, aber um ehrlich zu sein, wunderte mich heute gar nichts mehr.

***

„Ich brauche ein Zimmer für die nächste Zeit."

Wir hatten beschlossen, noch ein wenig in der Küche zu verweilen, bis wir uns sicher sein konnten, dass Laurens Vater das Center verlassen hatte.

„Das ist überhaupt kein Thema", versicherte ich meiner Freundin.

Lauren hatte all ihren Mut zusammengenommen und ihrem Vater die Stirn geboten. Dadurch hatte sie

Sam und mit ihm alle anderen vor großen Schwierigkeiten bewahrt und war auch für sich selbst eingestanden. Ich war unglaublich stolz auf sie.

„Und ein neues Management.“

Bitte was?

Mein entgeisterter Blick entlockte Lauren ein Lachen. „Du weißt doch, dass sich mein Vater um die Sponsoren gekümmert hat.“

Ja, das wusste ich. Eigentlich. Nur hatte ich das bei all der Aufregung nicht bedacht. Schlagartig wurde mir die Tragweite von Laurens Entscheidung bewusst. Sie hatte mit ihrem herrischen Vater gebrochen. Seine Unterstützung aufgegeben.

„Ich werde mit meinem Vater reden, bestimmt …“, setzte ich an und verstummte, als Lauren den Kopf schüttelte.

„Du wirst das ab jetzt übernehmen.“

Jetzt war es an mir zu lachen.

„Du verarschst mich!“ Hatte ich das laut gesagt?

„Nein, tue ich nicht.“

Ja, das hatte ich. O Mann. Sofort wurde mir warm und kalt zur selben Zeit, und ich hatte keine Ahnung, was ich darauf erwidern sollte.

Zum Glück sprang Sam für mich ein. „Das ist eine großartige Idee!“

Ach wirklich? Lauren lehnte sich damit weit aus dem Fenster. Auf einen Schlag war ich für eine weitere Karriere verantwortlich.

Es dauerte ein wenig, bis mein Verstand die Situation verarbeitet hatte, versagte mir aber dankenswerterweise nicht gänzlich den Dienst.

„Ich werde heute noch mit deinen Sponsoren Kontakt
aufnehmen und sie über die Lage in Kenntnis setzen“,
versprach ich.

„Und wir müssen mit Anna reden. Nicht dass sie den
Vorfall der Polizei auf eigene Faust meldet“, fügte Lauren hinzu.

Ich warf Jack einen Seitenblick zu.

„Sie hat bestimmt Verständnis dafür“, erwiderte er.

Jack

Nach dem Trubel mit Sam hätte ich gut und gerne darauf verzichten können, mich mit Ty anzulegen. Doch
die Sache duldete keinen Aufschub. Ich hatte gewartet,
bis Dr. Callahan alles mit dem Krankenhaus organisiert hatte, jetzt führte kein Weg mehr daran vorbei.

„Hey.“

Ty lungerte im Bett herum und zappte sich durch die
Kanäle. Von Drew fehlte jede Spur, was mich daran erinnerte, dass Ty und Sam nicht meine einzigen Sorgenkinder waren.

„Hi, Jack.“

„Wo ist Drew?“ Ich versuchte, die Frage unbeteiligt
klingen zu lassen.

Ty verdrehte die Augen. „Alles gut, Jack. Du musst dir
keine Gedanken um ihn machen. Ich hab das voll im
Griff. Er holt nur nach, was er in den letzten Jahren in
Gefangenschaft verpasst hat. Wirst schon sehen, ein
bisschen Spaß wird ihm guttun, und im Nullkommanichts ist das Thema Camille abgeschlossen.“

Na, wenn er das sagte. „Sieh nur zu, dass er es nicht zu bunt treibt."

Ty lachte auf. „Ein wenig Farbe im Leben hat noch keinem geschadet."

Da musste ich ihm recht geben. Dabei kam mir sofort Clary in den Sinn und wie verrückt sie mich in jeglicher Hinsicht machte. Rasch schob ich die Gedanken an sie beiseite. Ich sollte mich jetzt auf Ty konzentrieren und auf nichts anderes.

„Solange man die Verantwortung nicht vergisst, die man für sich selbst und die Menschen in seinem Umfeld trägt." Ich klang wie meine Mutter.

Ty sah das offenbar ähnlich, denn das Grinsen in seinem Gesicht machte einem fragenden Ausdruck Platz. „Ich weiß ja, dass du die Ernsthaftigkeit in Person bist, deshalb musst du nicht allen anderen auch den Spaß verderben, Jack."

Oh, ich würde ihm gleich jeglichen Spaß verderben, darauf konnte er wetten.

„Das Leben besteht nicht einzig aus Spaß", erwiderte ich mit Nachdruck und lehnte mich mit verschränkten Armen gegen die Kommode.

Tys Miene verfinsterte sich. „Das weiß ich."

Ja, er wusste es. Und hatte dieses Wissen außer Acht gelassen.

„Worum geht es hier eigentlich?" Er legte die Fernbedienung neben sich aufs Bett und schwang die Füße auf den Boden. Die Ellenbogen auf die Knie gestützt, sah er mich gleichermaßen abwartend und herausfordernd an.

„Ich hätte nie gedacht, dass du mich belügen würdest." Das war zwar nicht, was ich mir zurechtgelegt hatte, aber es kam aus vollem Herzen. Ty hatte mich tief enttäuscht, das wurde mir jetzt erst richtig bewusst.

Ich konnte ihm ansehen, wie sehr ich ihn damit traf und dass er bereits ahnte, worum es ging. Seine Züge verhärteten sich, seine ganze Haltung wirkte angespannt, zum Sprung bereit.

„Ich bin dir keine Rechenschaft schuldig." Tys Stimme klang drohend, und sein Blick huschte zur Tür. Bestimmt wollte er nichts lieber tun, als sich der Konfrontation mit mir zu entziehen.

Keine Chance, mein Freund.

„Doch. Das bist du. Du bist mir die Wahrheit schuldig und den anderen auch. Ich weiß, dass du nicht bei deinen Untersuchungen warst. Seit Jahren. Wie konntest du das nur tun, Ty?"

Er presste die Lippen aufeinander und sprang vom Bett auf, war drauf und dran, sich an mir vorbei zur Tür durchzuschlagen.

„Das ist allein meine Sache!", spuckte er mir mit einer Rage entgegen, die mich eiskalt erwischte.

Mir war klar gewesen, dass es kein Zuckerschlecken werden würde, mit Ty darüber zu reden, aber dass er dermaßen feindselig reagierte, überrumpelte mich. Man konnte glatt meinen, unsere langjährige Freundschaft wäre nichts mehr wert, wenn es um dieses Thema ging.

„Nein, ist es nicht! Wenn du wieder krank bist, hat das Auswirkungen auf uns alle. Ich will dir bloß helfen, Ty."

„Du mir helfen? Du hast keine Ahnung! Du weißt nicht, was ich durchgemacht habe! Was es mich kostet, einen Fuß in ein beschissenes Krankenhaus zu setzen!"

Jetzt schrie er so laut, dass ihn das halbe Hotel hören musste.

Dann war er bei der Tür, riss sie auf und lief um ein Haar Clarissa über den Haufen, die wie abgesprochen im Flur Stellung bezogen hatte.

„Ich weiß, wie das ist." Sie legte ihre flache Hand auf Tys Brust, die sich unter seinen schweren Atemzügen hob und senkte, und schob ihn zurück ins Hotelzimmer. Er war offenbar derart überrascht von ihrer Anwesenheit, vielleicht auch von ihrem Geständnis, dass er es einfach geschehen ließ.

„Ich bin durch meine persönliche Hölle gegangen und kann gut nachvollziehen, wie es ist, Angst vor den Spuren zu haben, die die Vergangenheit hinterlassen hat."

Ty war mit einem Mal leichenblass und schüttelte abwehrend den Kopf. Es dauerte eine Weile, bis er sich einigermaßen gefangen hatte.

„Woher wisst ihr es?" Er klang gepresst.

„Doktor Callahan", gab ich zu.

Ein Schatten huschte über Tys Gesicht. Er konnte die Enttäuschung nicht verbergen, also wandte er uns den Rücken zu. Die Hände im Nacken, beugte er sich vor, sichtlich bemüht, sich irgendwie zu beruhigen.

„Wir sind bei dir. Du musst das nicht allein durchstehen. Wenn du willst, kommen Jack und ich mit. Anna wartet auf uns und ...", setzte Clarissa an.

„Was soll das heißen, sie wartet?" Ty wirbelte zu uns herum. Der Zorn und die Enttäuschung waren blanker Panik gewichen.

„Wenn du bereit bist, können wir den Scan heute noch machen lassen. Du kannst es gleich hinter dich bringen, ohne viel Aufregung." Nun da ich es laut aussprach, erschien mir meine Idee, die Untersuchung zeitnah durchzuziehen, damit Ty keinen Rückzieher mehr machen konnte, nicht mehr so grandios.

Er lachte freudlos auf. Verzweiflung stand ihm ins Gesicht geschrieben.

„Wir müssen es auch nicht sofort erledigen. Es ist allein deine Entscheidung“, lenkte Clarissa ein und bedachte mich mit einem vielsagenden Blick. Sie war bei der Planung dieser Intervention nicht meiner Meinung gewesen, was dieses Detail anbelangte, hatte sich trotzdem bereit erklärt, mir zu helfen.

„Ich will nicht“, sagte Ty matt. Er rang mit sich. „Aber du hast recht, Jack. Jetzt wo wir hier sind und diese Chance haben, hat es Einfluss auf euch alle.“

Nach diesem Eingeständnis sank er aufs Fußende des Betts und starrte auf den hellgrauen Kurzflorteppich zu seinen Füßen. Er war am Boden zerstört.

„Komm, lassen wir ihm ein paar Minuten, um alles zu verdauen“, meinte Clarissa und deutete mit dem Kopf zur Tür.

„Bist du dir sicher? Wir fahren mit, wenn du das willst.“ Ty schlug Clarissas Angebot aus, und diesmal schaffte es sogar ein Lächeln auf seine angespannten Züge.

„Ich brauche niemanden, der mir die Hand hält. Der ärztliche Beistand ist schon zu viel des Guten“, erwiderte er mit einem Blick über die Schulter auf Dr. Callahan, die mit einem undurchdringlichen Ausdruck im Gesicht am Wagen lehnte und auf ihn wartete.

„Mach dich schon mal auf die Suche nach einer großen Flasche Champagner“, sagte er an mich gewandt,
umrundete den SUV und stieg ein.

Players gonna play

Clary

Lee platzierte das Diktiergerät zwischen uns auf dem Tisch und lehnte sich mit ihrem Tablet und dem Touchpen bewaffnet zurück. Sie wirkte vollkommen entspannt und in ihrem Element. Ich für meinen Teil musste mich zusammenreißen, um nicht nervös auf dem Stuhl herumzurutschen.

Es war nicht das erste Interview, das ich gab, und doch hätte ich tausendmal lieber jeden einzelnen Tiefschutz des kompletten Kaders mit meiner Zahnbürste geschrubbt, als vor Lee Chen meine Vergangenheit auszubreiten.

„Bereit?"

Nein.

„Lass uns loslegen."

Es würde ohnehin nicht besser werden. Bei allem, was in den letzten Tagen und Stunden geschehen war, und in Anbetracht dessen, dass Ty sich gerade auf dem Weg ins Krankenhaus befand, um sich seinem schlimmsten Albtraum zu stellen, erschien mir das Interview tatsächlich als das geringere Übel.

Lee ließ sich das nicht zweimal sagen und startete mit ihrer ersten Frage.

„Nachdem du dich in den vergangenen Jahren gänzlich aus dem Sport zurückgezogen hast, interessiert mich vor allem, was dich dazu bewogen hat, dich der Branche wieder zu widmen.“

Das klang in meinen Ohren nach einer anderen Formulierung für: Nachdem du nicht selbst auf dem Eis stehen kannst, warum hältst du dich dann überhaupt damit auf?

Wirklich, Lee? Ist dir keine uncharmantere Frage eingefallen? Das Interview hatte gerade erst begonnen, und schon war mir danach, ihr zu beweisen, wie scharf die Kufen meiner Schlittschuhe waren. Das würde nicht gut ausgehen, fragte sich, nur für wen.

„Nun, es war ein naheliegender Schritt für mich, in die Agentur einzusteigen.“ Das war die schwammigste Antwort, die ich hätte geben können, und Lee würde das vermutlich als reine Provokation betrachten. Verdient hatte sie es.

Sie überraschte mich mit einem knappen Nicken und ging sofort zur nächsten Frage über. „Was hat sich seit diesem Entschluss für dich verändert?“

Hölle noch eins. Was hatte sich nicht verändert? Die größte aller Veränderungen, die meine Entscheidung, die Dynamites zu managen, mit sich gebracht hatte, war wohl, dass ich nie im Leben damit gerechnet hätte, so sehr mit meinen Klienten verbunden zu sein. Mit jedem von ihnen auf die ein oder andere Weise. Ich hatte sie in den letzten Wochen besser kennengelernt, als ich es je hätte ahnen können, und besonders Sam und Ty liebgewonnen. Ich sorgte mich um sie, ich fieberte mit, wenn sie auf dem Eis waren, ich war mehr als einmal für sie über meinen Schatten gesprungen. Kurzum, sie waren mir wichtig. Und Jack, Jack war …

„Ich habe Verantwortung übernommen", sagte ich rasch, um meinem letzten Gedanken Einhalt zu gebieten. „Für mich und meine Karriere. Und vor allem für die der Teammitglieder."

Erneut nickte sie und notierte etwas auf ihrem Tablet. „Würdest du sagen, dass die Zusammenarbeit mit den Spielern eine gewisse Nähe zu ihnen mit sich bringt?"

Unfassbar. Konnte diese Frau Gedanken lesen? Oder war sie einfach nur abgrundtief verschlagen?

Lee musste mir meine Bestürzung angesehen haben, denn sie lehnte sich ein Stück vor und schlug einen vertraulichen Tonfall an. „Lass mich die Frage anders formulieren. Meinst du, dass du eine tiefergehende Beziehung zu den Spielern aufgebaut hast?"

War das ihr Ernst? Das Funkeln in ihren Augen ließ mich vermuten, dass es ihr voller Ernst war. Mir gefiel nicht, in welche Richtung sich das Gespräch entwickelte. Mein Fluchtinstinkt setzte ein, gleichzeitig hätte ich ihr diesen vermaledeiten Touchpen am liebsten ins Auge gerammt.

„Ich arbeite mit meinen Klienten auf einer professionellen Basis, wenn du das meinst."

„Meine Quelle erzählt etwas anderes", sagte sie leichthin und katapultierte mich damit in die siebte Hölle.

Schlagartig schwitzten meine Handflächen, und die Luft in dem kleinen Besprechungsraum wurde dicker. Ich hatte plötzlich Mühe, meine Lungen mit ausreichend Sauerstoff zu versorgen.

„Mir ist zu Ohren gekommen, dass deine Beziehung zu einem der neuen Spieler über eine professionelle Basis hinausgeht", setzte sie nach, um den Strick um meinen Hals noch enger zu ziehen.

Da war er. Luzifer höchstselbst hatte sich in Gestalt der zierlichen Lee Chen aus dem Nimbus erhoben und stach mir mit seiner Gabel in den Allerwertesten. Wenn ich nicht schleunigst die Kurve kriegte, würden die Dynamites Schlagzeilen machen, die alles Dagewesene übertrafen. Wem ich das Ganze zu verdanken hatte, wusste ich sofort. Hudson hatte mir gestern noch viel Spaß für mein Interview gewünscht. Ich hatte dem keine Beachtung geschenkt, schlichtweg, weil ich Hudson im Allgemeinen zu ignorieren versuchte. Jetzt erhielt ich die Quittung dafür.

„Die Aussage deiner Quelle beruht mit Sicherheit einzig und allein auf ihrem verletzten Stolz. Bevor ich das Management der Dynamites übernommen habe, war ich einige Male mit Hudson Bolder im Bett." Nimm das, du diabolisches Miststück!

Mein unverblümtes Geständnis blieb nicht ohne Wirkung. Lee atmete hörbar ein, und in ihrer abgebrühten Maske erschienen Risse. Also war es tatsächlich Hudson gewesen, dem ich diese Scheiße zu verdanken hatte.

„Als ich wusste, dass wir zukünftig zusammenarbeiten würden, habe ich die Sache mit ihm beendet. Ich fürchte, dass hat er bis heute nicht verkraftet", schloss ich und zwang mich dazu, den Blickkontakt mit Lee unter keinen Umständen als Erste zu unterbrechen.

Ein, zwei Sekunden lang starrte sie mich an, suchte vergeblich nach der Lüge. Ich hatte nicht gelogen. Ich war ihrer Frage nur geschickt ausgewichen und hatte Hudsons Eifersucht und seinen verletzten Stolz vorgeschoben, damit Lee an dem, was er ihr gesagt hatte, zweifeln musste. Zu diesem Schauspiel konnte ich mich selbst beglückwünschen, denn es erfüllte seinen Zweck.

Lee verzog unzufrieden den Mund, zückte den Touchpen und kritzelte eine weitere Notiz auf ihr Tablet. „Keine Sorge, ich veröffentliche die Sache zwischen dir und Mister Bolder nicht. Sie steht in keinem Zusammenhang mit den neuen Spielern."

Ich atmete innerlich auf. Zwar hatte ich mit meiner Antwort von Jack abgelenkt, dafür in Kauf genommen, dass alle Welt erfuhr, was ich mit Hudson am Laufen gehabt hatte. Glücklicherweise schien Lee das bei Weitem nicht so interessant zu finden wie eine mögliche Beziehung zu Jack.

Der Rest des Interviews war schnell erledigt. Nachdem ich Lee ihren Aufhänger zunichte gemacht hatte, begegnete sie mir mit unspektakulären Fragen, was mir Zeit verschaffte, um darüber nachzudenken, wie ich mit Hudson verfahren sollte. Am liebsten hätte ich ihn für diese hinterhältige Aktion kastriert, aber es erschien mir wesentlich spannender, die Zeit für mich arbeiten zu lassen. Bestimmt rechnete Hudson damit, dass in Lees Artikel Jack und ich die Headline bestimmen würden. Wenn ich ihn in dem Glauben ließ, bis der Artikel erschien, wäre die Enttäuschung bei ihm sicherlich um ein Vielfaches größer.

Und so ersparte ich mir auch, Jack einzuweihen. Denn würde ich mich dazu entschließen, Hudson zur Rede zu stellen, könnte ich das nie und nimmer vor Jack und den anderen verbergen. Bestimmt würde die Konfrontation mit Hudson in einem Desaster enden. Ich hielt es für klüger, kein Wort mehr darüber zu verlieren, und da ich ohnehin vorhatte, meine Gefühle für

Jack zu begraben, egal wie drängend sie sein mochten, würde Hudson keine Munition mehr für seine Intrigen haben. Sobald wir das Spiel gewonnen hatten und Sponsorenverträge unterzeichnen konnten, würden sich die Wogen glätten. Das hoffte ich zumindest.

Jack

Ich wartete vor dem Center auf Tys Rückkehr. Mehr als dass er mit Dr. Callahan das Krankenhaus verlassen hatte, hatte nicht in der Nachricht gestanden, die er mir vorhin geschickt hatte, was meine Anspannung in ungeahnte Dimensionen aufsteigen ließ.

„Hey, Jack." Clarissa trat an meine Seite. „Du wartest auf Ty. Hat er sich bei dir gemeldet?" Sie sah ebenso angespannt aus wie ich.

Tys Schicksal lag ihr am Herzen. So wie Drews und Sams und das der anderen. In diesem Moment wurden mir zwei Dinge mit aller Deutlichkeit bewusst. Ich hatte Clarissa Clark zu Beginn vollkommen falsch eingeschätzt. Mein anfängliches Misstrauen ihre Absichten und Fähigkeiten als Managerin betreffend, hatte sie längst ausgeräumt. Mir war jedoch bis jetzt nicht klar gewesen, wie wertvoll sie für uns war. Keiner hatte sich jemals so sehr für uns eingesetzt wie sie, und dafür war ich ihr uneingeschränkt dankbar. Die zweite Erkenntnis, die in einem nicht unerheblichen Maß von der ersten beeinflusst wurde und doch gänzlich andere Bahnen nahm, war, dass ich niemals zuvor etwas Ähnliches für eine Frau empfunden hatte.

Clarissa hatte sich in mein Herz gestohlen, viel schneller, als ich es für möglich gehalten hätte. Es war nicht nur ihr Äußeres, das mich anzog. Ihr Mut, ihre Stärke, ihr eiserner Wille und ihr Verstand machten sie für mich wunderschön und begehrenswert. Mehr als ich sagen konnte.

„Jack, ist alles in Ordnung?" Besorgnis schwang in ihrer Stimme mit.

„Ja. Ich weiß nicht, was bei der Untersuchung herausgekommen ist. Ty hat nur geschrieben, dass sie auf dem Rückweg sind."

Sie nickte erleichtert.

„Ich habe Anna vorher angerufen, weil ich es nicht mehr abwarten konnte", gestand sie. „Da war gerade erst der Scan durch. Sie konnte mir noch nichts sagen."

„Es wird alles in Ordnung sein. Ohne ein wenig Aufregung ab und an wäre unser Leben langweilig", versuchte ich mich an einem Scherz, um unser beider Sorge ein wenig zu dämpfen.

„Ab und an?"

„Na ja. Im Grunde sind wir recht unkompliziert zu handhaben", sagte ich, wohlwissend, dass das die Untertreibung des Jahrhunderts war, und brachte Clarissa damit zum Lachen.

„Ihr seid sicher vieles, aber den Begriff unkompliziert würde ich nicht so leichtfertig mit euch in Verbindung bringen. Seit ihr hier seid, habe ich keine Nacht verbracht, ohne mir über mindestens einen von euch den Kopf zu zerbrechen. Erst Klay, der bei eurer Ankunft einen ziemlich lädierten Eindruck gemacht hat, dann Drew, Sam und Lauren, Ty und natürlich ..." Sie unterbrach sich, ihr Blick blieb jedoch weiterhin auf mich geheftet, und die Belustigung, die während unseres Geplänkels darin zu sehen gewesen war, verebbte. „... du“, fügte sie mit einiger Verspätung und gesenkter Stimme hinzu.

Zwei Buchstaben, die mich anstießen und wie eine Stimmgabel schwingen ließen.

„Mir scheint, Kev ist der Einzige von euch, der mein Leben nicht vollkommen auf den Kopf gestellt hat.“

„Warte nur ab. Das kommt noch.“ Obwohl ich mich redlich bemühte, witzig zu klingen, gelang es mir nicht, zu der Leichtigkeit zurückzufinden, die eben noch zwischen uns geherrscht hatte. Das war auch ein aussichtsloses Unterfangen, wenn sie mich so anlächelte wie in diesem Augenblick. Ich hob den Arm, legte die Hand auf ihre Wange, hatte keine Ahnung, was ich da eigentlich tat.

Ihr Lächeln verschwand, und sie schloss für einen Moment die Augen unter meiner Berührung.

„Jack.“ Ihre Stimme war rau und flehend. „Ich kann das nicht.“

Ich ließ die Hand sinken und spürte, wie sich alle Muskeln in meinem Körper zugleich anspannten. Das Gefühl erinnerte mich an meine Zeit im Ring. Instinktiv machte ich mich für den Schlag bereit, dabei war es dafür längst zu spät. Ihre Worte, die Ablehnung, die damit einherging, hatten mich bereits getroffen. Das hieß keinesfalls, dass ich aufgeben wollte.

Ich kam nicht dazu, meine Gedanken zu sortieren oder irgendeinen davon auszusprechen, denn in diesem Moment hielt der SUV von Dr. Callahan vorm Center.

Tys Gesicht erschien in der sich öffnenden Beifahrertür. Beim Anblick seines breiten Grinsens fiel mir ein Stein vom Herzen.

„Kein Grund, Trübsal zu blasen. Der Scan war makellos. Viel Wind um nichts."

„Jetzt tu bloß nicht so, als wären wir schuld an der Aufregung, Mister", meinte Clarissa mit gespielter Strenge und stimmte in Tys Lachen ein.

„Na, beruhigt, Doc?", stichelte Ty.

Dr. Callahan ließ den Seitenhieb tapfer über sich ergehen. „Erst wenn ich den endgültigen Befund des Radiologen schwarz auf weiß habe. Für den Moment bin ich zufrieden."

Ihre Retourkutsche brachte Ty erneut zum Lachen. „Na komm schon, Anna, gib dir einen Ruck und schenk mir ein Lächeln, das habe ich mir verdient, findest du nicht?"

Tys Albernheit ließ sie tatsächlich schmunzeln.

„Ich will ja nicht der Spielverderber sein", sagte ich, „aber Paxton wartet auf uns. Wenn wir nicht bald aufkreuzen, wird er mit Sicherheit unangenehme Fragen stellen, und die kannst du ihm dann beantworten."

„Hast mich überzeugt. Außerdem, was gibt es Schöneres, als nach einem unnötigen Besuch im Krankenhaus direkt aufs Eis zu steigen?" Ty legte mir einen Arm um die Schulter und zog mich mit sich.

***

„Gar nicht mal schlecht, Rutherford. Meine Oma hätte den bestimmt nicht gehalten."

Das Training war bereits in vollem Gange, als wir dazustießen, und so wie es aussah, waren die Gemüter schon einigermaßen erhitzt.

Drew ignorierte den Kommentar seines Gegners im Trainingsspiel und schloss zu Sam auf, der gerade den Puck in seinen Besitz gebracht hatte.

„Houston, Rozsa, wärmt euch auf", verlangte der Trainer.

Wir ließen uns nicht zweimal bitten. Während das Spiel auf der Querhälfte der Eisfläche weiterging, liefen Ty und ich hinter einigen anderen den Parcours ab.

„Bolder, lass den Quatsch und konzentrier dich gefälligst aufs Spiel", ertönte kurze Zeit später Paxtons Stimme.

Ich behielt das Spielfeld im Blick, hatte jedoch nicht mitgekriegt, was vorgefallen war. Ich sah nur, dass sich Klay den Arm rieb und zu seiner Position zurückkehrte.

Kaum dass Trainer Paxton das Spiel wieder starten ließ, ergab sich ein weiteres Gerangel. Diesmal konnte ich beobachten, wie Hudson Finch in die Mangel nahm, obwohl der den Puck längst an Drew abgegeben hatte.

„Bolder, zum Teufel noch mal, was ist denn los mit dir?"

Hudson ließ von Finch ab und blieb unserem Trainer eine Antwort schuldig.

„Gut, weißt du was? Ab unter die Dusche mit dir. Rozsa, du spielst für Bolder", bestimmte Paxton, was Hudson dazu veranlasste, seine Sprache wiederzufinden.

„Nein. Ich spiele weiter." Er hob trotzig das Kinn.

„Der Zug ist abgefahren, Junge", entgegnete Paxton in einem Tonfall, der keine Widerrede zuließ. Eigentlich.

„Ich bin nicht Ihr Junge, und ich lasse mir diese Behandlung nicht länger bieten. Wenn Sie glauben, dass Sie mich ersetzen können durch solche Möchtegernsp..."

„Soeben geschehen", fuhr ihm der Trainer dazwischen.

Hudson riss den Helm vom Kopf und sah im selben Maße ungläubig und verärgert zwischen Paxton und den Umstehenden hin und her.

„Ist es das, was Sie wollen?", zischte er.

„Absolut. Du bist ein guter Spieler, Junge, aber einer der miesesten Teamplayer, der mir je untergekommen ist. Dir ist es wichtiger, den starken Mann auf dem Eis zu markieren, als ein vernünftiges Spiel abzuliefern, und so jemanden kann ich in meinem Kader nicht gebrauchen."

„In Ihrem Kader? Das ist mein Team! Ich bin der Captain!" Aus Hudsons bedrohlichem Zischen wurde Gebrüll. Er verstand offenbar nicht, was hier passierte, und ich musste, zugeben, dass ich es auch kaum glauben konnte.

„Von nun an nicht mehr. Und jetzt runter vom Eis. Verschwinde!" Obwohl Paxton nicht so schrie wie Bolder, war es, als würden seine Worte wesentlich einschneidender durch die Arena hallen.

Hudson sagte nichts mehr. Mit voller Wucht warf er seinen Helm aufs Eis und fuhr zum Ausstieg der Bande. Auf seinem Weg rempelte er zwei seiner ehemaligen Teamkollegen an, darunter Greg, der ihm immer zur Seite gestanden hatte.

„Das werdet ihr noch bereuen!"

Kaum war Hudson außer Sicht, kam wieder Leben in unseren heroischen Trainer. „Rozsa! Aufs Feld mit dir!“

Clary

Die Nachricht war wie eine Bombe eingeschlagen.

Paxton hatte Hudson vor gut zweieinhalb Wochen aus dem Team geworfen. Ich konnte es noch immer nicht fassen.

Sams und Drews Erzählungen zufolge war sein Rauswurf absolut berechtigt gewesen, trotzdem hatte es mich überrascht. Das Urteil des Trainers und vor allem die Tatsache, dass Hudson es so weit hatte kommen lassen. Ja, er war ein aufbrausender Charakter. Und es war kein Geheimnis, dass er Jack und den anderen nicht wohlgesonnen war. Seit ihrer Ankunft hatte er viel darangesetzt, das Team gegen sie aufzubringen, und das mit Erfolg. Aber er war nie so weit gegangen, einen von ihnen offen anzugreifen. Schon gar nicht vor Trainer Paxton. Es musste einen triftigen Grund für seinen Ausraster gegeben haben, der ihm schlussendlich die Karriere bei den Dynamites gekostet hatte.

Und ich hatte so eine Ahnung, was dahinterstecken könnte. Meine Annahme, Hudson würde erst beim Erscheinen von Lees Artikel erfahren, dass sein Plan, Jack und mir eins auszuwischen, nicht aufgegangen war, war im Nachhinein betrachtet reichlich naiv gewesen. Er musste es gleich nach meinem Interview erfahren haben, und das hatte bei ihm wohl die Sicherungen durchbrennen lassen.

Nicht dass ich seinen Abgang in irgendeiner Form bedauerte. Es hatte sich rasch gezeigt, dass er die treibende Kraft hinter all der Ablehnung gewesen war, die Jack und die anderen durch die Spieler erfuhren. Kaum war Hudson nicht mehr Teil des Teams, hatten sich die meisten Feindseligkeiten gelegt. Na ja, Greg war nach wie vor ein Arschloch, aber er war dabei einsam auf weiter Flur.

Jack war nun der neue Team Captain, und die Dynamites trainierten mehr und härter denn je, um fit für das Spiel zu sein. Es blieb nur ein Monat, bis sie gegen die Banff Slicers antreten und damit um ihren Einzug in die League kämpfen würden.

Und bis dahin würde ich an ihrer Seite sein und versuchen, das Beste aus ihnen herauszuholen.

„Guten Morgen, Clary." Sam saß neben Lauren am Frühstückstisch.

Er mit einer – vermutlich nicht der ersten – Schale Lucky Charms, sie vor einem Teller mit Vollkornbrot und aufgeschnittenen Tomaten. Ein Bild für sich. Nicht nur, weil die beiden unterschiedlicher nicht hätten sein können, abgesehen von ihren Ernährungsgewohnheiten, nicht einmal deshalb, weil Sam plötzlich zum Frühaufsteher mutiert war. Nein, schlichtweg weil Lauren mit ihm Zeit verbrachte, und wenn ich das amüsierte Glitzern in ihren Augen richtig deutete, tat ihr Sams Gesellschaft ausnehmend gut. Wo die Liebe hinfällt, dachte ich und hatte sofort das Bild eines anderen Spielers vor Augen. Kopfschüttelnd versuchte ich, die Gedanken an Jack aus meinem Kopf zu verbannen. Genauso erfolglos wie immer. Egal wie sehr ich mich dagegen wehrte, Jack hatte einen Nerv bei mir getroffen. War er in meiner Nähe, knisterte es, und wenn ich ihn nicht sah, vermisste ich dieses Gefühl sofort. Es war zum Haareraufen.

„Guten Morgen." Ich gesellte mich mit einer Tasse Kaffee zu ihnen an den Tisch. „Bereit für unser Training, Sam?"

„Jack hat gesagt, dass wir heute nicht trainieren. Also werde ich mit Lauren arbeiten."

Jack hatte was? „Wie meinst du das? Er hat das Training ausgesetzt?"

Sam sah mich mit Unschuldsmiene an und nickte eifrig.

Was, zur Hölle, war hier los?

Hatte Jack vollkommen den Verstand verloren? Er konnte nicht einfach das Training ausfallen lassen.

Mein Gesicht musste Bände sprechen, denn Sams Grinsen verlor an Leuchtkraft.

„Clary, es gibt einen guten Grund, warum wir das Training heute ausfallen lassen", beeilte er sich zu sagen und presste die Lippen aufeinander.

Na, das wollte ich doch hoffen! Sam wusste zweifelsohne mehr, als er preisgab.

„Und dieser gute Grund ist?", fragte ich mit drohendem Unterton.

„Das kann ich dir nicht verraten."

War ja so was von klar. Ich schloss für einen Moment die Augen, um nicht auf der Stelle die Geduld zu verlieren, und startete einen neuerlichen Versuch, Sam das Geheimnis zu entlocken. „Warum nicht?"

„Weil es eine Überraschung ist", erklang Jacks Stimme hinter mir.

Ich fuhr auf meinem Stuhl herum.

Er stand im Türrahmen und grinste. Der hatte Nerven!

„Und die Überraschung wartet schon auf uns“, fügte er hinzu.

Auf uns?

„Ich mag keine Überraschungen.“ Ich hörte selbst, wie trotzig ich klang. Wenigstens brachte ich Lauren damit zum Kichern.

„Mann, Clary, jetzt hab dich nicht so“, sagte sie.

Miese Verräterin.

Ergeben stand ich auf und trat an Jack heran.

„Also schön. Überraschung statt Training“, willigte ich ein. In was genau, wusste ich immer noch nicht.

Jacks Grinsen wurde breiter. Ich konnte nicht anders, als es zu erwidern, obwohl ich keine Ahnung hatte, was als Nächstes auf mich zukam.

Ich folgte Jack quer durchs Hotel. Während ich fieberhaft überlegte, welche Überraschung mich gleich erwarten würde, fiel mir auf, dass ich zum ersten Mal seit einer gefühlten Ewigkeit allein mit Jack war, was die Aufregung in meinem Bauch noch verstärkte.

Im Korridor, der zu den Garagen führte, blieb er stehen. „Was ich mit dir vorhabe, wird dir vielleicht verrückt erscheinen, aber ich bitte dich, mir zu vertrauen.“

Das klang nicht gerade erbaulich.

Ich wich seinem durchdringenden Blick aus.

„Clary?“ Seine sanfte Stimme ließ mich aufhorchen. „Vertraust du mir?“

Es war nicht das erste Mal, dass er mir diese Frage stellte. Die Antwort darauf hatte sich zwar nicht geändert, doch mir war, als hätte sie diesmal rein gar nichts mit unserer Zusammenarbeit oder dem Team zu tun.

„Ja, ich vertraue dir, Jack.“

Wieder erschien ein Lächeln auf seinem Gesicht. Er setzte gleich noch eins drauf, indem er nach meiner Hand griff, als wäre es das Natürlichste auf der Welt, und mich mit sich zum Treppenhaus zog. Oben öffnete er die schwere Eisentür für mich. Ich trat ins Freie. Wir mussten auf dem Dach des Hotels gelandet sein. Ich sah mich auf dem weitläufigen Platz um, begriff erst, wo wir waren, als ich den Helikopter entdeckte.

„Was wollen wir hier?" Angst griff mit kalten Fingern nach mir, und ich starrte den Hubschrauber ungläubig an.

Er drückte meine Hand. Ob er mich mit dieser Geste daran hindern wollte, die Flucht zu ergreifen, oder mir signalisierte, dass alles in Ordnung war, konnte ich nicht sagen. Ich klammerte mich an ihm fest und bemühte mich, ruhig zu atmen.

„Clary ... Clary, sieh mich an."

Fly or fall

Jack

Ich zog sanft an ihrem Arm, damit sie sich mir zuwandte. Die Panik in ihren Augen war nur schwer zu ertragen, aber ich war nach wie vor überzeugt, dass es das Richtige war, was ich vorhatte.

„Als mein Vater uns verlassen hat, war ich lange Zeit nicht im Park." Ich nahm auch ihre andere Hand. Sie sollte sich nur auf mich konzentrieren. „Ich habe es vermieden, dort hinzugehen, weil ich den Anblick der anderen Kinder nicht ertragen konnte, die mit ihren Vätern dort spielten."

Etwas in ihrer Mimik veränderte sich. Ich konnte die Traurigkeit sehen, die sie bei meiner Geschichte erfüllte.

„Ty hat mich irgendwann gegen meinen Willen in den Park geschleppt." Die Erinnerung daran ließ mich grinsen. „Wir hatten eine tolle Zeit, und ich habe die negativen Gefühle überwunden, die ich damit in Verbindung gebracht hatte."

„Und du denkst, wenn ich mit dem Heli fliege, hilft mir das?" Sie klang alles andere als überzeugt. Eher so, als wünschte sie sich einen Eishockeyschläger herbei, mit dem sie mich einem Puck gleich bis zum Mond schießen könnte.

„Ich weiß, dass das nicht vergleichbar ist", gestand ich. „Ich habe Ty damals auch zuerst verflucht. Im

Nachhinein war ich ihm unheimlich dankbar. Er war für mich da, hat mir geholfen. Ich will dasselbe für dich tun, Clary."

Jetzt lag es an ihr. Egal, ob sie sich dafür oder dagegen entschied, es mit ihren Ängsten aufzunehmen, ich würde ihren Entschluss akzeptieren und sie nicht damit allein lassen.

„Ich glaube, ich kann das nicht."

Eine Zeit lang sah sie mich nur an und ließ meine Hände nicht los. Sie kämpfte mit sich, und ich hätte nichts lieber getan, als ihr diese Last abzunehmen. Doch das konnte sie nur selbst tun. Das Einzige, was ich dazu beitragen konnte, war, nicht von ihrer Seite zu weichen, solange sie mich brauchte.

„Du bist verrückt, Jack", meinte sie irgendwann und schwieg wieder.

Ich konnte nicht sagen, wie lange es dauerte, schließlich blitzte mir Entschlossenheit aus ihren Augen entgegen. Sie war noch immer blass und rang mich sich, sah sich aber nach dem Heli um.

„Und wenn ich nicht fliegen will?"

„Dann fliegen wir nicht." Es war ein gewagter Schritt gewesen, sie herzubringen und den etwaigen Flug zu organisieren. Dazu drängen würde ich sie keinesfalls.

„Okay." Clarissa ließ meine Hand los, nur um die andere noch fester zu packen.

Gemeinsam gingen wir auf den Heli zu. Jeder ihrer Schritte schien sie größte Anstrengung zu kosten, sie lief jedoch weiter. Stolz erfüllte mich, als sie die freie Hand auf die Außenhaut des Helikopters legte. Sie hatte Angst, das war eindeutig, allerdings keimte auch immer mehr Mut in ihr auf, genauso wie ich gehofft hatte.

Der Pilot stieg aus und fragte, ob wir abfliegen wollten, woraufhin sich Clarissa neben mir versteifte.

„Das wissen wir noch nicht", antwortete ich.

Er schüttelte irritiert den Kopf und trollte sich zurück auf den Pilotensitz.

Ich wartete geduldig, bis sich Clarissa beruhigt hatte. „Sollen wir einsteigen?"

Ihre Augen weiteten sich, sie nickte jedoch.

Ich öffnete die Tür des Helikopters und kletterte ins Innere. Dann streckte ich ihr die Hände entgegen. Nach kurzem Zögern griff sie danach und folgte mir.

„Der sieht anders aus als in meiner Erinnerung."

„Er ist für Rundflüge gedacht und nicht für Rettungseinsätze."

Sie wurde noch blasser um die Nase. „Glaubst du, dass ich das schaffe?"

„Davon bin ich überzeugt", erwiderte ich wahrheitsgemäß.

Erneut nickte sie.

„Bereit?"

„Das werden wir gleich sehen", scherzte sie mit einem halben Lächeln.

Ich gab dem Piloten Bescheid. Er stattete uns mit Kopfhörern aus und zeigte uns, wie wir die Gurte anzulegen hatten.

„Du kannst noch einen Rückzieher machen."

Sie zog mein Angebot in Erwägung.

„Nein, kein Rückzieher." Sie klang atemlos und aufgeregt. „Ich kann nicht glauben, dass ich das tue."

Der Pilot checkte ein letztes Mal die Instrumente und gab über Funk den Abflug durch. Jetzt folgte der schwierigste Teil.

Der Motor startete mit lautem Brummen, der Heli erzitterte, und die Rotorblätter nahmen ihre Arbeit auf.

„Heilige Scheiße!", stieß Clarissa hervor und krallte sich an mir fest. Die Panik traf sie mit voller Wucht. Ich hätte alles dafür gegeben, dass sie das nicht hätte durchstehen müssen.

„Du schaffst das. Ich bin da. Ich bin ja da, Clary."

Tränen stiegen ihr in die Augen, und ihre Hände glitten nach oben zum Kragen meines Shirts. Sie packte mich fester als zuvor und zog, bis sich mein Kopf zu ihrem neigte.

Clary

Da war nur noch Angst. Angst und Jack.

Das Geräusch der Rotorblätter machte mich taub, die Panik färbte die Ränder meines Sichtfelds schwarz. Das Einzige, das noch funktionierte, war mein Tastsinn. Ich umfasste Jacks Gesicht, spürte die Wärme seiner Haut, die Bartstoppeln unter meinen Fingerspitzen und seinen Atem, der sich an meinem brach.

Wir hoben ab, und ich verlor vollkommen die Orientierung, das Gefühl für Raum und Zeit, für Richtig und Falsch. All das war mir egal. Ich wollte nur eines: mehr von ihm spüren und dadurch diese widerliche Angst ein für alle Mal vertreiben.

Wir hatten durch die Gurte kaum Bewegungsfreiheit, aber es reichte aus, um meine Lippen auf seine zu legen. Ich roch ihn, schmeckte ihn, fühlte seinen Mund, seine Zunge, und das genügte mir.

Ich konzentrierte mich nur auf Jack, auf unseren Kuss, auf die Sicherheit, die ich durch seine Nähe gewann.

Adrenalin rauschte durch meine Adern, und mein Puls galoppierte nur so dahin.

„Unter uns sehen Sie den Bow River", ertönte es aus den Kopfhörern.

Die Stimme des Piloten erinnerte mich daran, wo ich mich befand, dass wir nicht allein waren, und holte mich zurück ins Hier und Jetzt. Ein Lachen bahnte sich seinen Weg meine Kehle hinauf, und ich musste meine Lippen von Jacks lösen, um es herauszulassen. Er tat es mir gleich, lachte mit mir, befreit und aus vollem Herzen, was mir beinahe genauso durch Mark und Bein ging wie unser Kuss.

Ich fing seinen Blick ein und sah die Faszination in seinen Augen, als er mich betrachtete. Es war berauschend, und schlagartig fühlte ich mich zu allem in der Lage. Ich griff nach seiner Hand und öffnete mich dem, was es um uns herum zu sehen gab.

Die Aussicht war grandios. Ich konnte nicht glauben, was ich hier tat, nicht glauben, dass es jemandem wichtig gewesen war, mir dieses Wunder zu ermöglichen.

Nachdem meine Füße festen Boden berührt hatten, taumelte ich. Jack war an meiner Seite und hielt mich fest.

„Schön langsam." Er ließ die Hand, mit der er mich an der Hüfte gestützt hatte, meine Rücken hinaufwandern.

„Ich danke dir, Jack", sagte ich, und da ich noch nicht bereit war, meinen Verstand zu benutzen, hob ich den Kopf und küsste ihn noch einmal.

Erst als ich unseren Kuss notgedrungen unterbrechen musste, um zu Atem zu kommen, war auch mein Gewissen wieder am Boden der Tatsachen angelangt. Das weiter zuzulassen, war unfair Jack gegenüber und gegenüber dem Team.

„Es tut mir leid." Meine Stimme klang fremd in meinen Ohren.

„Was tut dir leid?"

„Dass ich mich habe hinreißen lassen."

Jacks Blick hielt mich fest, während seine Hände von mir abließen. „Willst du mir sagen, dass da nichts zwischen uns ist?"

War das eine rhetorische Frage?

„Ich würde lügen, wenn ich das behaupten würde. Aber wir tragen Verantwortung, Jack. Für das Team. Wenn es nicht funktioniert ..." Ich stolperte über meine eigenen Worte, wusste nicht, wie ich ihm begreiflich machen sollte, was in mir vorging. „Es gibt nicht für jeden ein Happy End. Wir müssen ..."

„Ich habe schon verstanden", unterbrach er mich. „Du wirst nie nach vorne sehen können, wenn du dir weiterhin selbst im Weg stehst. Dennoch werde ich so tun, als wäre nichts von dem heute passiert." Sein Tonfall war kühl, und doch konnte ich hören, wie viel mehr sich dahinter verbarg. Wie verletzt er war.

Nein, tue das nicht!, wollte ich erwidern und brachte nur ein schwaches Nicken zustande.

***

„Er ist also ins feindliche Lager gewechselt", sagte Drew, nachdem ich die neueste Bombe hatte platzen lassen.

„So sieht's aus", erwiderte ich.

Hudson hatte, kaum dass er von Trainer Paxton aus dem Team entfernt worden war, ausgerechnet bei den Banff Slicers unterzeichnet, unseren Rivalen im bevorstehenden Spiel. Keine Ahnung, wie er dieses Kunststück zustande gebracht hatte, es sollte mich jedoch nicht wundern, denn dieser Kerl war zu allem fähig.

„Und ich hatte gehofft, ihm nicht allzu bald begegnen zu müssen." Sam sah verdrießlich drein.

„Umso besser, dann können wir diesen Vollidioten endlich aufmischen." Ty ließ seine Fingerknöchel knacken.

Mein Handy kündigte lautstark einen Anruf an, und ich entfernte mich ein Stück von den anderen, um ihn anzunehmen.

„Lee Chen hier. Ich muss mit dir noch ein Detail des Interviews besprechen."

„Sicher", meinte ich, während Ty den anderen gerade ausführlich erklärte, wie er Hudson auf dem Eis den Garaus machen wollte.

„Ich muss schon sagen, du hattest mich wirklich davon überzeugt, dass meine Quelle mir falsche Informationen geliefert hat", begann sie.

Hattest? Was sollte das heißen?

„Ich habe ein Foto erhalten, das dich und Jackson Rozsa auf dem Helikopterlandeplatz des Centers zeigt."
Sie machte eine effektvolle Pause, in der mein Puls rasant an Tempo zunahm und die Stimmen der anderen
in den Hintergrund rückten.

„Du weißt, was ihr auf diesem Foto tut, nicht wahr?"

Ich würde Hudson umbringen! Und Lee gleich mit
ihm.

„Du hast mir gesagt, dass Ausschlachten und Breittreten nicht dein Stil sind. Aber das schon?" Ich antwortete deutlich lauter als beabsichtigt.

Die Gespräche im Raum verstummen. Alle sahen
mich an, doch es war Jacks Blick, den ich am intensivsten von allen auf mir spürte.

Lee schwieg einen Moment. „Das ist das Business. Ich
könnte die Story fallen lassen, wenn ich stattdessen
eine andere bekäme."

Ich hatte keine Ahnung, wovon sie sprach, in meinen
Ohren klang das allerdings schwer nach Erpressung.

„Um was geht es eigentlich?", zischte ich ins Telefon.
Meine Geduld war längst am Ende.

„Ich will mit Kevin O'Hara sprechen." Ich hatte ja mit
einigem gerechnet, das überraschte mich jedoch.

„Warte kurz, Lee", sagte ich, ließ das Telefon sinken
und schaltete das Mikrofon stumm.

„Was ist los?", wollte Sam wissen.

„Es ist Lee Chen. Kev, ich muss mit dir unter vier Augen reden."

Kevin sah nicht annähernd so verwundert aus, wie
ich es war. Dafür umso wütender.

Ohne eine Antwort nickte er zur Tür und setzte sich in Bewegung. Auch Jack ließ es sich nicht nehmen, uns zu folgen.

„Was will sie von dir?“ Es war eigenartig, Kev eine mit Sicherheit sehr persönliche Frage zu stellen. Seit ich ihn kennengelernt hatte, hatten wir keine drei Sätze miteinander gewechselt. Er war mit Abstand der Schweigsamste der Gruppe. Und bis auf unser Training hatten wir kaum Berührungspunkte.

„Sie will ein Exklusivinterview mit mir“, sagte er grollend.

„Warum?“ Zu meinem Glück war es Jack, der diesen äußerst ominösen Sachverhalt hinterfragte.

Kev rang sichtlich mit sich, schloss einen Moment die Augen, als müsste er sich sammeln. Obwohl ich noch immer keine Ahnung hatte, was dahintersteckte, verfluchte ich Lee für das, was sie uns antat, Kev eingeschlossen.

„Ich kannte ihren Vater.“

„Den Kriegsreporter?“

Meine Frage ließ Jack scharf die Luft einziehen.

„Er hat meine Einheit in Afghanistan begleitet.“

Kevin O’Hara hatte also im Krieg gedient. Das erklärte einiges.

„Ich spreche mit ihr.“ Kev streckte die Hand nach meinem Telefon aus.

Ich fragte mich, ob er wusste, mit welchen Mitteln Lee das Interview herbeizuführen versuchte.

„Du musst das nicht tun.“ Klar wollte ich nicht, dass das Foto von Jack und mir publik wurde, aber ich konnte auch nicht zulassen, dass Kev seinen Kopf für uns hinhielt.

„Ich muss." Er wartete keine Erwiderung ab, sondern griff nach dem Handy, sah auf das Display, als würde er vor dem Richtblock stehen, und aktivierte das Mikrofon. „Du bekommst dein Interview."

Jack

„Los, Drew! Das geht noch ein bisschen schneller!", rief Clarissa und klatschte auffordernd in die Hände.

Drew fuhr an, drehte sich kurz vor der Blue Line um und vollzog das von Clary gewünschte Wendemanöver präzise und in einem spitzen Tempo.

„Na, geht doch!"

Beide lachten. Sie so frei und gelöst zu sehen, obwohl ich wusste, was sie hatte durchmachen müssen, was sie immer noch durchmachte, ließ ein warmes Gefühl in mir aufkommen. Gleichzeitig versetzte es mir einen Stich, weil sie mit Drew, Sam und den anderen so unbeschwert umging, wohingegen es zwischen uns nach wie vor kompliziert war. Ich wusste, was wir füreinander empfanden, ging wesentlich tiefer als die Freundschaft, die sie mit den anderen verband. Trotzdem war sie nicht bereit, uns eine Chance zu geben.

Sie hatte sich in den Kopf gesetzt, dass das mit uns nicht sein durfte, womöglich auch, dass es zum Scheitern verurteilt war, und hielt eisern daran fest. Bolders Hinterhältigkeit und die Tatsache, dass unsere Beziehung, die ja nicht mal eine war, beinahe in der Zeitung gelandet wäre, vereinfachte die Sache nicht.

Ich konnte ihre Beweggründe zum Teil nachvollziehen, allerdings änderte das nichts daran, dass ich sie wollte.

Seit unserem Kuss auf dem Helikopterlandeplatz war nichts zwischen uns gelaufen, und dennoch schien die Welt zu beben, wann immer sich unsere Blicke trafen oder wenn wir uns zufällig berührten.

„Erde an Jack. Hast du mitbekommen, in welchem Affenzahn ich die Drehung hingekriegt habe?“ Sam wedelte mit der Hand vor meinem Gesicht herum.

„Ja klar“, log ich und wusste, dass Sam mich durchschaute.

Sein Grinsen wurde breiter.

„Du solltest dich mehr aufs Training konzentrieren, Mann.“ Er sah demonstrativ zu Clarissa hinüber, die gerade Klays Haltung korrigierte.

„So und jetzt probiere es noch mal. Wenn du weit genug in die Knie gehst, wird es dir besser gelingen“, erklärte sie.

Klay versuchte, ihre Tipps umzusetzen, konnte Clary aber nicht zufrieden stellen.

Es waren nur noch drei Wochen bis zu unserem ersten Spiel, und Paxton trainierte uns härter denn je. Auch Clarissa versuchte, uns möglichst viel mitzugeben.

„Pass auf, Klay.“ Sie brachte sich in Stellung, und es war augenscheinlich, dass sie Schmerzen hatte. Das hielt sie nicht davon ab, Klay die Bewegung ein weiteres Mal vorzuführen. Sie entfernte sich etwas von ihm, um genügend Platz zu haben. „Stell dir vor, zwei Gegner stürmen auf dich zu“, ihre Hände hielten einen imaginären Schläger, und sie tat so, als würde sie auf jemanden zulaufen, „und es gelingt dir, dem Winger den Puck abzuluchsen."

Die Bewegungen hatten zwar kaum etwas mit Eishockey zu tun, lustig waren sie allemal.

„Du hast also den Puck. Die beiden lassen sich das natürlich nicht gefallen und wollen dich in die Mangel nehmen. Das können sie vergessen, weil du einfach zwischen ihnen durchtauchst. Schau, so ..." Clarissa streckte sich, zog die Arme an die Seiten und stieß sich mit dem Fuß ab. Seitwärts gedreht, die Schuhspitzen nach vorne, glitt sie übers Eis, ein Lächeln im Gesicht, das es mir unmöglich machte, den Blick von ihr abzuwenden.

Ihre Kufe verkanteten sich, ein erschrockener Laut drang aus ihrem Mund. Und dann fiel sie.

Mein Herz setzte aus, und mir war, als würde auch ich fallen. Klay, der Clarissa am nächsten war, hechtete vorwärts, die Arme ausgestreckt, bereit, sie aufzufangen, aber er hatte keine Chance.

Mit dem Knie voran schlug sie auf, kippte zur Seite und schrie.

„Clary!" Mein eigener Schrei hörte sich an, als würde er aus weiter Ferne dringen. Ich konnte nicht sagen, wie ich von meiner Position aus zu ihr gelangt war, doch eine Sekunde später packte ich Klay, der vor ihr kniete, an der Schulter und stieß ihn aus dem Weg. „Clary, hey, es wird alles gut, ich ..."

Clarissas Gesicht war so weiß wie das Eis unter ihr. Die Augen hatte sie zusammengepresst, ebenso wie den Mund, weshalb ihre Schmerzenslaute lediglich in ihrer Kehle vibrierten.

Ich wollte sie hochheben.

Ty hielt mich davon ab. „Du darfst sie nicht bewegen!“

Ich schüttelte ihn ab, beherzigte jedoch, was er gesagt hatte. Legte eine Hand stattdessen nur auf ihre Wange. Flatternd hoben sich ihre Lider, Tränen quollen aus ihren Augen hervor und benetzten meine Finger. Sie schien mich erst nicht richtig wahrnehmen zu können.

Ich hörte Drew hinter mir sprechen, glaubte, dass er einen Rettungswagen anforderte, konnte mich allerdings nicht auf seine Stimme konzentrieren.

Clary öffnete den Mund, doch es kam kein Laut daraus hervor. Erst als ich ihre klammen Finger an meiner Hand fühlte, sagte sie etwas. Nur ein Wort.

„Jack.“

Radiance

Clara

Er war da. Das Gefühl seiner Berührung verblasste, und auch seine Stimme konnte ich über das Rauschen in meinen Ohren kaum verstehen, aber allein die Gewissheit genügte, dass er bei mir war.

Ich wollte ihm sagen, wie sehr ich ihn brauchte, nur mein Mund gehorchte mir nicht mehr und sein Gesicht vor meinen Augen verschwamm. Schließlich umfing mich Schwärze.

Das Erste, das ich wahrnahm, war ein monotones Piepen. Zuerst hatte ich keine Ahnung, wo ich mich befand und was eigentlich los war. Dann kehrte die Erinnerung allmählich zurück. Das Piepen beschleunigte sich synchron zu meinem Herzschlag.

Ich öffnete langsam die Augen und brauchte ein paar Sekunden, bis ich fokussiert sehen konnte. Ich registrierte den Tropf an meinem Arm und die Polsterschiene, in die mein Bein gebettet war. Kein Gips, kein Fixateur, und mit den Zehen wackeln konnte ich auch.

Ich atmete geräuschvoll aus und drehte den Kopf zur Seite.

„Sie ist wach", erklang Ritas ersticktes Wispern.

Lauren trat in mein Blickfeld. Sie wirkte besorgt, lächelte jedoch. Gleich hinter ihr erschien das Gesicht unserer Visagistin. Tränen kullerten über ihre Wangen, die sie rasch wegwischte.

„Du hast ja keine Ahnung, wie froh ich bin", sagte Rita und fügte an Lauren gewandt hinzu: „Ich gebe ihnen Bescheid, dass sie aufgewacht ist."

Ich war noch nicht ganz bei mir und konnte nur rätseln, wovon Rita sprach, da hörte ich auch schon das leise Klicken der Tür.

„Hast du Schmerzen?", fragte Lauren.

„Ist auszuhalten." Meine Stimme war rau, und meine Lippen fühlten sich trocken an.

„Warte, ich bringe dir etwas zu trinken." Sie ging zum Tisch, und hinter ihr kam Dad zum Vorschein. Er hatte sich auf dem Stuhl niedergelassen und schlief.

„Wo ist Jack?" Ich hatte die Frage ausgesprochen, bevor ich genauer darüber nachgedacht hatte.

Lauren kehrte mit einem Glas Wasser zurück und reichte es mir. „Er wartet unten. Die anderen auch."

Dass er nicht weit weg war, beruhigte mich, obwohl ich auf Laurens spitzes Grinsen hätte verzichten können.

Ich trank ein paar Schlucke und stellte das Glas auf dem Nachttisch ab. „Wie lange bin ich schon hier?"

„Ein paar Stunden."

Unser Training war wie immer spät abends gewesen, und wenn ich das gräuliche Licht bedachte, das sich durch die Lamellen der Jalousie ins Krankenzimmer drängte, musste es nun früher Morgen sein. Sie alle hatten die ganze Nacht im Hospital gewartet?

„Und wie schlimm ist es?" Ich wandte den Blick von Lauren ab und betrachtete stattdessen die Bettdecke.

Sie zögerte, was das Piepen des Monitors wieder
Fahrt aufnehmen ließ.

„Soweit ich das verstanden habe, sitzen die Schrauben noch dort, wo sie sein sollen ...“

„Aber?“

„Ich hole den Arzt. Am besten besprichst du das mit ihm.“ Sie setzte sich in Bewegung.

„Lauren.“

„Ja?“ Mit der Hand auf der Türklinke hielt sie inne und drehte sich zu mir um.

„Bist du böse auf mich?“ Sie hatte mich davor gewarnt, wieder aufs Eis zu gehen, und ich hatte nicht auf sie gehört.

„Nein. Ich verstehe, warum du es getan hast. Ich wünschte nur, dass es nicht dazu gekommen wäre.“

Ja, das wünschte ich mir auch.

***

Lauren hatte recht gehabt. Alle Schrauben in meiner Hüfte und im Oberschenkel waren noch dort, wo sie vor Jahren platziert worden waren. Allerdings hatte ich mir einen Haarriss im Beckenkamm und eine Einblutung im Hüftgelenk zugezogen. Mein Knie war lediglich geprellt, was es nicht davon abhielt, höllisch zu schmerzen. Die Devise lautete Schonung.

Aus diesem Grund hatte ich Ty gebeten, mich von meinem Zimmer abzuholen und mir Geleitschutz zu geben, falls mir auf dem Weg nach unten die Puste ausgehen sollte. Lauren hatte heute ihren Lauf, und den wollte ich unbedingt erleben. Ich hatte in den letzten Jahren schon zu viele von ihren Erfolgen verpasst, weil ich es nicht ertragen hatte, dass sie auf dem Eis war, während ich nur zusehen konnte. Meine Einstellung dazu hatte sich mittlerweile geändert. Ich hatte mich geändert. Es tat noch immer weh, doch es hinderte mich nicht mehr daran, Lauren anfeuern zu wollen.

Es klopfte. Ty war da.

„Komm herein."

Die Tür öffnete sich, und Jack stand im Rahmen.

„Du bist nicht Ty."

Er schüttelte den Kopf und bedachte mich mit diesem Blick an, bei dem ich stets das Gefühl bekam, dass er viel mehr wahrnahm als meine äußere Erscheinung.

„Ist Ty verhindert?" Mich interessierte brennend, warum Jack an seiner Stelle gekommen war.

„Glaubst du, ich lasse zu, dass er dich im Arm hält?" Er grinste schief, aber er klang vollkommen ernst.

Meine Wangen wurden warm, ich fühlte das altbekannte Knistern zwischen uns.

„Lass uns gehen, sonst verpassen wir noch Laurens Lauf", meinte ich, weil ich nicht bereit war, auf seine letzte Bemerkung einzugehen.

Sein Lächeln vertiefte sich, und er reichte mir gentlemanlike den Arm.

Die anderen hatten bereits auf den Zuschauerrängen Stellung bezogen. Ich setzte mich neben Rita und war froh und enttäuscht zugleich, Jacks Hand loslassen zu müssen.

Beim Anblick von Sams Shirt, auf dem in großen Lettern Go, Lauren! stand, konnte ich ein Kichern nicht unterdrücken.

Laurens Vater war nicht zu sehen, was vermutlich besser war.

„Und als Nächstes sehen Sie Miss Lauren Tremblay in der Kür", schallte es durch die Lautsprecher.

Die Gespräche in der Halle verklangen allmählich. Als die Musik einsetzte, entfuhr mir ein überraschtes Keuchen. Anstatt eines der klassischen Musikstücke, die Laurens Auftritte stets begleiteten, erklang eine poppige Nummer mit schnellem Rhythmus.

„Ist das Taylor Swift?", fragte ich in die Runde.

„Ja. Das passt viel besser zu ihr, findest du nicht?", antwortete Sam und johlte dann lauthals, als Lauren begann. Dafür erntete er einige missbilligende Blicke von den anderen Zuschauern.

Lauren war unglaublich. Ja, ich hatte sie lange nicht mehr laufen sehen, doch nichts aus meiner Erinnerung war mit der Show vergleichbar, die sie heute ablieferte. Sie legte eine perfekte Präzision bei allen Figuren an den Tag und fuhr mit einer derartigen Power, dass mir mehrmals die Luft wegblieb.

Die Punktrichter bewerteten ihre Fahrt mit Bestnoten, und Sam applaudierte von allen am lautesten. Ich war unheimlich stolz auf sie. Wenn es die Dynamites schafften, einen ebensolchen Biss auf dem Eis zu beweisen wie Lauren, hätten sie das Spiel schon so gut wie gewonnen.

***

Der Tag, auf den wir so lange hingefiebert hatten, war gekommen. Glücklicherweise waren meine Verletzungen so weit verheilt, dass ich mich wieder halbwegs schmerzfrei und sicher bewegen konnte. Nach Laurens fulminantem Sieg lag nun meine volle Aufmerksamkeit auf der kleinen schwarzen Scheibe oder, besser gesagt, auf denjenigen, die sie übers Eis schossen.

Langsam, aber sicher füllte sich die Tribüne, und mit jedem Zuschauer stieg meine Anspannung.

Ich war mit Peter Mallanstein in der Spielerlounge verabredet, wo ich ihn und einige andere potenzielle Sponsoren, die ich eingeladen hatte, in Empfang nehmen wollte.

„Wir werden das so was von rocken! Bolder wird schon sehen, was er davon hat, auf die Verliererseite gewechselt zu haben", meinte Sam gerade zu den anderen.

Sie standen unter Strom, waren mehr als reif für das alles entscheidende Spiel.

„Clarissa Clark, vom tragischen Wunderkind zur Managerin."

Sams kampfbereites Grinsen verrutschte, und auch in Drews, Tys und Klay Gesichtern blitzte Verwunderung auf.

„Mark", setzte ich an. „Ich wusste gar nicht, dass wir mit dir rechnen durften." Erst jetzt wandte ich mich ihm zu und begegnete dem selbstgefälligen Ausdruck, den er zur Schau trug.

„Nun, wie du wahrscheinlich weißt, haben heute einige meiner zahlreichen Klienten ein Spiel zu gewinnen. Und ich dachte mir, wenn ich schon da bin, will ich mich vergewissern, dass es dir gut geht." Er grinste schmierig.

Ja, ich wusste, dass er die Slicers unter Vertrag hatte. Ich hätte damit rechnen müssen, dass er die Dreistigkeit besaß, ungebeten hier hereinzuschneien und mir den Tag zu versauen.

Jack

Es brauchte einen Moment, bis ich kapierte, wer der Kerl war. Clarissa hatte mir von ihm erzählt, von dem alten Freund ihres Vaters, der aus den Schrecken ihrer Vergangenheit Profit schlagen wollte.

„Danke, der Nachfrage, Mister ...?“, fragte ich, während ich an Clarys Seite trat und dem Drecksack eine Hand entgegenstreckte.

Ich hatte nicht annähernd dankbar und sonderlich freundlich geklungen, weshalb er zögerte, ehe er meine Hand ergriff und sie schüttelte. „Graham.“

Clarissa warf mir einen warnenden Seitenblick zu, aber ich hatte ohnehin vor, die Sache elegant zu regeln.

„Mister Graham“, wiederholte ich seinen Namen, ohne mich meinerseits vorzustellen. Er durfte ruhig merken, was ich von ihm hielt. „Jetzt da Sie sich persönlich davon überzeugt haben, dass Ihre Unterstützung in keiner Weise benötigt wird, können Sie ruhigen Gewissens zu Ihren Klienten zurückkehren. Wir haben vor dem Spiel noch etwas mit unserer Managerin zu besprechen.“

Kev, Ty und Drew hatten links und rechts von Clary und mir Stellung bezogen. Es war ihnen nicht verborgen geblieben, dass Mark Graham unerwünscht war.

Ein harter Zug trat an die Stelle des aufgesetzten Grinsens. Graham sah ein letztes Mal zu Clarissa und machte sich dann klugerweise mit einem trockenen „Viel Glück für das Spiel“ vom Acker.

„Ich habe zwar keine Ahnung, wer das war, aber wir mögen ihn nicht, oder?", wollte Sam wissen, nachdem Graham die Lounge verlassen hatte.

„Nein, wir mögen ihn nicht." Das Leuchten in Clarys Augen und ihr Lächeln brachten alles in mir zum Beben.

Über unseren Köpfen nahm ein rotes Blinklicht seinen Dienst auf. Das Signal für uns, dass das Spiel demnächst starten würde.

„Los geht's!", jubelte Drew.

Sofort kam Bewegung in die Versammelten.

„Ihr schafft das." Clarissa drückte meine Hand. „Ich weiß es", bekräftigte sie und wandte sich dem G.-I.-Typen und einigen Anzugträgern zu, die eben die Lounge betreten hatten.

Fest entschlossen, sie nicht zu enttäuschen, folgte ich den anderen in die Umkleide.

Auch dort lauerte ein ungebetener Gast.

„Bolder", knurrte Ty.

„Ich glaube, du hast dich im Raum geirrt", knurrte Drew.

Hudson hob abwehrend die Hände.

„Kein Grund, aufbrausend zu werden, Rutherford. Ich wollte nur meinen ehemaligen Teamkollegen viel Erfolg für das Spiel wünschen", erwiderte er mit aufgesetzter Freundlichkeit und einem ebenso falschen Grinsen.

„Wer's glaubt." Klay schnaufte.

Bolder ließ sich davon nicht beirren.

„Es ist schon herausragend, wie weit ihr es gebracht habt. Vor allem, wenn man bedenkt, dass der Trainer euch nur als Kompromiss mit ins Team geholt hat.

Nicht wahr, Rozsa?" Er sah meine Jungs einen nach dem anderen demonstrativ an, und es kostete mich enorme Anstrengung, nicht in der Sekunde auf Bolder loszugehen.

„Was redet der Vollpfosten da?", fragte Ty.

„Wie meint er das, Jack?", fragte Sam.

Ich war außerstande, etwas zu erwidern.

„Hört nicht auf ihn. Alles, was er von sich gibt, ist Bullshit!" Drew verschränkte die Arme vor der Brust und funkelte Bolder an.

Mir entging allerdings nicht, dass der Blick, den er mir zuwarf, von Unsicherheit zeugte.

Hudson Bolder lachte und zog eine Braue hoch. „Willst du deinen Kameraden nicht erzählen, wie der Deal mit Paxton zustande gekommen ist?"

Das war genug. Ich machte einen blitzschnellen Schritt auf Bolder zu, der erschrocken zurückwich, sich rasch wieder fasste und mir breiter denn je entgegengrinste.

„Raus hier! Oder ich schwöre dir, dass ich dir meinen Schläger so tief in den Arsch ramme, dass du dir damit die Zähne putzen kannst."

Kollektives Einatmen.

Bolder lachte. „Na gut, wir sehen uns auf dem Eis, und dann wird sich ja zeigen, ob es sich für dich und deine Loser ausgezahlt hat, hier aufzukreuzen."

Die Tür schwang hinter ihm ins Schloss, und es war totenstill in der Umkleide. Die Aufmerksamkeit aller war auf mich gerichtete. Kev, Ty, Sam, Klay und Drew, ebenso die anderen Spieler musterten mich.

Ich hätte zu gern gewusst, woher dieser miese Intrigant von dem Deal mit Paxton erfahren hatte. Im

Grunde war das absolut egal. Er hatte seine Karten richtig ausgespielt, sicherlich mit dem Ziel, uns noch knapp vor dem Spiel zu demoralisieren. Und wenn ich die entgeisterten Gesichter meiner Freunde bedachte, war ihm das auch gelungen.

„Jack ..." Sams Stimme klang belegt, er schluckte hörbar. „Was hat das zu bedeuten?"

Ich wollte das nicht. Ich wollte es ihnen nicht sagen, doch ich hatte keine andere Wahl.

„Jetzt spuck's schon aus!", donnerte Ty.

Seine Haltung und die Kälte in seinen Augen brachte meinen Magen zum Rebellieren.

„Paxton wollte uns nicht", begann ich, suchte verzweifelt nach den richtigen Worten und musste feststellen, dass es keinen sanften Weg gab, ihnen die Wahrheit mitzuteilen. „Zumindest nicht alle von uns."

Die Luft im Raum wurde dicker, Gemurmel erhob sich unter den Spielern.

„Wen wollte er nicht?" Tys Stimme war schneidend.

„Keinen von euch. Er wollte nur mich."

Der Knoten in meinem Magen fühlte sich stetig schwerer an. Drew keuchte auf, Ty ballte die Hände zu Fäusten, Sams Schultern sackten herab, Klay schüttelte ungläubig den Kopf, und sogar Kev war die böse Überraschung deutlich anzumerken.

„Aber ich habe ihn davon überzeugt, dass es ein Fehler wäre, euch nicht mit ins Team zu holen. Ich weiß, dass es jeder Einzelne von euch verdient hat. Und eure Leistungen auf dem Eis haben das bestätigt. Unser Start hier war mit Sicherheit turbulenter, als er hätte sein müssen." Ich ließ den Blick durch die Reihe der Stammspieler wandern. „Aber ich bin mir sicher, dass wir –

wir alle gemeinsam – als Team beweisen werden, was in uns steckt. Wenn wir uns gegenseitig die Chance geben zusammenzuwachsen und unseren Gegnern als Einheit entgegentreten. Wir werden uns nicht einschüchtern lassen, nicht zulassen, dass uns irgendetwas daran hindert, da hinauszugehen und unser Bestes zu geben. Ich brauche euch, euch alle. Also, wer ist bereit, den Slicers zu zeigen, dass die Dynamites hier sind, um zu siegen?"

Mein Atem ging schwer. Einige stolpernde Schläge meines Herzens lang erfüllte Schweigen den Raum, und ich konnte nicht sagen, wie sie sich entscheiden würden.

Dann trat Sam an mich heran, hob die Arme und zog mich an sich. „Ich kämpfe mit dir, Jack."

„Ich auch", sagte Kev.

„Dito." Klay nickte mir zu.

„Wir werden allen beweisen, dass wir aus gutem Grund hier sind", meinte Drew mit entschlossener Miene.

Sam ließ mich los, und ich wandte mich Ty zu. Er wirkte noch immer wütend. Ich wusste, dass ich ihn wie die anderen verletzt hatte.

„Lasst uns diesen Arschlöchern eine Abreibung verpassen, die sich sehen lassen kann!" Ty hob die Hand zum High Five, und ich schlug ein. „Und was ist mit euch? Seid ihr dabei?", fragte er in die Runde.

„Ja, Mann! Zeigen wir diesem verräterischen Pisser, dass wir ohne ihn besser dran sind!", brüllte Greg aus vollem Hals und stieß eine Faust in die Luft, woraufhin auch der Rest der Spieler in laute Zustimmungsbekundungen verfiel.

„Dieser Tag ist voller Überraschungen." Sam zeigte mit dem Daumen über die Schulter auf Greg und zwinkerte mir zu.

Clary

„Da sind sie!", rief Lauren, trat zur Plexiglaswand und schlug beide Handflächen so lange dagegen, bis sie die Aufmerksamkeit der Spieler hatte, die das Eis gerade an der gegenüberliegenden Bandenseite betraten. Sie fasste sich an die Knopfleiste ihres knallorangefarbenen Hemds, das sie, wie sie mir vorher mitgeteilt hatte, aus Solidarität zum Team trug, und riss sie auseinander.

Die Jungs brachen in Jubel aus, und Sam drehte johlend eine Pirouette.

Himmel! Das sah gar nicht mal schlecht aus. Wann, zum Teufel, hatte er das denn gelernt?

Lauren kehrte lachend und mit geröteten Wangen zu Rita und mir zurück, und ich war erleichtert, dass sie gerade nicht der Mannschaft und der Unmenge an Zuschauern gegenüber ihre nackten Brüste gezeigt hatte. Gut, das hatte ich nicht ernsthaft erwartet, umgekehrt hätte ich auch nicht mit dem gerechnet, was sie tatsächlich zur Schau trug. Auf ihrem schwarzen Shirt stand fettgedruckt: Go, Sam!

Ich konnte mir ein Schmunzeln nicht verkneifen, das Lauren mit einem verlegenen Schulterzucken erwiderte.

Da taten sich Abgründe auf!

„An Fans mangelt es euch schon mal nicht", bemerkte Peter grinsend, der wie wir neben den anderen Sponsoren in spe, Phil, Dad und Onkel Cam in der ersten Reihe saß. Hinter ihnen hatte Anna Platz genommen. Obwohl sie als Mannschaftärztin aus beruflichen Gründen beim Spiel dabei sein musste, wirkte sie mindestens so aufgeregt wie der Rest von uns. Und sogar Thia hatte sich die Zeit genommen, um den Dynamites zuzujubeln.

Nachdem die Mannschaften eine Runde übers Eis gedreht hatten, zogen sie sich bis auf die Spieler, die das erste Drittel bestreiten würden, auf die Bänke zurück. Von den Jungs aus Missoula waren nur Jack und Ty in der Startaufstellung vertreten. Da Jack der einzig brauchbare Center des Teams war, würde heute die größte Belastung auf ihm liegen.

Hudson musste wohl noch auf seinen Auftritt warten, denn im ersten Bully trat jemand anders gegen Jack an.

Alle hatten ihre Positionen eingenommen, Jack rief den Spielern hinter sich etwas zu, das ich nicht verstand, aber sie alle erwiderten es mit einem von Kampfgeist zeugenden „Ja". Dann trat der Schiedsrichter an die Mittellinie und warf den Puck ein. Der Center der Slicers hatte keine Chance gegen Jack. Er passte den Puck seinem Left Winger zu und raste los, dem gegnerischen Goalie entgegen.

Paxton hatte ganze Arbeit geleistet. Die Dynamites liefen auf Hochtouren, spielten präzise und mit taktischer Raffinesse. Dennoch schenkten ihnen die Gegner nichts. Ich war derart ins Spiel vertieft, dass ich es kaum glauben konnte, als die erste Pause eingeläutet wurde.

„Die gehen so was von ab." Rita, die sich nie sonderlich für Eishockey hatte begeistern können, war ebenso euphorisch wie Lauren und ich.

Leider hatten wir im zweiten Drittel wesentlich weniger Gelegenheiten zum Jubeln. Trainer Paxton wechselte die komplette Feldmannschaft aus, und die Slicers dominierten die folgenden zwanzig Minuten. Am Ende des zweiten Drittels war unser Vorsprung dahin, und wenn sich das Blatt nicht bald wendete, konnten wir uns gleich vom Sieg verabschieden.

Während Rita zur Toilette ging und Lauren uns Getränke holte, sprach Jack mit Paxton.

„Ich hoffe, ich erlebe die neuen Spieler heute noch zusammen", meinte Peter, und James Kenneth, einer seiner Kollegen, pflichtete ihm bei.

Ja, das hoffte ich auch, weil der Deal mit Gavanor Industries maßgeblich von ihrem Erfolg abhing und weil ich überzeugt davon war, dass sie, wenn Paxton sie gemeinsam aufs Eis ließ, das Match noch für uns entscheiden könnten.

In diesem Moment nickte der Trainer Jack zu und wedelte mit der Hand zur Spielerbank.

Sam erhob sich, dann Kev, Klay, ebenso wie Drew und zu guter Letzt Ty.

„Ja!", stieß ich viel zu laut hervor und kassierte verwunderte Blicke von den Leuten um mich herum, aber das war mir schnuppe.

„Deine Hoffnung erfüllt sich, Peter." Ich verzichtete darauf, mich wieder auf meinen Platz zu setzen, als das letzte Drittel begann. Wenn ich gekonnt hätte, wäre ich mit ihnen aufs Eis gegangen, nur um näher dabei zu sein.

Diesmal stand Jack Hudson gegenüber, den der Trainer der Slicers bis zum Schluss zurückgehalten hatte. Obwohl sich Hudson sichtlich ins Zeug legte, entschied Jack den ersten Bully für sich. Sam, Drew und er stürmten nach vorne, bissen sich jedoch an der gegnerischen Verteidigung die Zähne aus. Schon war Hudson im Besitz des Pucks und passierte pfeilschnell die Mittellinie. Jack stellte sich ihm in den Weg, deshalb versuchte er, über die rechte Flanke zum Tor zu gelangen. Mit dem Right Winger direkt neben ihm lief Hudson auf Klay zu.

Ich hielt den Atem an. Klay stürzte vorwärts und nahm Hudson den Puck ab, bevor er Ty damit behelligen konnte. Doch Klay hatte keine Möglichkeit auszuweichen, und ein Pass an Kev schien wenig aussichtsreich. Wie ich es ihm gezeigt hatte, drehte er sich seitwärts und schlängelte sich zwischen Hudson und seinem Teamkollegen hindurch. Die beiden waren perplex, das Publikum explodierte in Jubelschreien. Klay gab an Sam ab, der an Drew, und das erste Tor des letzten Spieldrittels drehte die Punktezahl auf unserer Seite der Anzeige nach oben.

Es blieb nicht das letzte Tor. Klays Streich hatte das Spiel in Fahrt gebracht. Jack und die anderen beherrschten das Eis, und obwohl Ty das ein oder andere Mal vor allem von Hudson in Bedrängnis gebracht wurde, ließ er den Puck nicht durch. So gelang es ihnen tatsächlich, den Rückstand zum Ende der Spielzeit auszugleichen. Die Overtime begann, und ich hatte das Gefühl, die Anspannung würde mich jeden Moment den Verstand kosten.

„Komm schon, Jack", hauchte ich gegen die Scheibe, an der ich mir die Nase plattdrückte, als er und Hudson in der Mitte des Felds Stellung bezogen.

Mist! Diesmal war Hudson schneller, und der Puck raste vor dem Schläger des Left Winger der Slicers auf Ty zu. Kev parierte den Angriff, wurde dabei niedergerissen. Ich war zu sehr auf ihn konzentriert, daher merkte ich erst, dass wir wieder im Spiel waren, als Lauren neben mir Sams Namen grölte. Sam sah sich mit dem Right Defenseman einem Typen gegenüber, der gut zwei Köpfe größer war als er. Er schaffte es nicht an ihm vorbei, und schon näherte sich Hudson von hinten. Sam reagierte blitzschnell, duckte sich unter den ausholenden Armen seines Gegners weg und schoss den Puck Drew zu, der die letzten Yards bis zum Tor geschickt an dem anderen Verteidiger vorbei nahm. Den Left Defenseman im Nacken, umrundete er das Tor und packte im Gegensatz zu ihm die enge Kurve, ohne in die Bande zu krachen. Dafür blockierte ihm nun der Right Defenseman den Weg. Sam konnte sich nicht freilaufen, also lag es an Jack. Hudson ahnte das offenbar und stieß Jack hart gegen die Schulter.

Mein Herz setzte aus, nur um im nächsten Augenblick in doppelter Geschwindigkeit weiterzuschlagen. Jack fiel nicht sondern setzte sich vor Hudson. Drew befreite sich weit genug von den Verteidigern, um abgeben zu können. Der Puck schoss auf Jack zu, er holte aus und ...

„Tor!" Ich hatte keine Ahnung, wer von uns am lautesten schrie.

Hudson knallte seinen Schläger auf den Boden, Phil sprang auf, Lauren und Rita hüpften Arm in Arm auf und ab, und die Menge applaudierte in ohrenbetäubender Lautstärke.

„Ich glaube, wir sollten uns über die Details des Deals noch einmal genauer unterhalten!", hörte ich Peter hinter mir über das Stimmengewirr hinweg rufen.

Ich wandte mich um und begegnete seinem anerkennenden Lächeln. „Das tun wir. Aber zuerst muss ich noch etwas erledigen."

Jack und die anderen zu sehen, wie sie da draußen alles gegeben, alles riskiert und gesiegt hatten, machte mir eines mit aller Deutlichkeit bewusst. Es hatte keinen Sinn, sich ständig vor etwas zu fürchten, das womöglich nie eintreten würde. Ja, ich hatte Schreckliches erlebt und mehr verloren, als ich je für möglich gehalten hätte. Aber ich hatte es überstanden, und ich allein war dafür verantwortlich, was ich mit meinem Leben anfing. Diese Erkenntnis hatte ich einem ganz bestimmten Menschen zu verdanken. Einem Mann, der mir sein Vertrauen geschenkt und meines wieder zum Leben erweckt hatte. Den ich zurückgewiesen hatte, obwohl er mir keinen Grund lieferte, an ihm zu zweifeln. Ich würde mich nicht mehr von der Angst beherrschen lassen. Nicht mehr vorschieben, dass wir keine Zukunft haben könnten, weil wir zusammenarbeiteten, sondern endlich das tun, wonach jede Faser meines Körpers verlangte. Ich wollte ihn. Jack.

Also ließ ich Peter ebenso zurück wie Lauren, Rita, Cam und Dad, hechtete zum Durchgang in der Bande, suchte das Eis ab und fand ihn. Er fuhr direkt auf mich zu. Ich löste die Verriegelung und riss die Tür auf. Jack stieg über die Kante in den Zuschauerraum und nahm den Helm ab. Und dann war ich bei ihm, fasste mit einer Hand in sein Haar, mit der anderen seine Schulter und zog ihn an mich. Die Freude über das gewonnene Spiel in seinem Gesicht wich Überraschung. Er ließ den Helm fallen und schlang die Arme um mich, sanft genug, um mir nicht wehzutun und dennoch fordernd.

Jetzt konnte mich nichts mehr aufhalten. Ich legte die Lippen auf seine, fühlte dieses unglaubliche Brennen in mir, das unser Kuss entfachte. Nach allem, was ich erlebt hatte, dem Guten und dem Schlechten, war ich bereit, endlich nach vorne zu sehen, glücklich zu sein. Mit ihm. Mit Jack.